CADNO RHOS-Y-FFIN

CADNO RHOS-Y-FFIN

Jane Edwards

Gwasg Gomer
1984

Argraffiad Cyntaf - Rhagfyr 1984

ISBN 0 86383 190 7

Dymuna'r awdur ddiolch i Gyngor Celfyddydau
Cymru am roi Ysgoloriaeth iddi brynu'r amser
i lunio'r nofel hon.

Argraffwyd gan
J. D. Lewis a'i Feibion Cyf., Gwasg Gomer, Llandysul, Dyfed

I DYDDGU OWEN

Y Rhan Gyntaf

1

Dw i ddim yn nabod neb sy wedi cael ysgariad.

Arfon oedd biau'r geiriau, a Hannah oedd yn cnoi cil arnynt wrth deithio adre'n y Saab. Melltithiodd Ifor y ddeilen sycamor oedd wedi glynu ar y ffenest flaen. Mae'n bryd inni newid y car, medda fo, am fod sychwr trydan yn methu cael gwared â pheth mor fechan. Rhwbiodd ei dalcen efo blaenau'i fysedd i gael gwared â'r cur: yr un symudiad synhwyrus i boen a phleser fel ei gilydd. Dyma'r arwydd iddi hi gydymdeimlo a chynnig swcwr. Yn lle hynny, brathodd ei thafod. Roedd geiriau'n rhy fecanyddol, eu dweud yn broses ry hawdd. Ochneidiodd ei chymar nad oedd yn gyfarwydd â chael ei anwybyddu, a thynnodd ei fysedd dros ei dalcen eilwaith.

Y gwmnïaeth oedd yn ei boeni. Noson siomedig arall. Dim ond un gair ganddi hi a byddai'n rhefru yn erbyn culni confensiynol y Cymry, eu bywydau bach twt ceidwadol, a'r llyffetheiriau a'u cadwai rhag camu o hualau piwritaniaeth i gofleidio syniadau a dull o fyw gwahanol, mwy eangfrydig a synhwyrus. Roedd Llundain wedi ei ddifetha, doedd dim dwywaith am hynny. Eto, roedd rhaid iddo wrth y bywyd deuol hwn, petai ond er mwyn ei atgoffa'i hun o bryd i'w gilydd ei fod yn rhydd o'r hen efynnau.

Llithrodd llwynog ifanc o flaen llifolau'r car. Welaist ti hwnna? medda hi. Damia'r ddeilen, mi fu ond y dim i mi â'i ladd o, medda fo.

Ac yna roeddan nhw adre, y tŷ'n edrych yn ddiarth er ei holl gynefindra, a phobman mor dawel ar ôl gwich y sychwr. A dim teledu i ddod â nhw'n ôl i'r ddaear. Aeth Hannah draw at y ffenest batio, lle cronnai'r dafnau glaw. Ewyllysiodd iddi'i harllwys hi a boddi'r merched a ddaliai i ymffurfio o flaen ei

7

llygaid efo'u gwalltiau a'u sgyrsiau set, yn gadwynau aur a modrwyau hyd y migyrnau. Pwysodd ei phen ar y gwydr a gadael i'w oerfel dreiddio drwyddi. Cropar o wisgi, medda Ifor, i gael gwared â blas y punch. Nabod neb sy wedi cael ysgariad, gwatwarodd hi. Dyma'r math o sylw roedd o'n ei werthfawrogi. Cusanodd hi ar ei boch. Ond ai er ei fwyn o y lleisiodd hi'r geiriau?

Na.

Symudodd Ifor yn bwdlyd i'w ben ei hun o'r gwely a chysgu ar ei union, ac ni wyddai hi mai ateb ei chwestiwn ei hun a wnâi, ugain munud yn ddiweddarach. Gwrandawai arno'n sugno'r awyr drwy ei ddannedd. Trodd y lamp ddarllen ymlaen fel y gallai ganolbwyntio ar ei wyneb: y cnawd yn welw a thoeslyd, a'r wyneb gyda'r llygaid ynghau mor wag a difynegiant wedi i gwsg lacio'r cyhyrau. Ac fel petai'n synhwyro'i beirniadaeth grwgnachodd a thynnu'r cwilt dros ei ben. Diffoddodd hithau'r golau.

Caeodd ei llygaid a gwingo am nad oedd ganddi le i droi a throsi. Wedi ugain mlynedd o briodas ni allai ddygymod â'r ymwelydd Gŵyl Banc, gwyliau, a phenwythnosau hwn yn ei gwely. Ymyrraeth oedd o, dim byd arall. Cododd i wneud paned iddi'i hun. Horlicks? Coffi? Te? Cocoa? Estynnodd am y botel frandi: does dim grym i ddadleuon moesol y plygain.

Cyfarfu â Gwenno ar y landing, ei hwyneb yn chwyddedig gan gwsg a'i llygaid yn gul a thrwm. Oes rhaid i chi wneud cymaint o sŵn? Dyma un roedd hi'n atebol iddi am ei holl weithredoedd. Brysiodd yn ôl i'w gwely a rhoi ei phen dan y gobennydd, lle nad oes gwyfyn na rhwd yn llygru, na merched modrwyog am y gorau'n mân siarad, na diod feddwol yn troi a chorddi'r synhwyrau fel olwyn ffair. Dyna'r gobaith os nad y gwir.

2

'Rois i o'n 'i le.' Camodd Magi'n simsan dros y bwced napisan oedd yn orlawn o glytiau.

'Mae gynno *fo* enw.' Ciciodd Bryn y teganau oedd dan draed i gongl. 'Mae'r rhain fel taen nhw wedi rhewi'n gorn.' Gafaelodd mewn clwt caled oddi ar y radiator. 'Sawl gwaith sy raid i mi ddeud wrtha chdi am beidio sychu dillad yn tŷ?' Gosododd y clwt o dan ei drwyn. 'Drewi, drewi fel ffwlbart. Mae'r lle 'ma fel dymp.'

'Y dyn BBC 'na, gŵr mawr, sh . . . it.' Llwyddodd i gael gwared â'r gair llithrig o'i cheg.

'Watsia dy hun, meiledi, ddim yn gwbod sut i fyhafio, dyna dy wendid di.'

'Dw i am ddownsio i chdi.' Gafaelodd yn y lliain llestri pyglyd a'i luchio am ei gwar, a lledodd ei breichiau i ddynwared y merched a ymddangosai ar y teledu. Dau dro yn ei hunfan a syrthio fel brechdan.

'Gwely.' Safodd Bryn yn awdurdodol uwch ei phen. 'Gwely.' Ond doedd dim ymateb yn ei llygaid llonydd. Rhoddodd ei freichiau amdani i geisio ei chodi, ond roedd hi'n drymach na thunnell o frics. 'Tyd yn dy flaen. Fedri di ddim aros yma drwy'r nos. Helpa dipyn arna i. Mae'n bryd i chdi fynd ar ddeiet, 'ngenath i.'

Roedd y ddau yn y gwely pan benderfynodd Gwion eu deffro.

'Bychan yn galw.' Pwniodd ei wraig. 'Glywi di o, y peth bach, isio'i fam. Deffro rwan, pwt, cyn iddo fo ddeffro'r lleill a thorri'i lengid.' Cynheuodd y golau ond doedd dim symud arni. 'Paid, ta.' Lluchiodd y dillad i'r traed a chodi'n anfoddog. Rhedodd ias o gryndod drwyddo. Dyna pryd y sylweddolodd iddo fynd i'w wely heb gerpyn amdano. Chwiliodd yn ofer ymysg y pentwr dillad ar lawr am ei ŵn wisgo. Gafaelodd mewn cardigan a'i rhoi amdano, a mynd i'r gegin i chwilio am botelaid o rywbeth i ddistewi'r bychan. Daeth o hyd i'r Delrosa'n ddigon hawdd ar sil y ffenest. Mater arall oedd dod o hyd i botel. Yn y diwedd bodlonodd ar yr un oedd yn y sinc a'r llefrith wedi ceulo ar ei gwaelod. Rhedodd ddŵr oer drosti. Duwadd mawr, roedd gofyn bod yn ofalus pwy oedd rhywun yn ei briodi, gofyn byw efo hi am sbel go hir i weld sut beth oedd hi. Slebran roedd o wedi'i chael, slebran a dim byd arall. A rwan fod ganddo enw arni teimlai'n well. Aeth i stafell ei fab a chodi'r corff bach chwyslyd yn ei freichiau. Gwthiodd y botel i'w geg a gwasgu'r bychan i'w gôl, nes ei deimlo'n llonyddu wrth iddo ymroi i sugno'n farus.

'Isio gweld 'i dad oedd y peth bach.' Lapiodd ei hun am gorff cynnes ei wraig a rhoi llaw gymodlon ar ei bron. Dim ymateb. Wel, ei cholled hi oedd hynny. Roedd o'n barod amdani. Ac am ei gwsg. Agorodd ei geg led y pen. Fel roedd o'n hepian, clywodd ei llais yn ei dynnu o afael cwsg.

9

'Dw i ddim yn mynd i'w blydi ffycin parti nhw byth eto, byth, tra bydda i, blydi pobol fawr gachu.'

'Watsia dy blydi iaith. Sawl gwaith sy raid i mi ddeud wrtha chdi?' Gwreichionodd y gwaed yn ei ben. Roedd o wedi darllen yn rhywle fod peryg i ddynion gael strôc wrth iddyn nhw gael eu styrbio'n ddirybudd.

'Welan nhw ddim lliw 'y nhîn i, ffact i chdi.'

'Iawn. Iawn. Iawn, fydd neb yn cwyno'i gollad.' Cododd ar ei eistedd mor gyflym nes bod y gwreichion yn ei ben yn ei ddallu.

'Defnyddio pobol fel ni maen nhw. Isio brolio cymysgwrs mor dda ydyn nhw, yn medru gwneud hefo pob siort.'

'Dos i gysgu, bendith y Tad i ti.'

'Dan ni'n neb. Pobol fath â ni'n neb. Nhw a'u dwylo melfad. Hy! Diffeia i neb i ffeindio baw dan 'y ngwinadd i.'

'Dydi'r hogyn 'ma'n ail i neb.' Curodd ei fron. 'I neb, i ti gael dallt. Mae gin i 'nghrefft, fy musnas fy hun.'

'Boi handi i'w nabod. Meddwl y gwnei di jobsus yn rhad iddyn nhw mae'r sbynjars.'

'Maen nhw'n gwneud uffarn o fistêc os ydyn nhw'n meddwl hynny. Dydi'r boi 'ma ddim yn mynd i ostwng 'i bris i neb, i Eurwyn, er mai fo ydi fy mêt penna i, iddo fo na neb arall. Hen hogyn iawn, Eurwyn, dim byd yn fawr ynddo fo. Mynd i bobman hefo'n gilydd pan oeddan ni'n llancia: ffwtbol, hops, steddfoda, nosweithia llawen . . .'

'Capal, Ysgol Sul, C'farfod Gweddi, Seiat.'

'Be wyddost ti am betha felly?'

'Digon i gadw draw.'

'Pagan.' Pwniodd hi'n chwareus. A'r gwreichion yn clirio'n ei ben. Trugaredd y byd, doedd o ddim yn mynd i gael strôc wedi'r cwbwl. 'Rhulpan wirion. Rargian, dw i isio bwyd. Fuo ond y dim i'r bwyd myrmeids 'na godi cyfog arna i. Fasa chdi'n lecio tamad?'

'Be sgin ti i gynnig?'

'Bwyd. Be arall sgin ddyn i'w gynnig ar ôl bod yn yfad?'

'Caws ar dost fydda'n dda.'

'Caws ar dost amdani, neu ar frechdan grasu fel y bydda Eurwyn yn deud.'

Chwarddodd y ddau er nad oedd y gair yn ddiarth iddynt, ac er na fyddent yn brin o'i ddefnyddio mewn cwmni dethol, gan mai newid eu hiaith yn ôl y galw a wnaent hwythau; ac yn hyn o beth doedd eu rhagrith nhw ddim mymryn llai na rhagrith y cwmni y bu Magi'n bytheirio mor hallt yn ei erbyn.

3

Aeth Gwenno yn ôl i'w stafell ond nid i gysgu. Eisteddodd ar droed y gwely i gnoi gewin, tra'n pendroni a oedd hi'n werth ffonio'r Samariaid unwaith eto. Ni fyddai'n anghofio'u tric dandîn ar chwarae bach. Roedd yr hyn a wnaethon nhw yn gwbl anfaddeuol. Pwy ddwedodd y gallech chi ymddiried mewn Samariaid? Pobol â thro'n eu cynffonnau, dyna i chi sut rai yw'r Samariaid.

Taniodd sigarét, ac edrychodd ar ei llun yn y bwrdd glás. Edrychai'n brofiadol, bron iawn yn rhithiol y tu ôl i'r llen fwg, a'r ffag rhwng ei bysedd. Biti am y gair *ffag*, biti ei fod yn air mor hyll, biti ei bod yn poeni cymaint am sŵn geiriau. Beiai ei rhieni am roi cymaint o bwyslais ar lendid iaith. Roeddynt wedi ei gormesu â'u rhagfarnau, nes ei bod mewn peryg beunyddiol o droi allan i fod yr un fath â nhw. Tarodd ei bron â blaenau ei bysedd. Doedd y ferch hon ddim yn mynd i fod yn debyg i neb. Gwelai ei hun fel un o sêr y byd pop (Lloegr nid Cymru—roedd y Cymry'n dal yn ddof a di-antur er gwaethaf eu hymddangosiad allanol). Bwriadai grwydro'r byd, cwrdd â phobol anturus o'r un anian â hi'i hun, rhannu cyffuriau gyda hwy, byw'n anghonfensiynol, siglo dipyn ar y greadigaeth. Roedd hi'n awr yn ddwy-ar-bymtheg a doedd hi ddim yn nes at wireddu'r breuddwyd. Oni wnâi rywbeth yn fuan iawn, byddai'n rhy hwyr.

Roedd egni rhyfedd yn cyniwair o'i mewn. Oni châi wared ag ef byddai'n sicr o gael ei mygu ganddo. Câi rhai wared ag ef drwy ffrwydro, tynnu pawb a phopeth yn eu pennau; ond roedd hi'n ei gadw a'i botelu y tu mewn. Nid o'i bodd y gwnâi hynny: roedd hi fel petai wedi cael ei hethol i'w gadw. Os felly, roedd yna bwrpas iddo. Roedd hi'n ei gynnal a'i storio er mwyn ei ddefnyddio pan fyddai'r amser yn addas. Dyma'r ffrwydriad fyddai'n gweddnewid y byd. Eisteddai ar droed y gwely fel un ar wyliadwriaeth yn disgwyl arweiniad neu gyfarwyddyd. Hyd yn hyn nid oedd enw ar y peth hwn yr oedd hi'n ei gynnal.

Dyma ddechrau cyfnod ei hanniddigrwydd mawr. Cyfnod o fod yn perthyn i bawb ac eto'n perthyn i ddim: cyfnod o greu

11

dogmâu a chefnu ar resymeg: cyfnod o lunio credoau a saf-
bwyntiau newydd er mwyn cael gwrthod gwerthoedd ail-law:
cyfnod o ffieiddio rhieni a diflasu ar gyfeillion. Blwyddyn y
rhwystredigaeth fawr.

Stympiodd y sigarét ar gefn ei llaw nes clywed aroglau
cyfarwydd deifio. Ni ddangosodd y llun yn y drych unrhyw
arwydd o boen.

Yn ei bag ysgol roedd ganddi nifer o rifau ffôn, wedi'u cofnodi
y tu mewn i gloriau'i llyfrau. O bryd i'w gilydd hoffai luchio
cynnwys ei bag ar y llawr, a ffonio'r rhif cyntaf y tarawai'i
llygaid arno. Y tro yma, syrthiodd darn tila o bapur o'r bag.
Agorodd ef o'i blyg. Roedd yr ysgrifen ar ffurf cerdd:

> Ti fy nhlws etifedd fy mreuddwydion
> a ddeui ataf fin nos o ha
> i orwedd dan y llwyni pêr
> lle mae'r pridd fel gwely plu
> a su y dail yn gytgan
> i ngobeithion am gael meddiannu
> merch fil harddach na'r un
> a luniodd Gwydion gynt o flodau

Chwarddodd ei dirmyg. Y fath rwtj! Y fath sothach!
Darllenodd hi eto a mynd draw at y ffenest. A beth petai rhywun
mewn difri yn aros amdani draw acw'n yr ardd, o dan y llwyni
pêr? Ni welodd ac ni chlywodd ddim, dim ond y glaw'n
chwipio'n erbyn y gwydr. Roedd y glaw hefyd yn rhan o'i
hanniddigrwydd.

4

Doedd dim amdani ond codi i nôl pilsen gysgu arall. Cadwai
hwy'n y gegin i fod yn ddiogel. Roedd y teils yn oer o dan draed
ac yn gyrru iasau poenus drwy'i gorff. Gwnaeth baned iddo'i
hun i gynhesu, ac eistedd yn y gadair freichiau o flaen yr Aga er
na ddeuai fawr o wres ohoni 'r adeg yma o'r nos. Taniodd
sigarét. Dyna welliant. Fallai fod nicotîn yn ddrwg i'r ysgyfaint,
ond doedd mo'i debyg i finiogi'r meddwl. Ac roedd yn rhaid
iddo roi trefn ar ei feddwl cyn y gallai gysgu. Gwyddai hynny o
hen hen brofiad.

Yr hyn a boenai Arfon oedd ei ymddygiad ei hun. Fo, a oedd yn berson mor breifat, yn codi pwnc ysgariad. Digon o waith y byddai neb wedi codi'i air petai gwraig yr adeiladydd 'na wedi cau'i cheg. Ond yna, roedd hi'n feddw gaib. Naill ai doedd hi ddim wedi arfer â'r stwff neu ei bod hi'n methu dal ei diod. Roedd hi hefyd yn ifanc ac allan o'i dyfnder. Clamp o hogan nobl heb fawr o syniad sut i wisgo. Roedd degau o rai tebyg iddi ar strydoedd y dre. Daeth ato a gwthio'i hen fronnau mawr yn ei erbyn.

'Meddwl eich bod chi'n colli rhwbath.' Camodd oddi wrthi —yn rhy frysiog efallai. Chwarddodd hithau wrth weld ei anniddigrwydd. 'Falla basa'n well gynnoch chi 'mrawd.'

O drugaredd, daeth ei gŵr i'w nhôl, a gafael fel gelain yn ei braich, nes bod y cnawd o dan y shiffon pinc yn brochio. A Glenys, chwarae teg iddi, yn benderfynol na châi llafnen o hogan ddifetha'i pharti, yn tawelu'r dyfroedd yn fwya dyheuig drwy sôn am bartïon ysgaru oedd yn boblogaidd hyd y fan. Roedd hi ac Eurwyn wedi cael gwahoddiad i un Deb a Henry, on'd oeddan?

Doedd dim llonydd i'w gael wedyn. Roedd hi fel petai'n gwybod ei fod yn gwingo'n fewnol ac yn benderfynol o wneud hwyl am ei ben. Daeth ato i'w holi am ei waith. 'Dewch i mi gesio,' cyn rhoi cyfle iddo ateb.

'Pregethwr? Person? Dach chi rioed yn ffather? Dw i ddim yn meddwl i mi rioed siarad hefo Catholic. Dw i wedi bod bron marw isio ysgwyd llaw hefo Catholic ers pan fuo'r Pab yma. Dyn del y Pab. Wâst ar ddyn ddim gadael iddo fo briodi.'

Dywedodd wrthi nad oedd ganddo ddim diddordeb yn y Pab na dim byd oedd yn ymylu ar grefydd.

'Cwits.' Pwniodd ef yn ei fraich. 'Be ydi'ch gwaith chi, felly?'

'Uwchgynhyrchydd gyda'r BBC.'

Ysgwydodd ei law'n frwd. Y peth nesa at y Pab roedd hi isio cyfarfod ag o oedd dyn o'r BBC.

'Tri o blant bach gin Magi.' Daeth Glenys i'r adwy unwaith eto, ei gwên yn ddigyfnewid.

'Magi?' gofynnodd o.

'Run enw â'r Prif We·nidog,' ebe hi.

Gafaelodd Glenys yn ei braich a'i thywys i gorlan y merched. Diolch nad oedd Elsbeth yno i weld. Lluchiodd y stympiau Benson & Hedges i grombil yr Aga, a brysio'n ôl i'r llofft gan ddringo'r grisiau fesul dwy.

13

Safodd o flaen drws stafell Elsbeth wrth ei chlywed yn mwmial fel un mewn poen. Agorodd y drws yn ddistaw a sleifio i mewn. Dim ond ei ffurf a welai yn y tywyllwch. Plygodd i gyffwrdd â'i gwallt yn betrusgar. Roedd oglau cwsg ar ei gwynt, ac oglau chwys ar ei gwallt a'i chnawd. Ond roedd gwres ei chorff yn ei ddenu. Mor braf fyddai cael swatio'n ei hymyl. Cododd gornel y cwilt a'i roi dros ei hysgwydd noeth cyn mynd yn ôl i'w stafell ei hun.

5

'Noson ddifyr arall ar ben,' medda Glenys, er mai rhan orau'r noson o ddigon oedd y baned goffi'n y bath wedi i bawb fynd adre, y llestri wedi'u clirio a'u gosod yn y peiriant.

'Ufflon o hogan wirion Magi gwraig Bryn, hen hulpan wirion os buo un erioed.' Eisteddai Eurwyn ar sêt y toilet yn cadw cwmni iddi.

'A'th y noson Ffrengig lawr yn dda. Dwad â blas y gwylia'n ôl. Mae'n werth gwneud ymdrech i baratoi rhywbeth gwahanol.'

'Y gwin yn dda.' Doedd o ddim yn siŵr am y bwyd. Roedd bod mewn oglau pysgod am ddeuddydd yn dreth ar ddyn. Eto, teimlai reidrwydd i'w chanmol. 'Y gwin a'r bwyd. Ufflon o wraig dda gin i.'

'Ffrindia sy'n gwneud noson. Dan ni'n lwcus iawn yn ein ffrindia,' ebe Glenys, gan lithro hyd at ei gên i'r trochion i ymlacio. Roedd ganddi syniad go lew pwy oedd wedi poeri'i fwyd i'r napcyn, felly doedd dim pwrpas codi'r mater. Lluchiodd y peth i gefn ei meddwl. Ni fynnai i ddim amharu ar y noson. Ac am na fynnai Eurwyn yntau greu cwmwl, aeth i waelod yr ardd i gael gwared â'r pwys oedd ar ei stumog.

6

. . . Eu croniclo â lliwiau geiriau,
A'u hangori mewn du a gwyn.

Un o adar y nos nid un o'i merthyron hi oedd Kevin. Hoffai'r
synau a roddai i'r nos ei harbenigrwydd: murmur achlysurol
trafnidiaeth, rhu'r trenau a'u chwiban wrth iddynt nesáu at yr
orsaf, y merched a âi heibio ar flaenau'u traed o'r disgos, a'r
bechgyn a'u dilynai gan rwygo'r nos â'u bloeddiadau a'u
chwibaniadau. Ac yna'r synau tawel dirgel hynny a'i hatgoffai o
gynnwrf arall: sgrech tylluan wrth iddi syrthio ar ei phrae, llygod
yn erlid ei gilydd yn y nenfwd, cri anfoddog ei fam cyn i'r gwely
lonyddu am y pared ag ef. Roedden nhw i gyd yn rhan o rin y nos
ac yn help iddo fwrw iddi gyda'i brydyddu. Roedd ei fryd ar
wneud enw iddo'i hun fel carwr o fardd, yn llinach Dafydd ap
Gwilym, hynny ydi os gallai feistroli'r cynganeddion. Ac os
oedd Hughes Cymraeg i'w goelio, doedd ganddo ddim dewis
ond eu dysgu, gan fod pob bardd gwerth ei halen yn ymwybodol
o'i etifeddiaeth, a bod cyfyngiadau'r Gynghanedd yn ddisgyb-
laeth ynddi'i hun. Ond roedd yn well ganddo'r *vers libre*.
Teimlai'n fwy rhydd i grwydro a dilyn ei ffansi am fod holl
reolau'r cynganeddion yn llesteirio'i awen. Nid fod Hughes
Cymraeg, mwy na neb arall, yn gwybod am ei ymdrechion nos-
weithiol. Pethau cudd anorffenedig oeddynt.

Gwenno benfelyn hardd oedd gwrthrych ei ganu. Hi, y ferch
fwya styfnig benderfynol a welodd yn ei fyw. Ceisiai ddal ei
harddwch ar bapur, ymlafnio am oriau uwchben gair a brawdd-
eg, chwilio am drosiad, delwedd, neu gymhariaeth. Ond doedd
dim geiriau wedi'u creu yn y Gymraeg i gyfleu dwyster ei
angerdd. Mor hawdd fyddai sgrifennu yn Saesneg: mor rhwydd
oedd trafod cariad yn yr iaith fain. Ond doedd wiw iddo feddwl
am hynny rhag ei ddigio. Roedd hi mor eithafol ei daliadau, mor
llym ei beirniadaeth o Saeson a Saisaddolwyr (fel y galwai hi'r to
hŷn, y mamau a'r tadau materol hynny a werthodd eu hegwydd-
orion am doffi a chonffeti ffair). Do, er mawr syndod iddo,
dyfynnodd Gwenallt, a syllu i fyw ei lygaid, yn union fel petai'n
gwybod ei gyfrinach: rhamantwyr, a dynion meddal di-ddim,
oedd y lleill, sebonwyr, pobol isio cael eu gweld a'u moli.

Yn ei wely'r nos ceisiai beidio â meddwl am yr ochr honno i'w
chymeriad. Canolbwyntiai ar dresi aur ei gwallt a'i llygaid

15

mawr tywyll, gan mai swyddogaeth bardd—yn ôl y gwybodus-ion—oedd trafod y gwerthoedd gwâr a oedd yn dyrchafu a chyfoethogi. Rhyw ddydd, fe ddeuai hi i ddeall ac i werthfawrogi ei ymdrechion. Hi, gwrthrych nosweithiau di-gwsg ei ieuenctid.

Plygodd y cerddi anorffenedig a'u rhoi'n ôl yn y bocs sgidiau dan y gwely, ac yna clywodd yr alwad y bu'n aros amdani. Aeth draw at y ffenest a rhythu i gyfeiriad Rhos-y-ffin. Yna fe'i clywodd eto, yr udo hir dolefus. Dyma'r blewyn coch y canodd Williams Parry ac I. D. Hooson iddo, ac yr ychwanegai yntau ei bill iddo ryw ddydd.

Yr Ail Ran

1

O ffenest fwaog ei swyddfa gallai Arfon weld pennau'r tai a chopa'r mynydd, gallai weld yr Eglwys Gadeiriol a'r gerddi lle tyfid pob planhigyn a enwir yn y Beibl, ac wrth bwyso ymlaen gallai weld Afon Menai yn agor allan am glogwyn Penmaenmawr. Ar un adeg roedd yr olygfa'n destun llawenydd iddo, ond erbyn hyn peidiodd ag edrych. Y sloganau a gâi'r bai, y paent hyll a adawyd i blisgio ar furiau'r neuaddau gyferbyn. Yn awr fod S4C wedi'i sefydlu onid teg ac anrhydeddus fyddai i'r paentwyr lanhau ar eu hôl? Roedd chwerwder y frwydr yn dal i'w gorddi. Am iddo fentro gwrthwynebu'r sianel galwyd ef yn gachwr a bradwr. Ond fo oedd yn iawn. O ia, fo oedd yn iawn, fel y dangosai'r dirywiad yn nifer y gwylwyr. Roedd ganddo dros ugain mlynedd o brofiad yn y byd darlledu, hen ddigon i wybod cyn lleied o ddoniau oedd yng Nghymru. Roedd wedi cael llond bol o raglenni bro, yr holl raglenni cerdd, a'r rhaglenni digri, amaturaidd eu naws. Cywilyddiai wrth wrando ar gyflwynwyr hyderus yn siarad iaith sathredig, ac wrth y llenorion ifanc a âi allan o'u ffordd i lurgunio iaith yn enw realaeth. Ond o leiaf gellid dadlau fod ganddynt ryw lun ar weledigaeth, chwedl na'r to hŷn a luniai gomedïau ffwrdd-â-hi, gan feddwl mai'r cyfan oedd ei angen oedd puprad o Saesneg, bytheiriad, rhegfeydd a geiriau mwys. Oedd, roedd o'n gul. Oedd, roedd o'n geidwadol, yn hunandybus, yn burwr, yn snob, ac yn bopeth arall y cyhuddwyd ef ohono. Ond ym mha wlad arall heblaw Cymru y beirniedid dyn am warchod safonau?

Canodd y ffôn ar ei ddesg. Syllodd yn ddig arno. Doedd Hilda, ei ysgrifenyddes, byth ar gael pan oedd ei hangen. Cododd y derbynnydd a chlywed llais gwichlyd y porthor yn dweud fod rhyw Mrs Jôs yno i'w weld, yn mynnu fod ganddi

17

appointment, er na welai ei henw yn y llyfr. Edrychodd yn frysiog ar ei ddyddiadur. Na, doedd ganddo yntau ddim cofnod chwaith.

'Tawn i byth o'r fan 'ma,' ebe'r wich o'r pen arall, 'mae hi wedi mynd, wedi cymryd y goes, 'chan.'

Pwysodd yn ôl yn ei gadair, a phlygu eilwaith i smalio sgrifennu pan glywodd gnoc ar y drws. Galwodd ar y tres-masydd i ddod i mewn.

'Whiw.' Caeodd y drws yn glep ar ei hôl. 'Haws cael mynd i mewn i Buckingham Palace na'r joint 'ma.'

Adnabu ei llais ar ei union. Ni allai ddweud fod yr ymweliad yn syndod iddo. Ni chododd ei ben wrth ddweud wrthi am eistedd tra byddai'n gorffen ei adroddiad.

'Dw i ddim yn lecio manteisio ar fy ffrindia . . .'

Ffrindiau? Cododd ei olygon i ddangos ei fod yn amau'r gosodiad. Roedd ei bochau'n goch fel afalau a'i llygaid glas yn loyw loyw. Gwisgai jeans a oedd yn rhy dynn iddi a jumper wlanog a oedd wedi dod allan yn y golch. Roedd cyffredinedd ei gwisg yn dangos beth oedd hi. A nawr ei fod wedi ei phwyso a'i mesur teimlai'n feistr ar y sefyllfa.

Ymddiheurodd am alw mor ddirybudd: byddai'n gwybod y rheolau o hyn ymlaen. Ond siawns nad oedd o'n rhy brysur i roi pum munud bach o'i amser iddi: doedd neb yn rhy brysur i sbario pum munud.

Rhoddodd ddarlith fer iddi ar bwysigrwydd amserlen a threfn. Petai pawb yn dilyn ei hegwyddor hi ni châi dim ei wneud byth. Dyna fynd â'r gwynt o'i hwyliau. Gwyrodd ei phen a dechrau sôn am ryw helynt deuluol rhwng ei brawd a'i gŵr. Bryn yn bygwth dangos y drws i'w brawd, os deallodd o'n iawn. Gwrandawai gydag un glust: doedd a wnelo helyntion teuluol neb ddim byd â fo. Eto moelodd ei glustiau pan glywodd y gair *actor*. Roedd ei brawd yn actor! yn un o'r llu oedd am wneud enw a bywoliaeth fras iddynt eu hunain dros nos. Roedd hi'n gobeithio y gallai ef roi rhywfaint o waith iddo. Aeth yn ei blaen i restru'i gymwysterau, Coleg y Castell, rhaglenni plant HTV, tair blynedd mewn rep yn Lloegr, rhan fach yn "Queenie" ac ambell ddrama arall na allai gofio'i henw. Pob tystiolaeth mor anghyflawn neu amwys nes peri iddo wingo'n ei gadair. Holodd hi am ei feistrolaeth o'r Gymraeg: roedd cynifer o'r pethau ifanc heb fedru ynganu'n iawn. Roedd ei hateb braidd yn annisgwyl. 'Cystal â chi a fi bob dydd.'

18

Gwenodd. Doedd o ddim yn gyfarwydd â chael ei roi'n ei le. Roedd ei fywyd yn troi o gwmpas pobl abl, dynion wedi miniogi'u meddyliau ar gyfer dadleuon, dynion a wyddai am holl gyfrwystra siarad. Gofynnodd y cwestiwn a ofynnai pob cynhyrchydd: oedd o'n perthyn i Equity? Nodiodd ei phen. Roedd ganddi'r llygaid gloywaf a welsai yn ei fyw. Gafaelodd yn y Parker i ddangos ei fod yn barod i ystyried ei chais.

'Gwell inni gael ei enw fo.'

'Robert. Robert Loosey.'

Rhoddodd y Parker i lawr. Roedd yr enw'n siarad drosto'i hun. Yn fyr ei amynedd, dwedodd wrthi fod ganddo ragfarn yn erbyn enwau gwneud.

'Nid enw gwneud ydi o,' ebe hi, gan bwyso ymlaen. 'Dyna be oeddwn inna cyn priodi. Be sy'n bod, dach chi ddim yn lecio enwa Saesneg?'

Anwybyddodd ei chwestiwn: doedd hynny ddim yn berthnas-ol. Yr unig beth oedd yn cyfrif mewn gwirionedd oedd dawn.

'Mae o'n glyfar dros ben. Pam na rowch chi audition iddo fo, i chi gael gweld trosoch eich hun?'

'Dwedwch wrtho am anfon cais i mewn. Dyna sut rydan ni'n gweithio yn yr Adran 'ma.'

Cododd ar ei draed i ddangos iddi fod y cyfweliad ar ben. Cododd hithau a chynnig ei llaw iddo. Aeth heibio iddi ac agor y drws led y pen.

2

Rhuthrodd Gwenno i mewn i'r stafell heb guro, a stopio'n stond wrth weld ei mam yn sefyll yn noethlymun o flaen y drych. 'Paid â chilio,' ebe Hannah. 'Dw i ddim yn mynd i aros yma'n edrych arnoch chi'n paredio'ch hun,' wfftiodd y ferch. 'Yn noeth y deuthum o groth fy mam . . .' 'Blydi dyfyniad arall,' ebe hi, a chlepio'r drws o'i hôl, nes i gwr y llen godi a gorffwys ar sil y ffenest. Ychydig a wyddai fod ei mam hefyd wedi cael llond bol ar ddyfyniadau.

Bu adeg pan ymfalchïai yn ei gwybodaeth, pan ymhyfrydai Ifor yn ei chof aruthrol gan frolio fod cof cenedl wedi'i gronni ynddi am fod ganddi wireb/dyfyniad/dihareb/adnod ar gyfer pob achlysur. A'r cof hwnnw'n creu diogi ymenyddiol, yn peri iddi ddibynnu ar ddywediadau stoc yn hytrach na meddwl drosti ei hun. Aeth yn hesb o syniadau. Bodlonodd ar greu sŵn. Câi ei hadnabod fel person cwrtais, diwylliedig a wyddai'n iawn sut i ymddwyn a siarad mewn cwmni dethol, a newid ei chymeriad a'i sylwadau'n ôl y galw. Roedd yr hyn a ystyrid yn foesgarwch ynddi wedi'i diddyfnu o liw, ac wedi'i gwneud yn berson anniddorol. Roedd hi eisoes yn crebachu o'i mewn, er na ddywedid hynny oddi wrth lyfnder ei chnawd a llun ei chorff. Ac yn ôl y llygaid y mae'r byd yn barnu, yntê?

Edrychodd ar y llun album ohoni ei hun yn y drych a deisyfu chwythu anadl i'r esgyrn sychion: gwthiodd ei bronnau allan a dal ei gwynt i feinhau ei chanol; ysgyrnygodd wên a hudo'r sêr i'w llygaid. Dim. Dim. Lluchiodd ei hun ar y gwely a chuddio'i hwyneb yn y cwilt. Doedd ganddi ddim dagrau chwaith. A hithau'n dda ei byd, heb ofalon na chyfrifoldeb, yn ddi-gred a di-ffydd, mor hawdd fyddai priodoli ei chyflwr i niwrosis yr oes. Ond am y tro, wnawn ni ddim labelu—byddai honno'n broses ry rwydd.

Canodd y ffôn draw'n y cyntedd, ac aeth Gwenno i'w ateb. Er bod ei llais yn glir a chroyw ni ddeallai'r un gair o'r hyn a gâi ei ddweud.

Ar y pared uwchben y ffôn roedd drych hirsgwar rhad a gawsai yn anrheg priodas gan ei chwaer a oedd erbyn hyn yn byw yng Nghanada. Byddai wedi ei luchio ers blynyddoedd heblaw bod ei mam, pan ddeuai yno ar ei rhawd, yn hoffi'i gyffwrdd, a'i weld yn ddolen gyswllt rhwng y chwiorydd (yr unig gysylltiad, gan na fyddent byth yn llythyru nac yn ffonio'i gilydd). Rhaffai ei mam straeon eu mabinogi o flaen y drych hwnnw. Gwenai hithau i'w thinpwl. Roedd holl wenau ei rhagrith wedi'u croniclo'n y drych, holl rychau blinder ei chanol oed. A phryd y dechreuodd hi feddwl amdani ei hun yn ganol oed? Roedd wedi ymdrechu mor galed i gadw'n ifanc fel ei bod yn anodd credu iddi ildio mor rhwydd. Roedd y bardd yn llygad ei le: yn slei a distaw bach, fel yna'n union y daeth y blynyddoedd.

Mae bod yn ganol oed (40 + ?) fel sefyll ar groesffordd, ar y tir neb hwnnw lle ceir arwyddbost i ddangos i chi o ble y daethoch chi ac i ble y gallech chi fynd. Pan oedd hi'n blentyn wedi ei chyfyngu i'w milltir sgwâr nid oedd angen arwyddbyst. Gwyddai lle roedd pob llwybr a ffordd yn arwain. Ond pan gynyddodd yr ymwelwyr penderfynwyd cael polyn ar y groesffordd wrth droed yr allt ar gwr y pentre i gyfeirio'r dieithriaid.

Peintiwyd ef yn wyn a'r llythrennau'n ddu. Ni bu gwyntoedd y gorllewin fawr o dro'n ei blisgio, fel ei bod yn amhosib gwneud pen na chynffon o'r enwau. A llawer o hwyl a gawsant hwy'n blant, wrth guddio'r ochr arall i'r clawdd, yn gwylio'r fisitors yn crafu'u pennau. Yr hwyl fawr oedd eu gweld yn troi trwyn y car am y tywyn lle trigai teulu'r Bryniau a Brithdir Bach, rhyw frîd gwahanol i bawb arall na fyddent byth yn gwenu nac yn siarad. A'u plant carpiog a guddiai dan gloriau eu desgiau ac mewn corneli ar iard yr ysgol: roedd arnynt ofn y plant mud di-wên llawn cymaint â'u rhieni, ac nid aent ar gyfyl y Bryniau na Brithdir Bach er bod concyrs gorau'r byd yn tyfu yno yn ôl y sôn a mwyar duon fel sypiau grawnwin Canaan.

Ar ôl priodi symudodd i'r dre i fyw, lle roedd amrywiaeth dda o arwyddbyst a gâi eu peintio'n aml gan weithwyr y cyngor cyn i'r gwyntoedd gael dangos eu hewinedd iddynt. Ond yna, wedi i frwydr yr arwyddbyst gael ei hennill (yr un y bu hi a'i chyfoedion yn brwydro mor galed i'w hennill), tynnwyd yr hen byst i lawr a gosodwyd howlathau o rai metal mawr dryslyd yn eu lle. Doeddyn nhw chwaith ddim yn plesio. Cwynid bod ymwelwyr yn colli'u ffordd (a'r iaith, nid y cyfarwyddiadau cymhleth na thwpdra'r teithwyr, a gâi'r bai).

Un o'r teithwyr hynny a gollodd ei ffordd oedd hi erbyn hyn, person heb synnwyr cyfeiriad ganddi. Pwyntiodd fys cyhuddgar at y wraig yn y drych, a'i chroesholi. Be wnei di yma? I ble rwyt ti'n mynd? Pam wyt ti'n loetran? Be ddigwyddodd i Hannah Parry, aelod brwd o'r Blaid a Chymdeithas yr Iaith, protestiwr, eithafwraig, dinistriwr arwyddbyst a ffurflenni, carcharor dinesig (carcharor unnos, ond carcharor serch hynny)? Be ddig-wyddodd i'w gadael mor llugoer a difater?

Myfi, Hannah Morgan, a briodais ŵr ac a berchenogais dŷ. Megais hefyd blentyn, a bodlonais ar fy nhŷ braf, fy ngŵr hael, a'm hunig blentyn. Cesglais o'm hamgylch gyfeillion ac eiddo lawer. Ac euthum i ffordd yr holl fyd.

I ffordd yr holl fyd. Gwatwarodd y ddynes ynfyd yn y drych. Gwisgodd amdani'n frysiog, mewn pryd i weld Gwenno'n cerdded i lawr y dreif, ei breichiau wedi'u lapio'n dynn o dan ei bronnau. Hen oed tyner, meddai wrthi ei hun. Ystrydeb arall. Doedd Gwenno ddim yn dyner nac yn gyfeillgar ers tro byd. Plentyn annibynnol fu hi erioed, fel petai hi'n gwybod o'r crud pa mor ddinistriol y gall cariad fod. Ni allai gofio'r tro diwethaf i'r ddwy siarad â'i gilydd yn rhydd. Roedd hithau wedi'i dieithrio efo'i mynych orchymynion. Mam bryderus y *paid* a'r *na wna* oedd hi heb ddim i'w gynnig iddi ond rhibidires o fygythion ac ofnau.

Dyna rôl y fam: rhoi'r ddeddf i lawr, defnyddio'i hawdurdod i fynnu gan ei hepil y perffeithrwydd na lwyddodd hi ei hun i'w gyrraedd. Ni all cariad a liwiwyd gan gynifer o bryderon a gobeithion fyth lwyddo. Roedd hi'n fethiant fel ei mam a'i neiniau o'i blaen.

Rwyt ti'n fethiant, meddai wrth y ddynes yn y drych. Ni chododd honno'i gair. Roedd hi'n hen gyfarwydd â chael ei chyhuddo.

3

Ha! fe alwyd nefolion
I hollti aur yn wallt i hon.

Gwyddai fod cerddi yn crynhoi yng nghefn ei feddwl, neu ble bynnag y bodolai cerdd cyn i'r profiad ohoni aeddfedu'n eiriau o rythmau. Gallai ei theimlo y tu mewn iddo, yn gynnwrf distaw dwys. Teimlai hi yn awr wrth iddo wylio gwallt Gwenno yn chwifio yn y gwynt. Y cudynnau hyn oedd tresi aur y gwanwyn, yr ŷd yng nghaeau Van Gogh, pelydrau'r tes a donnai dros ddolydd ar noson o haf. Roedd y lliw yn gyfarwydd a'r trosiadau (er nad yn wreiddiol) yn eitha derbyniol. Ond beth am y teimlad? Sut oedd disgwyl i brentis o fardd ddisgrifio heb gael defnyddio'i holl synhwyrau, tynnu'i fysedd drwy'r labrinth toreithiog at lyfnder noeth y pen, a'i sawru?

Caeodd ei lygaid. Y Neuadd Wen oedd y dynfa iddo, y tŷ braf â'r ffenestri bwaog a safai yn ei dir ei hun uwchlaw stad fechan o dai. Roedd llwybr tarmac at y tŷ, a llwyni trwchus o'i bobtu.

Min nos oedd yr amser gorau i fynd draw, pan fyddai tipyn o symud ar hyd y lle. Gallai dreulio oriau o dan y llwyni rhododendron yn gwylio Gwenno'n picio'n ôl a mlaen o'r gegin neu'n dawnsio'n ei stafell i synau mud y miwsig oedd tu hwnt i glyw, weithiau'n gwyro'i phen i wneud rhyw waith, dro arall yn eistedd o flaen y tân coed yn gwylio'r teledu. Doedd dim o'i le mewn edrych, dim o'i le mewn dotio ar harddwch.

Gwelai ei hun yn ei thywys drwy gaeau gwenith lle roedd yr awyr yn felys denau, lle cleciai'r eithin i gyfeiliant rhegen yr ŷd. Cydiodd yn ei llaw i'w harwain dros y gamfa i gae o babis cochion. Gosododd hi i eistedd ar y ddaear a dangos iddi sut i sugno'r hud o'r neithdar. Yna cusanodd hi, a gorwedd yn ei hymyl i dynnu'i fysedd drwy'i gwallt. Dyna i gyd a ddeisyfai ganddi: cael gorwedd yn ei hymyl a chyffwrdd â hi.

Clywodd ei llais yn galw arno a throdd i edrych arni. Syllodd hithau'n ôl arno yn ddig fel petai'n gwybod am ei freuddwydion. Cyhuddodd ef o beidio â gwrando arni. Pe gwyddai hi am yr holl beryglon roedd o wedi'u hwynebu er ei mwyn, ni fyddai byth yn ei feirniadu. Galwodd arno eilwaith. 'Waeth inni'i throi hi ddim. Dan ni ddim gwell na blydi jeriatrics yn ista ar ein tina fan hyn.'

Fan hyn oedd mainc ar sgwâr y dre, lle casglai henwyr at ei gilydd i ladd amser yn ystod y dydd, a lle câi merched llwythog gyfle i roi clun i lawr a thanio smôc wrth gyfri'u pres a breuddwydio am ennill bingo. Yma hefyd y cynhelid protestiadau ar bnawniau Sadwrn, y cesglid arian at achosion da, y pregethid gan efengylwyr. Ond am mai noson waith oedd heno roedd y lle mor farw â hoel.

'Waeth iti heb â sbïo ar dy dijital, mae pob ffŵl yn gwybod nad yn ôl Greenwich mae mesur.' Ciciodd garreg i gwter. 'Camp iti ddweud faint o bobol welson ni. Na, waeth iti heb â'u cyfri nhw, doedd run ohonyn nhw'n werth 'i gofio. Blydi neb, dyna i ti be oeddan nhw. Blydi nonentities. Ond be arall sy i'w ddisgwyl mewn blydi dymp? Hei, ti'n gwrando? Hei, dw i'n siarad hefo ti.'

Cychwynnodd gerdded o'i flaen.

'Y teledu ydi'r drwg.' Roedd yn bwysig dangos fod ganddo dafod.

'Ti a dy deulu. Priodas—teulu—sy'n caethiwo. Pobol fel ieir yn clwydo i'w bocsus yn y nos. Y sefydliad mwya anghymdeithasol, hunanol dan wyneb haul.' O bryd i'w gilydd troai ato i wneud yn siŵr ei fod yn gwrando. Rhybuddiodd ef mai siom oedd yn ei aros: dyna oedd yn aros pob rhamantydd.

'Tyd yn dy flaen, paid â loetran. Petha gwell i wneud na sefyllian fan hyn. Gwaith cartra, unrhywbeth, mae unrhywbeth yn well na hyn. Camp peidio bod yn genius yn y blydi lle 'ma. Pob athrylith wedi'i fagu mewn dymp, 'sti.'

Dilynodd hi nes dod at siop sglodion. Gwyliodd hi'n sefyll o flaen y siop yn smwyro fel cwningen.

'Y siop chips ora a'r futra'n y dre. Dim ffadan benni.' Tynnodd leinin ei phocedi i'w dangos iddo. Cochodd yntau am nad oedd ganddo ddim i'w gynnig iddi. 'O wel, waeth inni heb â chnadu. Pres yn da i ddim ond i lygru a dy wneud di'n anfodlon dy fyd.'

Yn y man daethant at yr A5 a sefyll o flaen lawnt lle roedd dynion mud yn chwarae bowls. 'Rowlio pêl i ladd amser. Blydi hel, am fywyd. Dyna be sy'n digwydd pan fydd pres redundancy'n mynd a'r Anga'n gwrthod dod.' Ysgydwodd ei phen. 'Cymaint o bobol heb bwrpas i'w bywyd. Mi ddyla pawb gael rhyw bwrpas, rhyw nod.'

'Cytuno.' A'i feddwl ar y cerddi, y campweithiau anorffenedig yn y bocs sgidiau.

'Dw i ddim yn meddwl rwan am y syniada mae rhieni'n eu gwthio arnat ti. Does gin rieni ddim gweledigaeth. Uchelgais faterol, dyna'r unig beth maen nhw'n ei ddallt,—meddwl yn nhermau addysg a ffugbarchusrwydd. Waeth i ti heb â mynd atyn nhw am gyngor.'

'Fydd Mam byth yn busnesu.'

'Be am dy dad?'

'Mae o wedi marw.' Baglodd ar draws ei gelwydd.

'Un yn llai i ragrithio. Mae gin ti le i ddiolch, taet ti ond yn gwybod. Arbed lot o boen meddwl i ti dy hun.' Brathodd ei gwefl a gwyro'i phen fel petai'n mynd i grïo. Symudodd yntau'n nes i'w chysuro.

'Paid.' Symudodd oddi wrtho. 'Paid byth â nghyffwrdd i. Fedra i ddim diodda i neb 'y nghyffwrdd i. Addo beidio.'

'Addo.' A llyncu'i boer wrth i un gair bach gynnal pwysau'r byd.

'Ar dy lw?'

'Ar fy llw.' O'r pydew dyfnaf, o'r uffern waethaf, o ddüwch Annwfn lle trig yr ysbrydion aflanaf a'r pechaduriaid oll, af ar fy llw.

Ond siawns ryw ddydd na ddeuai cerdd o hyn i gyd, os gwir y gair fod campweithiau llenyddol yn codi o anobaith a thristwch. Sythodd wrth feddwl fod y dymp, y twll tîn byd hwn, ar fin rhoi bod i athrylith. Athrylith o'r enw Cefin Ifans. Wedi'i sillafu yn Gymraeg, wrth gwrs. Sut arall?

24

4

Eisteddai Rob ar flaen ei gadair yn y stafell fyw yn sychu'i wallt o flaen y drych eillio a oedd ar y bwrdd coffi. Daliodd Magi'n edrych arno, a thynnodd ei dafod arni'n chwareus. Roedd hynny fel chwilio am drwbwl. Cyn iddo wybod beth oedd yn digwydd iddo, roedd hi wedi dwyn y sychwr gwallt oddi arno ac yn chwythu'r gwres heibio i goler ei grys, i lawr ei gefn. Gwaeddodd am drugaredd a cheisio mynd o'i gafael, ond roedd hi'n gryfach na fo ac wedi bod felly erioed. Hi oedd y chwaer fawr oedd yn ei warchod a'i amddiffyn yn yr ysgol pan fyddai'r hogia mawr yn gwneud sbort am ei ben ac yn bygwth cweir iddo. Roedd hi'n glamp o hogan nobl ac yntau mor eiddil, ac roedd ar bawb ei hofn—John Cryman Bach a phawb. Lloriai ei gwrthwynebwyr drwy dynnu'n eu gwallt nes eu bod yn llyfu'r llawr. Cadwai flew gwallt ei gwrthwynebwyr mewn hen duniau baco, bob un wedi'i labelu a'i ddyddio, ac ymhyfrydai yng ngorchestion y blychau baco fel yr ymhyfrydai eisteddfodwyr a chwaraewyr pêl-droed mewn casglu cwpanau.

Ni wyddai Rob prun oedd waethaf, ai ei phwysau enfawr ynteu'r gwynt poeth a oedd yn awr yn chwythu i fyny llodrau'i drowsus. Roedd sŵn ei duchan mor heintus nes peri i Magi chwerthin. Bachodd ar ei gyfle i rowlio o'i gafael. A thra roedd hi yn ddiymadferth rhyddhaodd y sychwr o'i gafael, a phlygu uwch ei phen i fygwth talu'r pwyth yn ôl. Roedd edrych i'w llygaid fel edrych arno'i hun mewn drych, heblaw fod ei rhai hi yn loywach. Roeddynt mor loyw fel y teimlai ei fod yn cael ei dynnu i mewn i'w dyfnder. Gollyngodd ei afael ar ei harddyrnau.

'Be sy'n bod, yr hogyn bach wedi cael digon?' Cododd ar ei heistedd i'w herio. 'Pam na cha i sychu dy wallt di?'

'Rhag ofn i chdi'i ddeifio fo.'

'Sinjio ti'n feddwl.'

'Sinjio neu ddeifio, be ydi'r gwahaniaeth? Dw i ddim isio gwallt fel blydi wig.'

'Be sy o'i le'n hynny?'

'Am 'i fod o wedi mynd allan o ffasiwn, 'r aur. Er, digon o waith fod y Celtiaid bach duon yn y rhan yma o'r byd yn poeni'u penna am betha felly.'

Cododd ar ei thraed a mynd draw ato i gymryd y sychwr oddi arno. Collwyd gweddill ei sylwadau yn rhu y peiriant. Brwsiodd ei wallt byr tywyll yn ôl, gan ei godi â blaenau'i bysedd. Caeodd ef ei lygaid a grwnian fel cath wrth iddi hi ei faldodi. Daeth y pleser i ben yn llawer rhy fuan. Pedair punt, ebe hi, gan ddal ei llaw o dan ei drwyn. Dim pres gin i heddiw, madam, medda fo, gan blygu i daro cusan ar ei llaw. Mi dala i chi pan ga i waith gan Steffan Polanski. Crychodd hi ei haeliau mewn penbleth.

'Dy ffrind yn y BBC,' medda fo, 'hwnnw sy isio Cymreigio enw pawb.' Cododd ei fraich a siarad mewn llais pwysig. 'Madam, dw i am i chi newid eich enw i Mari Gwenllian. Fedrwch chi ddim mynd drwy'r byd hefo enw Saesneg hyll. Mae enw Cymraeg mor dderbyniol, mor chwaethus, yn eich gosod ar eich union mewn dosbarth arbennig. Mae enw Saesneg yn tystio i feddylfryd taeogaidd eich rhieni. Rhaid i chi dorri'n rhydd o'r cefndir hwnnw os ydych am fod yn gadwedig.'

'Dos o ngolwg i, dw i ddim yn dallt dim rwyt ti'n ei ddweud,' ebe hi.

Cododd y drych ac edrych arno'i hun. Rhegodd dan ei wynt: doedd o ddim wedi gofyn am halo, doedd o ddim yn mynd am audition i Oberammergau.

Well gin i o'n gyrliog, ebe hi. Strêt ydi'r ffasiwn, medda fo'n awgrymog. Aeth drwodd i'r gegin i daro'i ben o dan tap, a llenwi'r tegell.

'Fasach chi'n lecio rhwbath cryfach?' gofynnodd hi.

'Dydi'r dyn sy'n dy haeddu di ddim wedi'i greu,' atebodd o. Tynnodd botel o Bells o'r cwpwrdd a'i dywallt i ddau wydr. Yna tywalltodd ddŵr o botel y babi yn ôl i'r botel.

'Gwybod y castia i gyd, Mags?'

'Pob un, Rob. Rwan, be am yr enw yna? Be am enw Cymraeg da i blesio Mr Uwchgynhyrchydd?'

'Bobi Lwni.' Tynnodd wynebau i ymddangos fel ynfytyn. Chwarddodd y ddau'n uchel.

Daeth Siwan i lawr y grisiau gan rwbio'i llygaid yn gysglyd. Syllodd ar y ddau â phâr o lygaid llonydd syn.

'Dlycha pwy sy wedi dwad lawl i'n gweld ni,' meddai Rob gan ddal i dynnu wynebau fel person hanner pan.

Sgrechiodd y fechan a rhedeg at ei mam. 'Be sy'n bod arnach di, pwt? Dim ond Rob ydi o. Wnaiff o ddim byd i ti, y ffŵl gwirion.'

'Wna i ddim byd,' medda fo, a gadael i'w wên lydan harddu'i wyneb. 'Drycha, dw i mor ddiniwad â chwannan.'

Dringodd y fechan ar lin ei mam. 'Be ydi chwannan?'

'Hen bry bach sy'n cosi. Rwan, be am fynd i'r gwely 'na?'
Cododd hi i'w breichiau, a'i chario heibio i Rob a fynnai gymodi
â chusan. Ond cuddiodd y fechan ei hwyneb ar ysgwydd ei
mam. Cymerodd yntau arno wfftio a rhyfeddu. Doedd hon
ddim yn Loosey. Rhybuddiodd Magi i frysio'n ôl, er mwyn
iddynt gael sgwrs cyn i Bryn ddychwelyd.

5

Cwestiwn: Sut mae gwraig rinweddol yn treulio'i hamser?
Ateb: Gweler Llyfr y Diarhebion, xxxi, 10-31.

Safai Hannah o flaen y drych yn dyfalu beth a wisgai. (Ydych,
rydych yn llygad eich lle: treuliai ormod o amser yn y drych.)
Yna, camodd yn ôl a chau ei llygaid i gymryd arni ei bod yn sefyll
ar draeth lle'r oedd y tywod yn grasboeth a'r awyr las uwchben
yn ddiderfyn. Llanwyd ei chlustiau â sŵn môr yn llepian yn
erbyn creigiau. A daeth gwylanod haerllug i grawcian. Ond
daeth sŵn arall i'w drysu—y tro hwn o gyfeiriad y ffenest, sŵn
fel sŵn deryn yn ei luchio'i hun yn erbyn y gwydr. Melltithiodd
y deryn ffôl am ei dwpdra. Roedd arni ofn adar, er pan ddaeth o
hyd i un yn farw wrth droed ei gwely yn y llofft â'i lygaid yn
rhythu i'r gwagle: hen ddrudwy hyll, a oedd yn hollol annheil-
wng o gael ei enwi'n y Mabinogi. Curiad arall, a gwelodd ysgol
yn pwyso ar sil y ffenest. Gafaelodd yn y dilledyn nesa i law a'i
daro dros ei phen. Mygodd sgrech wrth weld llaw yn ymddang-
os, a rhuthrodd i afael mewn potyn oddi ar y bwrdd glás fel y
gallai ei luchio at y tresmasydd. Yna ymddangosodd llanc a
gwenu arni: gwên hollol, hollol hudolus. Gwnaeth arwydd arno
i ymadael. Cododd yntau ei fwced ddŵr i'w dangos iddi, a
thynnodd gadach chamois dros ran o'r ffenest i greu llen
rhyngddynt. Gafaelodd yn ei dillad gwaith gan feddwl eu
gwisgo, ond roedd graen blinder arnynt. Aeth drwodd i stafell
Gwenno i weld be allai ei fenthyg, a bodloni ar gords gwinau a
chrys cotwm golau. Rhwbiodd hufen dros ei hwyneb a thynnodd
grib drwy ei gwallt byr, ac yna trodd am y gegin i aros y
glanhawr.
    Berwodd y tegell. Tafellodd lemwn yn denau a'u gosod mewn
cylch ar blât. Tynnodd ddau wydryn â dolennau arnynt o'r
cwpwrdd a rhoddodd dair llwyaid o de Rwsiaidd yn y tebot.

27

Doedd ryfedd yn y byd fod y llanc mor sicr o'i groeso. Camodd dros y rhiniog wrth weld y bwrdd wedi'i osod, gwnaeth sioe o sychu'r chwys oddi ar ei dalcen, a chododd ei law i'w saliwtio.

'Robin Tryfan at eich gwasanaeth.' Anwybyddodd y pwrs oedd yn ei llaw. 'Lecio fo? Lecio'r enw? Wedi 'medyddio neithiwr ddwytha. A phryd gawsoch chi'ch bedyddio, sgwn i?' Teimlai ei hun yn cochi wrth i'w lygaid gloyw ei phwyso a'i mesur. Roedd y profiad mor ddiarth, roedd o fel rhywbeth o ddyddiau'i llencyndod. 'Run pryd â fi, synnwn i damaid. A rwan, be am yr enw?'

'Hannah—Hannah Morgan,' mewn llais distaw.

'Be ga i'ch galw chi, Hannah nte Mrs Morgan? Hannah ddeudodd Magi. Dos draw at Hannah, gei di groeso gan Hannah, wnaiff Hannah ddim dy wrthod di: dyna oedd ei geiria hi.' Aeth heibio iddi i olchi'i ddwylo yn y sinc. 'Galwa i chi'n Hannah, cewch chitha ngalw i'n Rob.'

'Gwnewch eich hun yn gartrefol,' ebe hi, ar ôl dod o hyd i'w thafod.

Trodd y llanc i wenu arni. 'Fydda i'n siŵr o wneud, peidiwch â phoeni.' Daeth i eistedd wrth y bwrdd. Roedd ei wallt cyn ddued â'r frân a'i lygaid yn chwerthin drwy'r adeg. Gofynnodd iddo a oedd yn trin ei gwsmeriaid i gyd fel hyn. Dim ond y rhai spesial, medda fo. Roedd hi'n spesial am mai hi oedd ei gwsmer cyntaf. Roedd yn rhaid iddo weithio am fod Bryn Tycoon yn rhy gynnil i'w gynnal. Bryn Tycoon? ebe hi. Bryn Jones, Saer Maen ac Adeiladydd, gŵr Magi fy chwaer, gwaetha'r modd, medda fo.

A hwn oedd y brawd roedd hi wedi cyfeirio ato yn y parti. Roedd wedi disgwyl iddo edrych yn fwy benywaidd. Eto, roedd hi'n anodd barnu y dyddiau hyn ac un allan o bob pump (os gwir yr ystadegau) yn wrywgydiwr. Hidlodd y te i'r gwydrau, a mwmian dweud ei bod hi'n falch o weld rhywun yn galw i llnau'r ffenestri: doedd neb wedi'u llnau er pan syrthiodd ei ragflaenydd o ben ysgol a thorri'i goes. Hold on, medda fo, dw i ddim yn bwriadu gwneud galwedigaeth ohoni. Cododd y gwydr i ddymuno iechyd da iddi. Joban dros dro, dyna i gyd ydi hon. Be ydi'ch gwaith chi felly? ebe hi. Rhoddodd ochenaid o ryddhad. Roedd o wedi anobeithio ei chlywed yn gofyn—a chododd ar ei draed i ddyfynnu araith o *Hamlet* (ei air o'n unig oedd ganddi am hynny).

'Gormod o Hamlets yn Lloegr. Dyna pam y dois i'n ôl i Gymru. Wyddoch chi mai dyma'r unig wlad lle mae actio'n talu? Rhaid bodloni ar fod yn sgodyn bach yng ngwlad y llynnoedd niwcliar.'

'Neu'n forfil mawr.'

Na, doedd hynna ddim yn ffraeth nac yn ddigri, doedd waeth iddi heb â cheisio'i thwyllo'i hun. Dyna beth oedd byw confensiynol wedi'i wneud iddi,—roedd hi wedi colli'r ddawn i fod yn ddifyr. Am beth y siaradai pan oedd yn ifanc a byrlymus? Am beth y siaradai dieithriaid mewn caffi a siop?

'Chwanag?' Cododd y tebot.

'Chwanag, Rob?—Felna mae gofyn.'

'Chwanag, Rob?' yn chwithig.

'Oes gynnoch chi ddim o'r stwff cyfalafol hwnnw maen nhw'n ei werthu yn Tesco?—y peth maen nhw'n ei yfad mewn caffis a festri capal, efo digon o lefrith a siwgwr?'

Da was. Gwenodd. Dyna'r ffordd i'w thrin hi. Chwiliodd y cypyrddau i gyd. Daliodd y paced o de China o flaen ei lygaid.

'Cefnogol iawn i'r gwledydd Comiwnyddol. Wayne yn llygad ei le yn dweud mai yn y tai crandia mae dod o hyd i Farcsiaid. Fy mêt i ydi Wayne. Rhaid i chi gwrdd â fo ryw dro. Artist ydi Wayne. Fasa'n well gynno fo lwgu na llnau ffenestri. Ond yna, dydi o ddim yn gwybod be mae o'n ei golli.' Daliodd ei llygaid. 'Deudwch i mi, ydach chi'n cydfynd â'r sustem Gomiwnyddol o rannu?'

Agorodd ei phwrs i'w dalu. Ond doedd o ddim wedi gorffen, doedd o ddim wedi gwneud y tu mewn, a thalai hi ddim iddyn nhw regi ei gilydd.

6

Hwyliai Elsbeth y bwrdd ar gyfer swper, ei symudiadau er yn frysiog yn osgeiddig. Ei chlywed yn hytrach na'i gweld a wnâi Arfon wrth iddo ddarllen y *Listener*. Nid oedd rheidrwydd arno i helpu: roedd y bwydydd yn eu pecynnau a'u harogl yn treiddio drwy'r tŷ, cyw iâr Tandoori, cyri Madras, reis, nionod, papadyms,—yr hen ffefrynnau,—a salad. Gorffennodd yr erthygl a mynd draw i'r ffridj i nôl potel o ddŵr Perrier iddi hi a chan o Pils iddo'i hun. Eisteddodd hi yn ei lle arferol ar ben y

29

bwrdd, ac yntau ar y dde iddi. Nid oedd ganddynt ddim i'w ddweud wrth ei gilydd. Cadwai hi, fel pob person uchelgeisiol, ei chyfrinachau a'i gobeithion iddi hi ei hun. Ac yntau? Roedd o wedi rhoi'r gorau i obeithio.

Ymddiheurodd am frysio, ond roedd ganddi gant a mil o bethau i'w gwneud: galw mewn tŷ cyngor, cwrdd â chynghorydd arbennig i drafod tactegau pleidleisio yng nghyfarfod nesa'r Cyngor, a chwrdd â llywodraethwyr yr ysgol. Nid oedd digon o oriau wedi'u creu i'w holl weithgaredd. Ffynnai ar fywyd cyhoeddus: roedd hyn i'w weld ym miniogrwydd ei llygaid a'i dull o siarad. Ni ddefnyddiai jargon gymdeithasegol yr adain chwith; siaradai iaith yr oedd pobl yn ei deall. Ar ben hyn oll, daliai ei hun yn hyderus a gwisgai'n chwaethus. Colurai ei hwyneb cyn dod i lawr i frecwast, ac ni welwyd mohoni erioed yn gwisgo jeans, cords na sliperi. Dyna'r ddelwedd gyhoeddus. Dyna'r ddelwedd breifat yn ogystal.

Rhybuddiodd ef i adael y llestri nes deuai Mrs Evans fore drannoeth: roedd hi'n cael ei thalu am eu gwneud. Hi oedd yn iawn, doedd waeth iddo heb â dadlau. Sylwodd ar y pantiau dan ei chernau. Doedd colli pwysau ddim yn gweddu iddi.

Golchodd y llestri wedi iddi fynd (haws cau ceg na chau llygaid). Un ddrwg am dynnu coes oedd Mrs Evans. Pwy gawsoch chi i swper, Mr Pritchard? Rhywun neis, gobeithio. Gormod o flas ar y sgwrs i olchi llestri. Bwyd Indian yn dda i chi, meddan nhw—ac edrych arno'n awgrymog—ond fydda i byth yn ei fyta fo fy hun, rioed ei angen o. Lle mae Mrs Pritchard y bore ma? Whacked ar ôl neithiwr. Felna mae, fedrwn ni mo'i dal hi ymhobman, rhaid i'r hen gorff gael llonydd.

Aeth i'r llofft i molchi a newid i ddillad cyfforddus, hen drowsus melfaréd a'i frethyn yn breuo, jumper a sliperi nad oedd fawr gwell na fflachod. Llwythodd yr Aga am y noson ac eistedd i lawr i ddarllen papur. Prin y cafodd amser i ddarllen y penawdau nad oedd rhywun yn y drws. Petrusodd cyn ateb. Ni fyddai neb yn galw ac eithrio i hel at achos da, neu i fynd ar ofyn Elsbeth.

Bryn oedd yno, yn ei gôt fach felfed werdd a'i sgidiau sodlau uchel. Gwenai o glust i glust, yn sicr o'i groeso.

'Dowch—' Cywirodd ei hun mewn pryd wrth gofio mai ti a alwai Bryn ar bawb. 'Tyrd i mewn.'

Safodd Bryn ar ganol y llawr i edmygu'r nenfwd gerfiedig ac i dynnu'i law dros ganllaw'r grisiau a brolio'r pitch pine. Ni wyddai Arfon i ba stafell y dylai fynd ag ef. Roedd hi mor hawdd pechu dieithriaid wrth fynd â nhw i'r gegin (y werin yn arbennig). Byddai'n cymryd hydoedd i gynhesu'r lolfa gan ei bod yn stafell mor fawr ac yn wynebu'r gogledd. Anaml iawn y byddent yn ei defnyddio. Bob bore byddai Mrs Evans yn agor y drws i gael gwared ag oglau stêl. A phob nos byddai Elsbeth yn ei gau.

O'r diwedd, pan nad oedd rhagor o bethau i Bryn eu hedmygu, penderfynodd Arfon fynd ag ef i'r stydi, stafell fach gul dywyll na welai'r haul o un pen blwyddyn i'r llall. Yno y cadwai ei lyfrau a'i bapurau. Y llyfrau bob un yn dwt ar y silffoedd, pob awdur yn nhrefn yr wyddor, nofelau ar un silff, cofiannau ar un arall, dramâu ar y silff uchaf. Estynnai'r silffoedd o un pen i'r stafell i'r llall. Taniodd y tân nwy, ond ni fynnai Bryn eistedd: roedd yn well ganddo gael golwg ar y llyfrau, a cheisio dyfalu beth oedd eu gwerth, yn arbennig y rhai oedd yn hen a threuliedig.

'Wisgi?' gofynnodd Arfon, gan roi'r llyfrau'n ôl yn eu lle.

'Derbyniol iawn.' Swniai'r geiriau'n ffug, fel petai wedi eu menthyg o enau rhywun arall.

Piciodd Arfon i'r llofft i newid yn ôl i'w siwt.

Rhoddodd ddigon o rew yn y gwydrau a chadw'r botel. Ni fwriadai rannu chwaneg neu doedd wybod pryd y byddai'n gadael.

Safai Bryn o flaen y ffenest yn bodio copi o *Rosencrantz and Guildenstern are dead*, y ddrama fwya diflas a welodd yn ei fyw, dim byd ond siarad. Anghytunodd Arfon, er nad oedd o, yn wahanol i Bryn, ddim wedi'i gweld, ond roedd wedi'i darllen droeon. Roedd yn ddrama glyfar a phwysig.

'Gormod o glyfrwch o beth diain sy mewn dramâu y dyddia hyn, a dim digon o stori,' ebe Bryn, gan fynd ymlaen i ganu clodydd *Y ferch o Gefn Ydfa*, drama i dynnu llinynnau'r hen galon. Digon hawdd i'r ysgolheigion dwt-twtio, ond ni allent wadu ei hapêl. All human life is there. Siaradai gydag awdurdod dyn a oedd yn gwybod ei bethau. Estynnodd am y wisgi. 'Bell's?'

'Teacher's.'

'Y gora, dim byd ond y gora i fois y cytrynga. Magi'n dweud fod 'y mrawd-yng-nghyfraith yn debyg o ymuno â chi un o'r dyddia ma.' Aeth at y tân i gnesu ei ddwylo.

'Wn i ddim am hynny. Mae'n rhaid iddo ddod am audition gynta.' Ceisiodd beidio â swnio'n chwerw. Chwarddodd, neu'n

31

hytrach gwnaeth sŵn yn ei gorn gwddw. 'Mae 'na fwy o actorion yng Nghymru'r dyddia ma nag oedd 'na o gwningod cyn i'r myxomatosis 'u difetha.'

Chwarddodd Bryn yn werthfawrogol. Doedd fawr o Gymraeg rhyngddo fo a'i frawd-yng-nghyfraith, ond dyna un peth roedd o'n medru'i wneud—actio. Roedd actio'n ei waed o. Yng ngwaed Magi hefyd petai'n dod i hynny. Dau o'r un brethyn. Daeth hynny ag ef at ei neges. Roedd Magi wedi mynnu ei fod yn dod draw i weld y gegin.

'Y gegin?' Crychodd Arfon ei dalcen mewn penbleth.

'Paid â dweud nad wyt ti ddim yn cofio, neu fod nacw wedi cam-ddallt unwaith eto? Soniaist ti rwbath wrthi hi am godi at y gegin, ac am i mi ddod draw i roi amcangyfri?'

Na, dyna'r ateb. Na, yn bendant iawn, na. Yn lle hynny, clywodd ei hun yn cytuno iddynt drafod y gegin ym mharti Eurwyn a Glenys dro'n ôl, ond nad oedd wedi ystyried y mater ymhellach. Byddai'n rhaid iddo gael bendith Elsbeth cyn gwneud dim.

'Tyd i mi gael gweld y gegin,' ebe Bryn.

Yn ei wely y noson honno ni allai gysgu. Cododd unwaith yn rhagor i'r gegin i nôl pilsen a phaned, ac i ddyfalu pa gêm yr oedd Magi'n ei chwarae. Roedd hi'n gêm beryglus beth bynnag oedd hi, a rwan roedd ei gyfle i dynnu'n ôl. Aeth yn ôl i'w wely yn dawelach ei feddwl, yn benderfynol o'i ffonio yn y bore.

7

Tua'r un pryd, ar ôl gwneud yn siŵr fod Bryn yn cysgu, cododd Magi o'i gwely a mynd draw at y chest of drawers lle cadwai ei dyddlyfr. Gwthiodd ef o dan ei choban a mynd draw i'r stafell molchi. Eisteddodd ar y sêt i sgrifennu mewn biro goch *Wedi dechra rhwbath heddiw!*

8

Pa lawen lanc dibryder nad yw brudd
Hyd ddagrau weithiau, . . .?

Neithiwr roedd y cadno wedi udo, ei gri hir ddolefus wedi
rhwygo'r tywyllwch. Daeth ysfa angerddol arno i godi o'i wely a
mynd draw i Ros-y-ffin i chwilio amdano ond tybiodd iddo
glywed tinc o rybudd yn yr oernadau, rhyw arwydd o wae a
barodd iddo swatio o dan y dillad. Nid fo oedd yr unig un a'i
clywodd: cwynai'i fam wrth y bwrdd brecwast am yr hen gi yna
oedd wedi'i chadw'n effro drwy'r nos.

'Rhywun yn mynd i farw cyn nos, marciwch chi 'ngair i.'

Roedd y goel wrth fodd calon yr efeilliaid. Cawsant fodd i fyw
yn rhestru'r cleifion a drigai ar y stad, ac fel pe na bai hynny'n
ddigon o hwyl dyma ddechrau rhestru damweiniau a chlefydau
erchyll ar gyfer eu hathrawon a'r bobl eraill yr oeddynt yn eu
casáu.

Gwyddai Kevin fod pethau gwaeth nag angau. A phan ffoniodd Gwenno i ddweud wrtho ei bod yn dod draw, gwyddai fod
ei ofnau gwaethaf wedi eu gwireddu. Un olwg ar y tŷ a, byddai
wedi canu arno, doedd y lle ddim yn ffit i'w weld. Rhuthrodd o
un stafell i'r llall yn ei ffwdan, roedd pobman fel cwt mwrdwr yn
llawn dillad a phapurach. Galwodd ar ei fam i ddod i'w helpu i
glirio—cri o'r galon fel llef y cadno neithiwr—ond doedd hi
ddim ar gael, doedd hi byth ar gael pan oedd ei hangen: mynd
mynd mynd, o fore gwyn tan nos, yn llnau tai pobl eraill, ond
doedd ganddi hi byth amser i dynnu llwch yn ei thŷ ei hun. A
dim bwyd yn y cypyrddau. Dillad heb eu smwddio. Llond sinc o
lestri budr ar ôl neithiwr, a'r grefi'n gen ar y platiau, a
gweddillion bresych yn y sosban. Tynnodd ddwy fŷg o'r pentwr
a rhedeg dŵr drostynt. Gallent gael paned yn ei stafell o.

Aeth i fyny i dacluso. Gwthiodd bapurau crisps a danteithion
eraill i'w bocedi, a thynnodd lwch oddi ar y cwpwrdd â chefn ei
lawes. Gosododd *Cerddi* T. H. Parry-Williams a *Cerddi'r Gaeaf*
R. Williams Parry gyda'i lyfrau ysgol ar sil y ffenest, a phitïo nad
oedd ganddo gopi o unrhyw gyfrol gan Gwenallt. Safodd yn y
drws i syllu'n wrthrychol ar y stafell. Suddodd ei galon wrth
weld pa mor ddi-raen a thlawd yr edrychai'r llenni brau ac wrth
weld y marciau sigaréts ar y fat (o'r dyddiau pan *harddai'r*
aelwyd) a'r modd y cyrliai'r lino. A'r cwrlid gwely wedyn mor

ddi-chwaeth, yr un â llun cae ffwtbol arno a gafodd yn anrheg Dolig bum mlynedd yn ôl. Mor wahanol i stafelloedd moethus y Neuadd Wen.

Gwasgodd ei fol i gael gwared â'r cyfog, a mynd draw at y ffenest i geisio meddwl am gerdd a fyddai'n cyfleu ei wewyr.

Pan glywodd y curo hirddisgwyliedig ar y drws rhoddodd ei galon dro. Clywodd yr efeilliaid yn rhuthro i ateb, a galw arno ddod i lawr. Roedd rhywun wedi gosod llen o flaen ei lygaid. Drwy'r llen gwelodd hi'n ysgwyd y dafnau o'i gwallt. Ei gwallt oedd y tresi ŷd a blygwyd gan y glaw. Rhedodd un o'r efeilliaid i nôl lliain pyglyd iddi ei sychu. Daliodd ef o flaen ei llygaid cyn ei godi at ei phen. Roedd ganddi nerth anhygoel yn ei breichiau. Yna aeth i'r stafell fyw, fel petai'n hen gyfarwydd â'i lleoliad. Ciciodd y papurau a'r cylchgronau o dan draed i wneud lle iddi eistedd. Cynigiodd baned o de iddi, ond roedd yn well ganddi squash. 'A squash i ni,' bachodd yr efeilliaid ar eu cyfle.

Eisteddai Gwenno yno, yn gysetlyd fel un yn disgwyl cael ei ddiddanu, a daeth yr efeilliaid i ddawnsio tendans arni hefo'u recordiau. Gwrandawodd ar sŵn aflafar y Boom Town Rats, Police, Jam, y Rolling Stones ac eraill yn mynd drwy'u pethau, eu pynciau'n amrywio o ryw i ffasgiaeth ac anarchiaeth: roeddynt yn ffasiynol yn dychanu ac yn pleidio achosion clodwiw er mwyn llenwi eu pocedi.

'Wedi llyncu mul?' ebe Gwenno benfelyn. 'Petha fel hyn is-law dy sylw di?'

Ni ddisgwyliodd am ateb. Aeth i'r cyntedd i nôl ei chôt law. Cynigiodd Kevin ei helpu ond doedd hi ddim isio'i help, doedd hi ddim yn bwriadu'i gwisgo.

'Mi fyddi di'n wlyb at dy groen.'

'Ddaru mymryn o law rioed ddrwg i neb.'

'Mi ddo i hefo chdi.' Yn ddyn i gyd.

'Beryg i ti gael annwyd, well i ti aros adra.'

Chwarddodd yr efeilliaid. Trodd yntau bâr o lygaid arnynt. Rhedodd at ffenest y landing i'w gwylio hi'n diflannu i fyny'r stryd. Pwysodd ei wefusau ar y gwydr i alw arni'n ôl, crefai ei du mewn amdani. Ond ni ddychwelodd Ewrydice.

9

Safai Rob yn nrws y gegin yn gwylio'i chwaer yn gwasgu'r clytiau o'r bwced i'w lluchio i'r peiriant golchi. Wrth edrych ar ei ddwylo meddal ei hun, ni allai lai nag edmygu ei nerth. Pwysodd yn ôl i rwbio'i gyhyrau bnafog yn erbyn postyn y drws. Trodd Magi ato a gwenu.

'Aros funud, mi wna i hynna i chdi.' Roedd ffrynt ei blows yn wlyb.

Dechreuodd guro a thylino ei gyhyrau, yn galed ddidostur i ddechrau ac yna'n rhythmig lesol, nes ei fod yn grwnio rhwng phoen a phleser. Pan drodd i ddiolch iddi roedd dafnau chwys ar ei thalcen ac yng nghafn ei bronnau.

'Be am stori neu ddwy?' gofynnodd hi. Tarawodd yntau ei grys gwas ffarm am ei gefn. 'Dw i'n ysu am glywed confessions of a window cleaner.'

Aeth Rob draw at y ffenest i regi'r glaw o dan ei wynt. Syllodd ei chwaer yn syn arno: ni welai reswm yn y byd dros iddo boeni. 'Dw i isio plesio,' medda fo. 'Plesio pwy?' ebe hi. 'Plesio 'nghwsmeriaid.' 'Rhaid eu bod nhw'n spesial.'

Gofynnodd iddo a oedd wedi galw gyda Hannah, honno roedd ei gŵr hi'n gweithio'n Llundain, honno oedd yn byw yn y tŷ gwyn neis.

'Do.'

Tynnodd ei blows oddi amdani a'i lluchio at y clytiau i'r peiriant. Roedd ei bra'n rhy fychan iddi. 'Dw i'n nabod sŵn y *Do* yna.'

'Mae hi'n rhy dynn i mi. Well gin i nhw'n grwn a meddal. Isio dipyn o oil Morus Ifas i iro dipyn arni hi.'

Chwarddodd Magi. Roedd ganddo ddigon o hwnnw. Rhybuddiodd hi i beidio â rhoi syniadau yn ei ben, ac am fynd i'r llofft i newid rhag iddi gael niwmonia.

Roedd hi'n dal i chwerthin wrth iddi garlamu i fyny'r grisiau. Aeth Rob i'r gegin i wneud paned. Pan ddaeth Magi'n ôl gwisgai hen grys melyn ac arno goler lydan yn perthyn i Bryn. Daliai lyfr yn ei llaw; gafaelai'n dynn ynddo fel petai arni ofn i rywun ei ddwyn oddi arni.

'Be ydi hwnna sgin ti?'

'Diary.'

'Ufflon o beth peryg i'w gadw, os ca i ddweud. Peryclach na mini missile.'

Gwenodd arno'n gynllwyngar, a gwneud arwydd arno i ddod at y bwrdd. Gydag un symudiad chwim agorodd y llyfr a phwyntio'i bys at frawddeg wedi ei sgrifennu mewn biro goch: *Wedi dechra rhwbath heddiw!* Disgwyliodd iddi ymhelaethu, a rhag dangos ei fod o'n malio y naill ffordd na'r llall, dechreuodd ei holi a thynnu'i choes. Roedd yna lanhawr ffenestri hardd wedi galw? Na. Roedd hi a Bryn wedi bod yn gwneud babi, y cnafon budr? Cyffyrddodd â'i gwddw. Cwlwm arall yn yr hen raff yna. Pryd, O pryd, oedd hi'n mynd i ddysgu? Na. Pwyntiodd Magi at ei mynwes i ddangos mai yno roedd y cynnwrf. Roedd hyn yn well, yn para'n hirach na'r peth arall, ebe hi. Be am i mi gael y recipe? medda fo.

Edrychodd yn llechwraidd o'i hamgylch cyn pwyso ymlaen i sibrwd yn ei glust ei bod wedi dweud celwydd. Dydi hynny'n ddim byd newydd, medda fo, rydan ni'r Looseys yn enwog am ein celwydda. Mae hwn yn glamp o gelwydd, ebe hi, ac adrodd fel y bu iddi anfon Bryn i dŷ Mr Uwchgynhyrchydd.

'Watsia di dy hun,' medda fo, 'mi fydd 'ma goblyn o le pan ffeindith Bryn.'

'Ti yma i 'ngwarchod i.'

'Fi! Y cachwr mwya rochor yma i'r Iwerydd. Fedri di ddim dibynnu arna i, Mags. Duw, na, dw i o ddifri rwan, ei di'n rhy bell un o'r dyddia ma.'

'Duwcs, ddigwyddith dim byd bellach. Mae'r ddau yn ormod o benna mawr i gyfadda'u bod nhw wedi cael eu twyllo.' Caeodd y llyfr yn glep a'i wasgu at ei bron. Gobeithio'i fod o'n sylweddoli mai er ei fwyn o roedd hi wedi gweithredu.

10

Ddwy flynedd yn ôl rhoddodd Hannah y gorau i arddio. Nid oedd lle i dyfu chwaneg o flodau yn y borderi, ac ni fyddent byth yn dod i ben â bwyta'r llysiau a gâi eu tyfu. Arferai eu rhoi yn y rhewgell i'w cadw, ond ni fyddai neb byth yn eu bwyta, byddai'n rhaid eu cario mewn bagiau plastig duon i'r domen ysbwriel pan âi'r gist yn rhy llawn i dderbyn rhagor (gweithred a wnâi iddi deimlo'n euog a gwastraffus). Tua'r un pryd rhoddodd y gorau i gerdded y caeau i hel blodau a chasglu ffrwythau i'w troi'n win. Rhoddodd y gorau i wneud chutneys a jam, a rhaffu nionod, ac roedd wedi gadael i'r ffrwythau a'r llysiau bydru ar y silffoedd.

Wrth sefyll yn y stafell olchi hiraethai Ifor am weld y silffoedd dan eu sang o botiau a photeli, hiraethai am weld y tatws a'r moron a'r llysiau eraill yn eu sachau, ac am oglau sur-felys y ffrwythau wrth iddynt aeddfedu. Yn fwy na dim hiraethai am wraig weithgar rinweddol.

Rhedodd ias o gryndod drwyddo a gadawodd y stafell foel am gynhesrwydd y stafell fyw lle safai Hannah o flaen y tân â gwydr yn ei llaw yn gwylio'r fflamau yn rhuthro i fyny'r simdde. Gwenodd arni, a rhoi ei fraich am ei hysgwydd fel petai i wneud iawn am ei deimladau.

'Braf gweld tân glo,' meddai, er nad oedd dim gwres yn dod ohono, gan mai newydd gael ei gynnau yr oedd.

'Mwy o drafferth efo fo na'i werth,' ebe hi, 'a dwyt ti ddim yn gweld ei angen yn Llundain.' Tynnodd hi ato i'w chusanu. Roedd lot o betha roedd o'n gorfod byw hebddyn nhw yn Llundain. Symudodd yn chwim, chwareus bron, o'i afael, a mynd draw i sefyll wrth ddrysau'r patio.

'Wyt ti'n gweld rhywbeth yn wahanol?' gofynnodd.

Gan mai gêm ydi gêm, edrychodd o'i gwmpas i'w thinpwl. Roedd hwyliau rhyfedd arni ers tro. Weithiau câi'r teimlad ei bod yn mynd allan o'i ffordd i'w wylltio. Dyna'r llun hwnnw gan Wil Roberts roedd hi wedi'i brynu'n wrthgefn iddo: £500 am droedfedd o lun glöwr heb drwyn na llygaid, dim byd ond ffurf o wyneb cydnerth a oedd yn bygwth ei wthio'i hun o'r ffrâm. Gwneud arwr o'r glöwr oedd bwriad yr artist yn ddiau ond gwyddai Ifor mai dyn bach tila di-asgwrn-cefn yw gweithiwr. Cofiai amdano'i hun yn dod adre o Gaerdydd un noson, ar ôl bod yno'n cymryd rhan mewn rhaglen deledu: teithio drwy un o'r cymoedd pan welodd ddyn bach unig yn sefyll ar gongl stryd yn ei ddillad gwaith. Glöwr. Roedd golau'r car wedi'i ddallu ac ni wyddai ble i droi. Anifail ofnus, dyn sy'n ofni'i gysgod yn y golau, dyna ydi gweithiwr.

'Dydi dy feddwl di ddim ar waith,' ebe hi. Fuo ganddo fo erioed ddim i'w ddweud wrth chwarae plant. Gafaelodd yn y papur a dechrau darllen. Dyna a gollai pe deuai'n ôl i Gymru— ei ryddid. Rhyddid i hamddena, rhyddid i fynd allan am beint, trafod pethau o bwys mewn cylchoedd diwylliedig, cael rhannu cyfrinachau gwleidyddol, troi gydag eneidiau deallus cytûn. Ac yng nghefn ei feddwl, yn y gongl fach gudd ddymunol honno lle crëir breuddwydion a ffantasïau, roedd meistres, nid un y treuliodd noson yn ei chwmni, na, roedd hon yn rhywun arbennig, fel un o gymeriadau Wil Roberts yn ddiwyneb a dienw. Rhith oedd hi.

'Y ffenestri. Wyt ti ddim yn gweld gwahaniaeth yn y ffenestri?' Cwestiwn benywaidd. Roedd ei fyfyrdodau wedi ailddeffro'i nwyd. Aeth draw at yr adlewyrchiad ohoni yn y gwydr a thynnu'i fysedd yn awgrymog dros yr amlinelliad.

'Paid,' medda hi, 'paid â'u maeddu nhw efo dy fodia. Dw i newydd dalu pedair punt am eu llnau.'

'Gobeithio fod y *Windolene* yn gynwysedig.'

'Hogyn clên. Del. Gwerth talu am lanhawr ffenestri del.'

'Hogyn?' Gwyddai am ei gwendidau.

'Brawd Magi gwraig Bryn. Ti'n cofio Magi, yr hogan fawr yn y ffrog binc ym mharti Eurwyn a Glenys, honno oedd wedi'i dal hi.'

Roedd ganddo frith gof.

Yr eiliad arbennig yma, roedd ganddo fwy o ddiddordeb yn ei stumog. Doedd o ddim wedi bwyta ers y bore cynta. Holodd beth oedd i swper.

'Tatws pum munud wedi'u coginio mewn hufen, ham wedi'i rostio mewn port a siwgwr coch, coli a chennin, a theisen gaws a mafon i ddilyn. Wnaiff hynny dy dro di?'

'Potel win?'

'Potel win hefyd.'

'Mae'n werth dod adra am wledd felna.' Aeth ati a rhoi ei ddwylo am ei chanol i'w thynnu ato. 'Tyrd yn dy flaen, tyrd â dy wefusa i mi.'

Sbonciodd yn ôl yn euog wrth glywed Gwenno'n carthu ei gwddw. Ond pan drodd ei phen i gyfeiriad y drws, doedd hi ddim yno. Ac nid atebodd pan alwodd Ifor arni i ddod lawr i gael swper. Rhyngddi hi a'i phetha, medda fo. Ond ni allai ymlacio. Gorffennodd ei fwyd heb ei flasu ac aeth i fyny i'r llofft i chwilio amdani. Chwythodd chwa o wynt i'w hwyneb wrth iddi agor y drws, a rhuthrodd i gau'r ffenest. Cynheuodd y golau, ond doedd Gwenno ddim yn ei gwely. Llygad-dynnwyd hi gan y graffiti ar y wal gyferbyn, a brathodd ei gwefl.

Doedd y graffiti ddim yn boen i Ifor, roeddynt ymhobman yn Llundain. Roedd isio bod yn eangfrydig ynglŷn â'r petha 'ma. Symud efo'r oes. A phrun bynnag, Gwenno ddylai'i llnau.

'Disgwyl fyddan ni,' ebe Hannah, yn benderfynol o gael gwared ag o'r eiliad honno.

'Ugain munud i ddeg. Mae hi braidd yn hwyr i ni feddwl am drïo'i llnau o heno.'

Yn ei dymer aeth Ifor i'r sied yng ngwaelod yr ardd i chwilio am baent, gan frasgamu'n gyflym. Crynai'r ddaear wrth iddo gerdded. Pasiodd o fewn trwch blewyn i'r llwyni seithliw. Daliodd y gwyliwr ei wynt.

11

> . . . *ai i hyn*
> *Y'm hudwyd . . .*
> *Ac yna, yn ddiobaith, ganu'n iach?*

Dylai hynny fod yn wers iddo. Byddai'n rhaid iddo fod yn fwy gwyliadwrus o hyn ymlaen—peidio â mynd ar y cyfyl pan fyddai'r tad gartref. Chwalodd y pridd oddi ar ei ddillad, a stwythodd ei goesau.

Roedd y gusan wedi'i anniddigo: doedd dim tynerwch ynddi, dim teimlad. Câi'r teimlad annifyr fod y wraig wedi syllu dros ysgwydd ei gŵr fel petai'n ymwybodol fod rhywun yn ei gwylio.

Doedd o ddim wedi sylweddoli pan gerddodd allan o'r tŷ ei bod yn noson olau leuad: nid fod y lleuad i'w gweld y noson honno, roedd cymylau glaw'n dal yn drwm yn yr awyr. Ond noson olau leuad oedd hi, fel y cadarnhaodd y calendr pan ddaeth i edrych arno'n ddiweddarach.

O edrych yn ôl, roedd pob un o nosweithiau'i grwydriadau yn noson olau leuad. Pan ddeuai i adrodd yr hanes flynyddoedd yn ddiweddarach byddai'n pwysleisio hyn, a thrwy hynny yn ychwanegu at y myth, na all gwyddonwyr er eu mawr wybodaeth ei esbonio, ynglŷn ag effaith ryfeddol y lloer ar bobl. Hoffai restru llu o ddigwyddiadau (llofruddiaethau'n bennaf) a ddigwyddodd pan oedd y lloer yn ei llawnder. A gorffennai gyda'r goel am ferched hesb yn epilio wedi iddynt dreulio noson heb gerpyn amdanynt allan dan y lloer.

Ystyrid y lleuad llawn yn esgus gan y mwyaf sinical. Y peth i'w gofio yw na cheisiodd Kevin ei hun erioed guddio'r ffaith iddo fod yn sbïana. Cyfeiriai ato'i hun fel Dafydd ap Gwilym yr ugeinfed ganrif yn mynd allan o'i ffordd i chwilio am brofiadau.

Dadleuai mai beirdd eilradd oedd beirdd y gadair freichiau. Roedd yn rhaid iddo gael gweld a theimlo drosto'i hun. Yr ysfa yma a'i gyrrai tua'r Neuadd Wen, lle trigai gwrthrych ei serch.

Cofiai'r noson gyntaf un pan aeth yr ysfa'n drech nag ef. Dechrau'r haf oedd hi, dechrau gwyliau'r ysgol. Roedd yr awyr yn llwyd-olau, fel y mae yr adeg honno o'r flwyddyn, a'r lleuad yn llawn a dilewyrch. Rhyfyg ar ei ran fyddai mentro drwy'r giatiau i fyny'r dreif. A phrun bynnag, roedd y wal uchel a amgylchynai'r gerddi yn fwy o sialens. Rhwygodd ei fysedd ar y gwydrau a smentiwyd i'r brig, a llifodd y gwaed. Magodd ei friwiau dan lwyn, na wyddai ei enw, a llifodd y gwaed i lawr hyd at y gwreiddiau. Byddai wedi bodloni aros yno am byth. Ond daeth y lleuad yn ôl i'w anniddigo.

Roedd teimlad gwag i'r tŷ. Gwyddai cyn edrych drwy'r ffenestri nad oedd hi yno. Galwodd ei henw'n ddi-ofn drwy'r blwch llythyron: Gwenno, Gwenno, Gwenno.

Yng ngwaelod yr ardd roedd perllan ifanc. Casglodd y gellyg a'r afalau caled a'u lluchio at y tŷ. Y lleuad gâi'r bai. Y lleuad gaiff y bai am bob gorffwylledd. Cariodd rai adref yn ei boced a'u gosod yn y bocs sgidiau gyda'i gerddi anorffenedig. Roeddynt yno i'w atgoffa o'i ymweliad cyntaf un. Yn feddal ac yn felyn aeddfed.

12

Un o gas bethau Arfon oedd siopio. Cerddai o gwmpas y dre fel ci ar gyfeiliorn. Synnai fod cymaint o siopau wedi eu cau, a rhai newydd di-chwaeth wedi cymryd eu lle (nid bod y ddinas yn nodedig am ei siopau, ddim mwy nag am ei phensaernïaeth). Roedd y cerdded yn ei wneud yn ddrwg ei hwyl. Dylai fod wedi dilyn esiampl ei gydweithwyr, a gyrru ei ysgrifenyddes i chwilio drosto. Ond er mor daclus a thwt oedd Hilda, gwyddai na wnâi ei chwaeth Marks & Spencer y tro i Elsbeth. Nid un i ddilyn ffasiwn oedd hi. Perthyn i'w hieuenctid diofal yr oedd y dillad llachar a'r tlysau rhad a gadwai mewn cist yn yr atig. Chydig a wyddai am ei hieuenctid. Ni fyddai byth yn trafod ei gorffennol. A hi oedd yn iawn: bob tro y darllenai sgript neu ddrama senti-mental yn euro'r gorffennol, gwyddai i sicrwydd mai hi oedd yn iawn. Diolch byth am wraig ddoeth. Ond er chwilio'r dre drwyddi draw ni allai ddod o hyd i anrheg a oedd yn deilwng ohoni.

Aeth i mewn i siop lyfrau i liniaru tipyn ar ei ddiflastod. Gafaelodd mewn copi o *Private Eye*. Doedd dim byd newydd ynddo. Roeddynt yn crafu gwaelod y gasgen: buan iawn y mae pechodau'n colli eu blas pan dderbynnir hwy fel ffordd o fyw gan gymdeithas sy'n mynd allan o'i ffordd i fod yn eangfrydig.

Symudodd at yr adran gymdeithasegol i chwilio am lyfr yn trafod y sustem gydweithredol o fewn y gyfundrefn gyfalafol. A oedd yna'r fath lyfr? O ddarllen y *TLS* roedd yn gyfnod gwael yn y maes yma yn ogystal. Edrychodd yn ddiamynedd ar rai teitlau cyn troi'n ôl at y nofelau. Prynodd lyfr gan Len Deighton a llyfr gan Barbara Pym—yr olaf er mwyn ei atgoffa'i hun fod rhai merched yn gallu sgrifennu. O leia, roedd ganddo rywbeth i'w ddangos am ei grwydro.

Allan ar y palmant taniodd sigarét a drachtio'r mwg yn syth i'w sgyfaint. Dyna welliant. A thrwy'r mwg gwelodd hi. Wrth eu henwau y meddyliai am bawb arall: Elsbeth, Hilda'i ysgrifenyddes, Mrs Evans y lanhawraig, ond fel *hi* y meddyliai am hon. Roedd hynny'n ei gosod ar ei hunion mewn categori arbennig. Wrth ei gweld yn gwthio'r bygi a'r ddwy ferch fach yn tynnu yng ngodre'i chôt, ni allai beidio ag wfftio ato'i hun am fwrw'i hôl.

Roedd wedi ymgolli cymaint yn ei fyfyrdodau fel na chlywodd y dyn canol oed a safai wrth ei benelin yn ei gyfarch.

'Gwrddon ni'n y Marine ddwy flynedd yn ôl—swper Dolig y Cyngor.'

Tynnodd ei wynt ato. Un o gronis Elsbeth! Roedd y cynghorwyr i gyd yn edrych yr un fath. Aeth ati ar ei union i ganu clodydd Elsbeth. Fo oedd wedi dangos y rhaffa iddi pan etholwyd hi gynta. Ac erbyn hyn roedd y rhod wedi troi: hi oedd yn ei ddysgu o. Un o'r cynghorwyr gora welodd Gwynedd: meddwl miniog praff ganddi, ddim fel rhai o'r merched oedd yn ymddwyn fel hen ieir wedi'u styrbio oddi ar eu clwydi. Roedd o wedi dweud yn ei hwyneb hi, ac mi ddwedai o eto'n ei chefn hi: roedd dyfodol disglair o'i blaen, ac nid cyfeirio at y Cyngor a wnâi o'r tro hwn. Nid oedd hyn ond rhagarweiniad i drafod gweithgareddau'r Cyngor, a'u rhwystredigaeth oherwydd y cyfyngiadau ariannol. Y broblem fawr ar y funud oedd yr archfarchnadoedd oedd eisiau ymsefydlu ar gyrion y dref. Pe rhoddid caniatâd iddynt, gallent gyflogi rhai cannoedd o weithwyr; ar y llaw arall,

41

gwerthent eu nwyddau mor rhad nes gorfodi'r siopau bychain i gau. Arswydai weithiau wrth feddwl am y fath gyfrifoldeb a osodid ar sgwyddau tipyn o gynghorydd, yn enwedig wrth gofio mai hwy oedd yn llunio'r gymdeithas newydd.

A dyma'r math o bobl y treuliai Elsbeth ei hamser gyda hwy. Esgusododd ei hun. Nid yn fwriadol y dilynodd hi. Yn wir, byddai'n barod i daeru iddo'i gweld yn mynd i gyfeiriad arall. Ond pan safodd i danio sigarét o fonyn y llall, dyna lle roedd hi'n sefyll o'i flaen, yn union fel petai'n disgwyl amdano.

'Chwara triwant?' Ei thôn yn gellweirus a'i llygaid gloyw'n pefrio.

'Cystal enw â dim arno.' Edrychodd ar y plant i ddod dros ei chwithdod. Roedd y ddwy ferch ar lun a delw'u tad, yn fain ond heb ddim o'r hyder a'r awch sy'n tyfu gyda'r blynyddoedd. A'r babi yn llond ei groen, gyda bochau cochion braf a llygaid gloyw fel ei rhai hi. Cyflwynodd y tri gan daro'i llaw ar eu pennau.

'Dyma Siwan sy'n bump oed ac wedi darllen *Sali Mali* a'r *Pry bach tew* ers pan mae hi'n ddim o beth. A Heledd sy'n bedair ac yn bosio pawb yn yr ysgol feithrin. A Gwion sy'n werth y byd er nad ydi o ddim isio dim gwerth o gysgu.'

'Mynd i'w wely'n rhy fuan mae o,' ebe'r leiaf o'r ddwy ferch mewn llais gwichlyd.

'Ti, 'merch i, yn gwrando gormod ar dy dad.' Trodd ei llygaid gloyw arno. 'Digon hawdd i ddynion siarad, yn tydi?'

'Peidiwch gofyn i mi. Does gin i ddim profiad. Does gin i ddim plant.'

'Does gin Sali Mali ddim plant chwaith,' ebe Siwan yn fyfyrgar, 'dim ond tŷ bach twt.'

A thorrodd Heledd bedair oed allan i ganu *Ma gin i dipyn o dŷ bach twt.*

'Biti na fasa fo'n dwt.' Chwarddodd y fam nes peri i'r gantores wylltio. Dechreuodd Siwan gwyno ei bod eisiau diod, ac ymunodd Heledd yn y siant.

'Rhoswch funud,' ebe hi, 'mi awn ni i mewn i'r Expresso Bar.' Gofynnodd i Arfon a oedd ganddo amser i ymuno â nhw. Ni roddodd gyfle iddo wrthod. Trodd y bygi i gyfeiriad y caffi.

Roedd y lle'n llawn ac yn drewi o fwg. Bu'n rhaid iddynt rannu bwrdd gyda dwy ferch ysgol a oedd yno i fwrw'u prentisiaeth fel smocwyr. Aeth at y cownter i archebu dau squash oren, un bob un i'r genod, a choffi iddynt hwy eu dau, a bisgedi siocled. Gofynnodd iddo chwilio'n y fasged am botel Delrosa'r bychan. Roedd hynny fel chwilota yn nrôr neu gwpwrdd rhywun, ac yn ymylu ar fod yn wefr.

'Fyddwch chi'n dod i'r dre'n amal?' gofynnodd i ddod dros ei chwithdod.

'Bob dydd ryw ben. Fedrwch chi ddim aros yn tŷ hefo plant. Crwydro'r cae mae'r genod yn lecio'i wneud: digon o ryddid yn fanno iddyn nhw redeg a chnadu. Ond mae'n well gin i weld pobol. Lecio'r mynd a dwad, y sŵn. Lecio cyffwrdd, os dach chi'n dallt.'

Ysgydwodd ei ben. 'Dydw i ddim yn rhy hoff o bobol, mae arna i ofn—hynny ydi, lot ohonyn nhw efo'i gilydd.'

Dechreuodd y genod ysgol bwffian chwerthin. Ond doedd hynny ddim yn mennu dim arni. Pwysodd ymlaen dros ben y babi. 'Isio gwybod fyddwch chi'n dwad lawr dre'n amal oeddwn i. Dw i 'm yn cofio i mi rioed eich gweld o'r blaen. Syndod cyn lleied o bobol mae rhywun yn eu nabod sy i'w gweld o gwmpas.'

'Rhai ohonon ni'n gorfod gweithio.'

'A be mae gwraig tŷ'n ei wneud, sgwn i? Ista ar ei thîn drwy'r dydd?' Chwarddodd y genod ysgol i mewn i'w cwpanau.

Mwmbliodd ei fod yn chwilio am anrheg pen-blwydd i Elsbeth.

'Be am gegin newydd?' Ei llygaid gloyw yn batrwm o ddiniweidrwydd.

Gwrthododd gydio'n yr abwyd. Pwysodd un o'r smocwyr ymlaen i fenthyca ei fatches. Meddyliodd Siwan ei bod am ddwyn ei diod oddi arni, ac wrth iddi gydio'n dynnach yn y gwydr collodd ei gynnwys am ei phen, a dechrau sgrechian.

'Mae yna glwt sych yn y fasged,' medda hi.

Plygodd i chwilio'n y fasged am yr eilwaith a tharo'i ben yn y bwrdd. Meddyliodd Gwion mai gêm oedd y cyfan, a dechreuodd dynnu'n ei wallt. Roedd hyn yn fodd i fyw i'r prentis smocwyr, ac ymunodd y fam ifanc yn yr hwyl.

'Be am sent?' ebe hi, wedi i'r pwl fynd heibio.

Gollyngodd y clwt ar arffed Siwan. Cododd ar ei draed a dweud fod yn rhaid iddo fynd.

'Peidiwch mynd rwan,' ebe hi, 'dw i isio gair hefo chi am 'y mrawd.'

'Mae llythyr iddo fo'n y post.'

Aeth allan i chwilio am fwth ffôn i atgoffa Hilda i bostio llythyr heddiw nesa at Mr Robin Tryfan, yn gofyn iddo ddod am

43

audition wythnos i fore Mercher. Yna aeth i chwilio am bersawr. Y drutaf yn y siop.

Talodd am yr enw: *Magie Noire*.

13

Tynnodd grib drwy ei gwallt nes ei fod yn gwreichioni a rhwbio mwy o hufen i'r rhychau am ei gwddw a'r rhwydwaith o dan ei llygaid. Roedd hithau fel y gwragedd eraill wedi mynd i'r arfer o weithio dros y Sul. Dydd Llun oedd hi. Roedd popeth wedi'i wneud. Gwna rywbeth, Hannah, rhybuddiodd ei hun, neu ar bigau'r drain fyddi di.

Roedd Rob yn hwyr.

Tynnodd gynnwys un o'r drôrs allan i'w ddidoli a'i dwtio. Syndod y sothach sy'n cael eu gwthio o'r neilltu: hen wniadur, brwsh dannedd, tocynnau rheilffordd, llwy ffisig, blodyn plastic, paced Settlers, dau lun, sana neilon du 15-denier a ddaeth ei mam iddi o Iwerddon pan oeddynt yn rhatach yno nag yng ngweddill Ynysoedd Prydain. Tynnodd hwy am ei choesau, a defnyddio darnau o linyn fel gartais. Pwysodd ei phen yn ôl dros ei hysgwydd i wneud yn siŵr fod y seams yn syth—ystum oedd yn dwyn i gof ddyddiau diofal ei hieuenctid: yr holl gyffro a'r holl baratoi a'r cynnwrf tragwyddol dan ei bron wrth feddwl am bosibiliadau'r noson: pwy (os rhywun) oedd hi'n mynd i'w gyfarfod? pa mor bell oedd hi'n barod i adael iddo fynd?—a'r rheol anysgrifenedig roedd pob merch barchus yn ei dilyn oedd *Dim rhy bell y tro cynta, mae digon o hynna i'w ga'l o gwmpas siop chips a thafarna, a Gofala'i fod o'n sylwi arnat ti yn gynta cyn mynd i'r afael â dy gorff. Gofala hefyd fod dy seams yn syth. Y peth cynta mae bachgen yn sylwi arno ydi seams syth mewn sana 15-denier du.*

Ni chlywodd y gloch yn canu na'r drws yn agor, dim ond ei lais yn galw *Sexy*. A hithau'n gwrido yn ei sana 15-denier du. Mwmbliodd dan ei gwynt nad oedd yn ei ddisgwyl.

'Dowch o 'na,' medda fo, 'Mags yn dweud eich bod chi'n swnio fel cath ar drana, er nad dyna'n hollol ei disgrifiad hi. Hwnnw'n rhy anweddus imi ei ailadrodd mewn cwmni parchus.'

Aeth i'r gegin i ferwi'r tegell am y pumed tro y bore hwnnw. Gafaelodd mewn paced te Tesco a'i ddal o flaen ei wyneb.

Cymerodd y paced oddi arni. Roedd ei lygaid yn dal i fod ar y sana. 'Mae yna obaith i chi wedi'r cwbwl, Hannah Morgan.'

Wrth iddi symud rowliai'r sana am ei choesau. Aeth y tu ôl i gadair freichiau i'w tynnu. Gafaelodd Rob ynddynt.

'Biti,' medda fo a gwthio'i fys drwy un o'r tyllau, 'biti eu tynnu nhw.'

'Roeddan nhw'n hen. Roedd yn bryd iddyn nhw gael lluch.'

'Ddim rhy hen i chi gael blas ar eu gwisgo nhw. Ail-fyw plesera ieuenctid. Peidiwch â 'ngham-ddallt i rwan—nid dweud yr ydw i eich bod chi'n hen.'

'Wrth gwrs 'mod i'n hen. Wedi troi 'neugain.'

'Roedd Mam yn hen fel pechod yn ddeugain.'

'Mae mama pawb yn hen yn ddeugain.'

'Dwyt ti ddim, Hannah.'

A'r *ti* mor annisgwyl nes ei lluchio oddi ar ei hechel. Gwnaeth arwydd arno i dynnu'i gadair at y bwrdd. Tynnodd y bisgedi ceirios a'r bisgedi coconyt o'r tun (y rhai y bu wrthi'n eu gwneud y bore hwnnw wedi i Ifor adael), a'u gosod o'i flaen. A gwyliodd ef yn eu bwyta'n awchus ac yn hel y briwsion at ei gilydd fel na chollai damaid. Dwylo synhwyrus ganddo, bysedd main lluniaidd ganddo, bysedd yn awgrymu siâp, bysedd yn dehongli llun. Roedd hi'n gwybod ei fod yn ymwybodol na allai gadw ei llygaid oddi ar ei ddwylo. Cododd ei ben yn sydyn, a gwenu.

'A rwan, be am i mi gael golwg ar yr anfadwaith?'

Wrth ei arwain i fyny'r grisiau roedd ei chalon yn ei chorn gwddw. Atgoffai ei hun iddi gael yr un profiad wrth arwain y plymwr i weld y tanc dŵr wedi i rywbeth fynd o'i le ar y sustem wresogi, a'r tro arall pan drwsiodd y saer y sgertin yn y stafell sbâr. Y ffaith ei bod yn arwain dyn diarth i ran o'r tŷ a gysylltid â chwsg a rhyw a barai iddi deimlo'n chwithig. Dechreuodd barablu, a'i holi am yr actio. Roedd yn disgwyl gair oddi wrth ryw fêt i Magi a weithiai gyda'r BBC: tipyn o hen wlanen wrth ei sŵn. A phwy alla hwnnw fod? Synnodd ei glywed yn enwi Arfon. Doedd neb yn cyfeirio at Arfon fel *mêt*. Ond yna, roedd gan Magi ddigon o wyneb i unrhyw beth. Nid anghofiai ei hymddygiad ym mharti Eurwyn a Glenys ar chwara bach.

Agorodd y drws i stafell Gwenno. Daliodd ei gwynt wrth weld y graffiti na lwyddodd y paent piws i'w guddio. Chwarddodd ei gymeradwyaeth. Roedd dyfodol i'w merch. Llongyfarchiadau, Mrs Morgan.

Petai plentyn rhywun arall wedi'i sgrifennu mae'n debyg y byddai hithau wedi ymateb yr un fath. Oedd, roedd yr hyn ddywedodd Rob yn iawn: roedd yn ffraeth, gwreiddiol, a digri. Ond roedd yn rhaid ei chwalu. Prysurodd i chwanegu mai ei dal hi ac Ifor yn cusanu a barodd i Gwenno'i sgwennu. A beth oedd a wnelo hynny â Rob? Roedd hi'n defnyddio'i hen gastiau: edrychwch arna i y wraig nwydus brofiadol yn mynd drwy'i phethau, edrychwch ar y llwch yn tasgu o fy sodlau.

'Y paent, Hannah. Piws, lliw'r felan! O Hannah, Hannah, pwy ddewisodd y paent?'

'Dyna'r unig un y galla Ifor ddod o hyd iddo yn y sied.' A daeth peth o'i hen ffraethineb yn ôl wrth iddi egluro bod gan siopau gwledig hen arferiad diflas o gau'n gynnar ar nos Sadwrn.

Ond doedd Rob ddim yn gwrando: roedd yn rhy brysur yn studio llun o Gwenno, yr un llon ohoni'n gwenu. Edmygai ei gwallt (pwy nad edmygai'r gwallt?), y trwyn da a'r cernau uchel. Aeth i nôl cynfasau i'w taro dros y dodrefn, a'r paent a'r brwshus o'r stafell molchi.

'Pa liw?' Cymerodd y tun oddi arni.

'Gwyn.'

'Dewis da. Lliw purdeb.'

'Gwyn am mai Neuadd Wen ydi enw'r tŷ.'

'Lliw temtasiwn. Mi fydd angen tair côt o leia. Un i dywyllu, dwy i oleuo. Dyna fywyd.'

14

Wylit, wylit, Lywelyn,
Wylit waed pe gwelit hyn.

Pwysodd ar y wal gerrig a amgylchynai'r parc i gael ei wynt ato a rhwbio'r pigyn gwynt yn ei ochr. I ble yr ei di, fab y ffoëdigaeth? heriodd y llais yn ei ben. (Nid fo oedd biau'r llinell,—o leia, doedd o ddim yn credu mai fo oedd piau hi.) Dengid, medda fo. Dianc, cywirodd y llais. Roeddan nhw'n chwerthin, medda fo. Dim byd o'i le mewn chwerthin, ebe'r llais. Roeddan nhw'n chwerthin yn stafell Gwenno, medda fo. Welaist ti nhw? holodd y llais. Wyt ti'n fy ama i? medda fo, rydw i'n nabod llais fy nghariad. Welaist ti nhw? ebe'r llais yn styfnig. Welais i'r bachgen: pryd tywyll ganddo fo, tal, golygus. Does ryfedd yn y byd eu bod nhw'n chwerthin, ebe'r llais. Roeddan nhw'n llygru'r lle hefo'u synau anifeilaidd, medda fo, hyll, budr, budr hyll.

Edrychodd o'i gwmpas. Roedd pobman yn hyll. Y gwteri'n llawn o hen ddeiliach a'r llwyni wedi'u plygu gan wynt main calan gaea, â blas Diolchgarwch iddo. Ond doedd ganddo fo ddim byd i ddiolch amdano.

Ailgychwynnodd ar ei daith heb wybod yn iawn i ble yr âi. Petai wedi cael ei eni yn Oes yr Uchelwyr byddai ganddo noddfa i ddianc iddi: ac nid am y llysoedd y meddyliai, lle gweinai merched teg wrth y byrddau, a lle pwysai rhai tecach fyth yn eu sidanau main eu pennau'n fursennaidd ar eu hysgwyddau i ganu. Na, dewisai ddianc i abaty at y myneich diwair a chysegru'i fywyd i Dduw mewn gweddi a chân. Mynd i'w wely wedi'r hwyrol weddi a chodi cyn y wawr. Treulio'i fywyd mewn myfyrdod ac addoliad. A siawns, ar dro, na châi gyfle i lunio cywyddau mawl, nid i'r uchelwyr da eu byd, ond i'w Greawdwr, ac un neu ddwy i ryw Forfudd neu Ddyddgu (siawns na luniodd mynach diwair gerdd ryw dro i ferch ei freuddwydion).

Plygodd mewn poen. Roedd y pigyn yn ei ôl yn ei ochr.

'Rhywbeth yn bod?' gofynnodd llais uwch ei ben. 'Rhywbeth fedra i wneud i helpu?'

Cododd ei ben yn betrusgar, a syllu ar y pâr o lygaid glasaf a welodd yn ei fyw.

'Mewn trwbwl,' medda hi'n garedig. 'Ofn mynd adra? Peidiwch poeni, mae o'n digwydd i ni i gyd.'

Ysgydwodd ei ben. Na, doedd ganddo ddim ofn mynd adra. Er yr holl annibendod, roedd adra'n hafan.

'Pigyn gwynt.' Rhwbiodd ei ochr.

'Hen beth poenus.' Trodd at y fflyd wrth ei hymyl.

Dyna od na fyddai wedi sylwi arnynt ynghynt. Plant fyddai'r pethau cyntaf y sylwai arnynt fel arfer, plant bach swnllyd yn llybeitian o gwmpas traed eu mamau, yn tynnu yng ngodre'u gwisgoedd, yn cordeddu eu breichiau am eu gyddfau, yn union fel petaent yn gwybod pa mor fregus oedd y llinynnau a'u clymai. A'r mamau'n cwyno, yn ysu am eu rhyddid, yn methu gweld y dydd y caent dorri'r cwlwm yn cyrraedd yn ddigon buan.

47

'Fasach chi'n lecio dwad draw am banad? Yn ymyl 'r ysgol 'dan ni'n byw. Tŷ rhes hefo bay windows. Yr unig un heb double glazing. Magi ydi'r enw. Magi Jones.' Tynnodd wep. 'Dydi o ddim yn swnio'n iawn, nac'di? Enw Saesneg oedd gin i cyn priodi. Ddyla mod i wedi sticio iddo fo. Bryn ydi'r plant, ar ôl eu tad. Gormod o Jonesus yng Nghymru medda fo. Dydw i ddim yn lecio Bryn chwaith tasa hi'n dwad i hynny.' Rhoddodd ei llaw dros ei cheg wrth sylweddoli y gallai fod wedi rhoi ei throed ynddi. 'Gobeithio nad 'dach chi ddim yn un ohonyn nhw. Jones, dw i'n feddwl rwan.'

Deud rywbeth y bardd, agor dy geg y triniwr geiria. Ysgydwodd hogyn y papur-a-phensal ei ben.

Dechreuodd y babi strancio yn y goets, a chwynai'r genod eu bod eisiau mynd adre. 'Dach chi'n siŵr na ddowch chi ddim draw? Fasa mrawd wrth ei fodd cael sgwrs â chi. Dydi o ddim yn nabod neb ffordd hyn. Mae o'n unig braidd.'

Na, dim diolch, doedd o ddim eisiau cwrdd â rhywun tebyg iddo'i hun.

'Chi sy'n gwbod ora.' Trodd i edrych yn gariadus ar ei hepil. 'Dowch, blantos, mae'n amser i ni 'i throi hi.'

Roedd o wedi llwyddo i anghofio am y llanc yn stafell Gwenno wrth siarad efo hi. Ond ar ôl iddi fynd daeth y chwerthin yn ôl i'w boeni. Ni chlywsai mohoni erioed yn chwerthin cyn hyn. Soniai'r chwerthin am ddiwedd pethau.

Brysiodd adre. Gwyddai'n iawn beth oedd raid iddo'i wneud. Casglodd ei gerddi ynghyd a'u cario i waelod yr ardd. Roedd y tân yn gyndyn o gynnau. Safodd yno am oriau i'w gwylio'n mudlosgi yng ngolau'r lloer.

Roedd hi'n wag yn ei stafell heb y cerddi, yn llwm a gwag fel stafell yr efeilliaid. Wylai ei du mewn am y cynnyrch, nid am y ferch. Ni allai fod yn llonydd. Ysai am gael mynd i rywle. I ble yr ei di, fab y ffoëdigaeth? Na, nid i'r Neuadd Wen, roedd hynny'n siŵr. Fe âi i chwilio am y llall, y ferch lawen y tarddai glesni'r môr o'i llygaid.

Cerddodd a cherddodd. Chwiliodd y strydoedd o gwmpas yr ysgol am dŷ heb double glazing. Aeth ar hyd ffyrdd na wyddai am eu bodolaeth, hewlydd cul diolau. Sibrydodd ei henw mewn cilfachau. Ac yna daeth y glaw: cawod drom o genllysg. Rhedodd i mochel yng nghyntedd yr ysgol. Llifai'r glaw oddi ar y bondo i lawr ei wegil. Ac o'r ffordd fawr deuai grwndi'r moduron a wibiai drwy'r pyllau. Daliodd ei wynt wrth weld fod un ohonynt yn dod tua'r ysgol. A dim ond cael a chael a wnaeth i gropian ar ei bedwar i guddio'r ochr arall i'r wal.

Daeth dyn a dynes allan o'r car a symud o fewn trwch blewyn iddo. Ni allai eu gweld ond deallai oddi wrth eu tôn beth oedd eu perwyl. Ceisiodd y dyn gynnau matsien iddi gael dod o hyd i'r allwedd.

Un cip yn unig a gafodd. Ond weithiau gall cip fod yn ddigon.

15

Prynodd ddau dusw o ffarwel haf i'w gosod ar y coffr yn y cyntedd. Nid eu lliw yn ogymaint â'u sawr a'i denodd, arogl cryf hydrefol. Daliai hwy â'u pennau i lawr, a disgynnai'r petalau wrth iddynt rwbio'n erbyn llodrau ei drowsus.

Gosododd hwy ar fwrdd y gegin. Cuchiodd Elsbeth a'u symud i'r sinc, er mwyn cael lle i hwylio'r bwrdd. Chwiliodd yn y cwpwrdd wal am botyn i'w dal, a bodloni ar un clai wedi cracio gan henaint a llun dynes efo parasol arno. Ar ôl gwneud yn siŵr ei fod yn dal dŵr gwthiodd y blodau iddo. Casglodd y petalau a oedd wedi cwympo ar y bwrdd a'r llawr a'u rowlio rhwng ei fysedd. Canodd y ffôn, a brysiodd Elsbeth i'w ateb.

Aeth draw at y ffenest i gael golwg ar y borderi a'r gwair oedd yn dal i dyfu. Dyna i gyd oedd y sgwrs yn y gwaith y dyddiau hyn. Pawb wrthi fel wiwerod yn paratoi ar gyfer y gaeaf, yn plannu bylbiau, tocio perthi, bwydo'r lawnt, diheintio'r tai gwydr, trawsblannu, cyfnewid toriadau, archebu rhosynnau a choed Leylandi. Wrth wrando arnynt yn siarad hawdd credu mai fo oedd yr unig un segur yn eu plith. Ai dyna i gyd oedd i fywyd, rhyw baratoi ar gyfer tymor arall byth a hefyd? Ynteu a oedd arwyddocâd dyfnach i'r weithred, sef bod yn rhaid i berson wrth nod i roi pwrpas i'w fywyd? Nod i ddod ymlaen yn y byd, priodi, magu teulu, creu bywyd esmwyth. Onid oes un weithred sy'n orffenedig gyflawn ynddi ei hun? Un weithred heb ei lliwio gan hunanelw ac uchelgais? A beth oedd ei nod ef, ac eithrio cynhyrchu rhaglenni gwell, a chreu bywyd esmwyth iddo'i hun—ac Elsbeth?

Trodd i'w gwylio'n gosod y bwrdd. Mor hardd yr edrychai'r lliain melyn â'r blodau bach cywrain glas arno, a'r gwahanol fathau o salad a'r cigoedd, salami, eidion, porc y Fforest Ddu.

49

Agorodd botelaid o Blue Nun iddo'i hun a photelaid o Perrier iddi hi. Rhoddodd Elsbeth dun o datws newydd iddo i'w agor, a chyfarwyddiadau i'w torri'n sgwariau i'w rhoi yn y mayonaisse. Roedd y prysurdeb yn y gegin fel y tyndra sy cyn i ymwelwyr gyrraedd. A'r stafell mor oer am fod y gwynt o'r gogledd ac am nad oedd yr Aga'n tynnu fel y dylai.

O'r diwedd roedd y pryd yn barod, ond doedd dim blas ar y cigoedd coch a'r salad brith am eu bod yn oer. Yfodd y gwin ar ei ben i gynhesu. Drwy gil ei lygaid gwelai Elsbeth yn pigo'i bwyd. Ni chofiai adeg pan syllai'r ddau i lygaid ei gilydd heb ofni bradychu teimladau'i gilydd. O bryd i'w gilydd gallai synhwyro ei llygaid hithau arno yntau. Atgoffodd ei hun y byddai'n rhaid gwneud rhywbeth ynglŷn â'r Aga cyn canol y gaeaf.

Gwthiodd Elsbeth ei phlât o'r neilltu heb brin ei gyffwrdd. Pwysodd yn ôl yn ei chadair a chyhoeddi ei bod am fynd i Lundain am ychydig ddyddiau. Syniad ardderchog, medda fo, doedd hi ddim wedi bod yn edrych yn rhy dda'n ddiweddar, byddai sbri bach yn gwneud byd o les iddi.

'Dydw i ddim yn mynd yno i fwynhau fy hun. Mae gen i appointment mewn clinic i gael erthyliad.'

O leiaf, dyna feddyliodd o iddi'i ddweud. Rhyw hanner gwrando yr oedd o. Erthyliad? Baglodd ar draws y gair. Nodiodd ei phen yn gadarnhaol.

Llifodd cwestiynau driblith drablith drwy ei feddwl, y naill yn dod cyn i'r llall gael ei ffurfio'n llawn. A dim tafod ganddo i'w gofyn ac eithrio'r lleiaf perthnasol ohonynt i gyd. Pryd fyddwch chi'n ôl?

'Sdim dal.' Enwodd ddau neu dri aelod seneddol yr hoffai air â nhw. Trodd y gadwyn aur am ei gwddw i sythu'r bathodyn Band of Hope yr oedd hi mor hoff o'i wisgo.

Roedd y ddiod yn ei wneud yn llai nag ef ei hun. Byth yn sobr os gwir yr honiad ei bod yn cymryd deunaw awr i'r alcohol glirio o'r gwaed.

'Oes rhywun arall yn gwybod?' Cwestiwn amherthnasol arall. Ei lais yn dod o'r ddaear, y tir sigledig hwnnw dan draed. Blas cydwybod Biwritanaidd gul arno, blas a drosglwyddwyd o un genhedlaeth i'r llall. Yn ôl y nofelau a'r dramâu cyfoes, roedd o'n euog o fethu derbyn safonau newydd yr oes ac o fyw yn ôl llathen fesur ei gyndeidiau. Crechwenodd wrth gofio geiriau'r wraig a werthodd y persawr iddo, *Magie Noire, y gora un*. Roedd y Magie Noire yn dal yn ei bapur ar waelod ei briefcase.

Na, doedd neb yn gwybod. Mor bell y swniai ei llais. Ond be am—? Petrusodd. Sut mae cyfeirio at y dyn a blannodd ei had yng nghroth eich gwraig? Gwenodd wrth ei weld ei hun yn ôl ym myd garddio. Doedd o ddim yn ddihiwmor wedi'r cwbl. Diolch i'r Leian Las ddiwair am osod cwmwl o obennydd o dan ei ben. Ydi o'n gwybod?

Roedd yn ddig wrtho am ofyn. Gwasgai ei gwefusau'n dynn a sythu, fel y gwnâi pan oedd pethau'n mynd ar ei nerfau. Doedd hi ddim yn credu.

Da hynny. Ni allai ddioddef meddwl am neb yn dylyfu gên yn ei gefn. 'Wyt ti'n siŵr?' Gofyn yn ysgafn ysgafn fel y gofynnir pob cwestiwn sy'n brifo.

Roedd hi wedi dweud *Na* unwaith. Cododd i ymadael. Tynnodd ei fysedd drwy ei wallt. Doedd dim rhaid iddi gael erthyliad er ei fwyn o. Rhythodd arno'n ddirmygus. Oedd o'n sylweddoli y byddai'n bedair a deugain nesa? Roedd y doctor wedi gwaredu pan glywodd: roedd hi'n rhy hen o lawer i ddechrau planta.

'Pa ddoctor?'

'Neb ti'n 'i nabod.'

Yn sydyn roedd y byd yn llawn o bobl allweddol ddiwyneb nad oedd o'n eu hadnabod. Crychodd ei dalcen. Sut y bu hi, hi a oedd mor ofalus ohoni ei hun ac o'i delwedd, mor flêr? Dyna gwestiwn sy ddim yn haeddu cael ei ateb, ebe hi, dyna brawf pendant nad oedd o'n deall dim ar y natur ddynol. Roedd gwreiddyn o wir yn hynny. Llenyddiaeth oedd yr unig beth a wnâi synnwyr, dyna'r unig beth roedd o'n ei ddeall. Roedd llanast byw bob dydd y tu hwnt iddo.

Ac wrth feddwl am y llanast a'r difrod hwnnw daeth yn ymwybodol o'i gyfrifoldeb. Dadleuodd â hi i gadw'r plentyn. Ond doedd dim troi arni.

Yn ei wely'r noson honno, â'i feddwl yn glir, mewn modd na allai dim ei glirio ond wisgi, am Magi a'i thylwyth y meddyliai. Daliai i'w gweld yn cyflwyno ei hepil iddo, gan gyffwrdd â'u pennau, â'i llygaid yn disgleirio gan gariad. Roedd y gymhariaeth rhyngddi hi ag Elsbeth yn anochel. I ble yr aeth tynerwch, yr ysfa famol? Sut genhedlaeth oedd hon a gytunai i ladd ei hepil mewn gwaed oer? Pwy roddodd yr hawl i aelodau seneddol gyfreithloni chwarae broc yng nghod?

Tybiodd ei fod yn clywed Elsbeth yn crïo. Cododd o'i wely a mynd at y drws i wrando. Dim ebwch, dim ond curiadau trwm ei galon. Safodd yno am hydoedd yn ewyllysio clywed ei llais: sefyll fel y bachgen bychan hwnnw'n yr Iseldiroedd a warchodai'r morglawdd gynt. Ond be wnaiff dyn os nad yw'r ddinas eisiau cael ei gwarchod? Be wnaiff o ond mynd i'w wely a rhoi ei ben dan dillad i guddio rhag barbareiddiwch yr oes?

16

Digwyddodd tri pheth digon diflas i Hannah y pnawn yr aeth i'r dre. Roedd y tri pheth, er mor ddibwys y swnient wrth iddi adrodd amdanynt, yn ormod o gyd-ddigwyddiad iddi allu bod yn dawel ei meddwl. Ond fel y dywedodd Ifor ar ôl cael llond bol o wrando, ni fyddai wedi bwrw ôl yr un ohonynt ugain mlynedd, neu hyd yn oed bum mlynedd, yn ôl; ac roedd pethau felly'n digwydd iddi'n aml pan oedd hi'n ifanc. A pha ryfedd a hithau'n ferch ddel a deniadol? Ac wedi'r cwbl roedd hi'n dal i wisgo'n ifanc, ac i lygad-dynnu.

Y bore hwnnw roedd hi wedi mynd allan o'i ffordd i edrych yn harddach nag arfer. Golchodd ei gwallt a'i frwsio i'w le. Bu'n arbrofi am hydoedd gyda'r gwahanol golurion nes bodloni ar y cyfuniad iawn. A thynnodd bob dilledyn o'r wardrob i'w drïo. Ond ni ddywedai hi hyn wrtho byth bythoedd, rhag rhoi'r boddhad iddo o wybod mai ef oedd yn iawn.

Dechreuodd y diflastod gyda'r hipi a safai wrth fynedfa'r maes parcio. Bachgen tal main mewn hen dop-côt herringbone yn cyrraedd at ei sodlau, heb sana am ei draed, dim ond hen fflachod; ei wallt yn moeli ar y corun ac wedi ei dynnu'n blethen hir dros ei ysgwydd chwith. Byddai wedi ei anwybyddu petai o heb gamu ymlaen ac estyn ei law i ofyn am gardod. Roedd ei law yn fain fel un merch a'i ewinedd yn hir a budr. Roedd ei lygaid wedi pylu gan gyffuriau. Chwiliodd yn ffwndrus am ei phwrs am arian i gael gwared â fo, ond doedd ganddi ddim byd llai na phapur pumpunt. Yna mewn llais hynod goeth cynigiodd werthu canabis iddi. Ni fyddai wedi bod yn brin o dderbyn mewn cwmni dethol. Melltithiodd yr hipi hi: roedd ei acen ddiwylliedig yn fwy sinistr na'i regfeydd. Brysiodd yn ei blaen, a thorri allan i redeg pan glywodd ef yn ei dilyn.

Ryw ddeugain munud yn ddiweddarach, pan glywodd lais diarth y tu cefn iddi'n ei chyfarch, meddyliodd ar ei hunion mai'r hipi oedd yno, a llamodd ei chalon mewn braw.

'Helo,' medda'r llais eto, 'lecio'ch jaced chi.' A chamodd ymlaen er mwyn dal i fyny â hi.

'Diolch fawr.' Roedd ganddo wallt golau syth wedi ei gribo'n ôl yn fflat ar ei ben a wyneb pinc a mwstash main.

'Lecio'r steil. Class o'i chwmpas hi.' Camodd yn gyflymach i ddal i fyny â hi.

'Rydach chi'n garedig iawn.' Nid oedd yn hawdd ei anwybyddu ac yntau'n cydgerdded â hi.

'Ddim o gwbwl, dw i'n credu mewn dweud be sy ar fy meddwl. Pan welis i'r gôt am y tro cynta dyma fi'n dweud wrtha i fy hun Dyna be ydi steil.'

'Tro cynta?' Llyncodd ei phoer.

'Peidiwch edrych mor ofidus. Bum munud yn ôl pan gerddoch chi allan o Boots.' Cyffyrddodd â'i llawes â blaen ei fys. 'Mae'n gôt sy'n tynnu sylw. Ddim yn amal y gwelwch chi gôt debyg iddi.'

Mae hyn wedi mynd yn rhy bell, meddai wrthi ei hun, mae'n sgwrs hollol, hollol ynfyd.

'Hoffech chi ddod am baned neu lymaid o rywbeth cryfach?'

'Ddim diolch.' Doedd hi ddim eisiau rhannu dim efo hwn yn ei fŵts du a'i anorac las.

Syllodd arni â'i lygaid llwynogaidd. 'Dydi hi ddim yn talu i wrthod dim heddiw a thair miliwn ar y dôl.'

Roeddynt yn nesáu at un o siopau mwya'r dre. Gwelodd ei chyfle i ddianc. A chyn iddo wybod be oedd yn digwydd roedd hi i mewn yn y siop.

CWESTIWN: Beth yw siop?

ATEB: Cysegr yw siop, hafan i ddianc iddi o drybulon byd.

CYWIRIAD: Lle i godi blys ac i'ch temtio a'ch lluchio i wewyr, dyna beth yw siop.

Does nunlle'n ddiogel, does yr un fangre'n gysegr pan fo dyn yn troi'n heliwr. Gwelodd ef yn llithro i mewn o'i hôl, a dihangodd i fyny'r grisiau. Cuddiodd mewn ciwbicl a thynnu'r llen. (Be, O be ddaeth o'r stafelloedd newid moethus slawer dydd, y rhai hynny efo drws yn cau, drych a dwy gadair?) Yn ei llaw daliai dri bra a gipiodd oddi ar y bachau wrth fynd heibio. Rhoddodd un o'r merched a weithiai yn y siop ei phen heibio'r llen i weld a oedd popeth yn iawn. Doedd ganddi ddim dewis wedyn ond tynnu amdani. Lluchiodd ei chôt fach, a fu'n destun cymaint o edmygedd, o dan draed, a mynd i'r afael â'r dungarees trafferthus. Roedd yn fodiau i gyd a chronnai'r chwys o dan ei cheseiliau. Plygodd. A fferrodd wrth weld y bŵts du yn aros amdani yr ochr arall i'r llen.

Aeth hydoedd heibio, tra safai yno yn dal ei gwynt. Yn ei meddwl roedd hi eisoes yn gorff. Yna clywodd lais gwladaidd yn gofyn, 'Sut wyt ti'n gofyn am staes yn Saesneg?'

Syrthiodd mewn rhyddhad yn un swp ar y gadair. Dyna ble y daeth y werthwraig o hyd iddi, â'i dungarees am ei choesau.

'Popeth yn iawn, cariad?'

'Dipyn o bendro, dyna i gyd,' mwmbliodd.

'Peidiwch chi â symud nes byddwch chi'n teimlo'n well.' Gafaelodd yn y brâs, a rhythu'n syn ar eu maint. 'Wnaiff y rhain mo'r tro. Outsize ydyn nhw.'

'Sdim ots,' ebe Hannah.

Aeth allan o'r siop yn dinfain gan edrych i bob twll, hac a chongl. Aeth i mewn i siop cigydd lle gofynnwyd iddi ailadrodd ei harcheb am fod ei llais yn rhy llesg i'r cigydd ei glywed.

Penderfynodd ei throi hi am adre. Cerddodd yn fân ac yn fuan â'i chalon yn ei chorn gwddw. A rhoddodd sgrech pan deimlodd rywbeth yn cyffwrdd â'i phenelin.

Dim ond Bryn oedd yno, efo'i wên fawr weli-di-fi. Teimlai fel rhoi celpan iddo. Doedd hi ddim yn teimlo fel cellwair na sôn am ei hanturiaethau, ond dyna a wnaeth gan ddal ei phen yn uchel fel na allai ef weld y dagrau a gronnai yn ei llygaid.

Rhoddodd Bryn ei fraich am ei braich hi i'w thywys i'r car, gan symud ei fysedd i fyny ac i lawr ei braich. A hithau'n rhy llesg i falio.

Gwyrodd i agor y drws iddi, a rhoi cusan wlyb ar ei gwefusau. Be oedd yn bod ar bawb heddiw? Doedd hi ddim wedi gwisgo'n rhywiol, doedd hi ddim yn teimlo'n rhywiol. (Oes raid i rywun deimlo'n rhywiol i ddenu?) Yn niogelwch ei char, a'r drws ar gau, sibrydodd, 'Ddim dynas felna ydw i.'

Pryd ddechreuodd hi feddwl amdani'i hun fel dynes? Dynes ydi gwraig â'i gwallt wedi'i setio mewn rollers: dynes ydi gwraig mewn festri capel yn gwisgo two-piece courtelle: dynes ydi menyw sy'n dal i gredu mai dillad Eastex a sgidiau K ydi pen draw parchusrwydd: dynes ydi'r swp blinedig yna uwchben sinc. Dynes ydw i wedi 'nal mewn anwadalwch a thrueni.

Llithrodd y gêr i'w le a throi i fyny'r dreif. Roedd y nos wedi disgyn, nid yn araf bwyllog fel yn ystod yr haf, ond yn drwm fygythiol. Trodd y golau ymlaen, a mygu sgrech pan welodd gysgod dyn yn cuddio dan y llwyni. Yn ei ffwdan tarodd ei throed ar y brêc yn hytrach na'r sbardun, a sbonciodd y Citroen yn ei unfan. Galwodd ar enw'r Arglwydd am yr eilwaith y diwrnod hwnnw. Aildaniodd yr injan. A thrwy gil ei llygaid gwelodd y cnaf yn dianc am y fynedfa.

Roedd y llenni wedi eu tynnu yn stafell Gwenno. Llifodd pob math o erchyllterau drwy ei meddwl wrth iddi gofio na fyddai Gwenno byth yn eu tynnu. Rhedodd o'r car heb boeni am ddiffodd y golau na chau'r drws o'i hôl. Rhedodd i fyny'r grisiau gan alw ar ei merch—sgrechian ei henw.

Ymddangosodd Rob ar ben y landing â brwsh paent yn ei law. Ceisiodd ei wthio o'r neilltu.

'Ara bach rwan,' medda fo, 'dydi Gwenno ddim yma. Mae hi newydd fynd allan.'

Aeth i'r stafell i gael gweld drosti ei hun a'i lluchio'i hun ar y gwely mewn rhyddhad. Gadawodd i'r dagrau bowlio ohoni: teimlai fel llong fawr yn ei hyrddio'i hun yn erbyn y tonnau. Rhoddodd Rob ei freichiau amdani i'w thawelu a thynnodd ei fysedd meddal drwy ei gwallt. Arhosodd yng nghlydwch ei freichiau am mai dynes felna oedd hi.

17

Mae o'n fy ffansïo i.

Ysgrifennodd Magi'r geiriau mewn biro goch ar dudalen binc ei dyddlyfr, yn ei hysgrifen orau. Ac am weddill y dydd buont yn troi a throi fel tôn gron drwy'i meddwl. Yn ei gwely 'r noson honno adroddodd hwy wrth Bryn. Doedd dim hwyliau rhy dda arno, roedd o wedi cael diwrnod caled. Rhybuddiodd hi i roi'r gorau i ramantu a rhoi ei meddwl ar gysgu. Symudodd ei ben i wneud lle esmwythach iddo'i hun ar y gobennydd.

'Be ddiawl 'dach chi am wneud? Heirio ffenest Woolworth i gynnal orgy?' Trodd ati, a'r oglau ar ei wynt yn drewi fel petai eisoes wedi cysgu. Gwthiodd bolo mint i'w geg, y rheini y byddai'n eu cadw o dan ei gobennydd i'w rhoi i'r plant pe digwyddent ddeffro ganol nos. Cododd ar ei heistedd i bwyso ar ei phenelin.

'Dwed wrthà i 'nte, pam ofynnodd o imi fynd draw i'w swyddfa fo heddiw? Pam na fasa fo wedi rhoi'i negas dros y ffôn?'

'Am 'i fod o'n uffernol o bwysig. Felna mae'r bobol fawr 'ma, isio gwneud môr a mynydd o gymwynas. Pryd mae Hamlet yn mynd am 'i audition, beth bynnag?'

'Wsnos i fory.'

'Hen bryd hefyd, cyn iddo fo wneud llanast o dŷ Hannah. Peintiwr, myn f'enaid i. Faswn i'n gwneud gwell job efo fy llgada ar gau.'

'Mae'n rhaid 'i fod o'n plesio.'

'Duw, fedar o ddim gwneud hynny chwaith.'

'Dyna un del i siarad.' Gwthiodd ei llaw o dan y cwilt i gyffwrdd â fo. Rhybuddiodd hi i roi'r gorau i'w lol, a symud o'i gafael.

'Mae o yno bob dydd. Oria mân y bora arno fo'n cyrraedd adra. Drewi o sent.'

'Big deal.' Rhoddodd gic i'r cwilt yn ei dymer.

'Dw i'n siŵr nad ydi'i gŵr hi ddim yn gwybod.'

'Fasa ddiawl o ots gynno fo tasa fo'n gwybod. Pam ti'n meddwl mae o'n dewis byw yn Llundan? Be ddiawl ti'n feddwl mae o'n 'i wneud drwy'r wsnos—gwerthu ffycin cocnyts? Mae gin ti syniad go lew, ti'n gwatsiad telefision, darllan *News of the World.*'

'Sgen ti ddim prawf.'

Dywedodd wrthi am fod yn ddistaw: doedd ffugbarchusrwydd ddim yn cytuno â hi. Mae'n dibynnu ar y cwmni, ebe hi: roedd hi fel angel yng nghwmni Arfon. A'n gwaredo, medda fo: rydan ni'n ôl hefo blydi think tank y BBC. Dim gwên, dim gair o werthfawrogiad. Dyna ferched i chi: prin eu digrifwch a phrinnach eu hiwmor. Doedd ryfedd yn y byd fod dynion yn chwilio am ddihangfa mewn tafarnau, clybiau a meysydd chwarae. Roedd brawdoliaeth a dealltwriaeth mewn llefydd felly. Caethiwo a wnâi priodas, cyfyngu ar ryddid dyn. A llanwyd ef â hen ddicter wrth gofio fel y bu iddo gael ei rwydo.

'Roedd o'n dweud y dylai Rob fynd at y cwmnïa annibynnol i chwilio am waith, dweud mai'r rhai powldia, y cega mawr, oedd yn cael y gwaith i gyd. Dweud nad oedd dim iws meddwl am y Cwmni Theatr, fod hwnnw fel yr actorion wedi diflannu fel cwningan o het.' Chwarddodd yn harti.

'Galw hynna'n jôc?' Trodd oddi wrthi a thynnu'r cwilt yn gysetlyd am ei gefn.

'O wel!' Roedd hi mor hawdd troi'r drol. Pwysodd yn ôl ar gobennydd yn benderfynol na châi'r teimlad cynnes ei gadael.

Caeodd ei llygaid i freuddwydio. (Roedd y breuddwyd erbyn hyn yn wythnos oed.) Yn y breuddwyd byddai Arfon yn galw amdani yn y Volvo, ac yn mynd â hi ar draws gwlad i bentre glan môr, yn Llŷn neu Ynys Môn. Âi â hi am bryd o fwyd i dafarn fach wyngalchog, ac wedi hynny i'r traeth. Ni fyddai neb o gwmpas ond hwy eu dau. Dweud wrtho am ei hawydd i fynd i nofio. Fedrwch chi ddim, medda fo, dydi'ch dillad nofio ddim ganddoch chi. Yn ei breuddwyd roedd hi'n fain a siapus. Crynai wrth ddod allan o'r dŵr. Dowch yma i mi gael eich cnesu chi, medda fo. Roedd hi'n wlyb a llithrig gan y dŵr, a'i gwallt hir yn hanner cuddio'i bronnau. Peidiwch â'u cuddio nhw, medda fo, mae'n bechadurus cuddio corff mor hardd. Ni pheidiai'i ddwylo â'i mwytho. Roedd fel symudiad brwsh ar gynfas. Trodd at Bryn, i ohirio'r breuddwyd tan ryw dro arall. Daliai i deimlo symudiad y brwsh rhwng ei chluniau.

'Ddim rwan,' medda Bryn a throi oddi wrthi. Cusanodd ei glustiau, ei war, ei feingefn. Rhwbiodd ei hun yn ei erbyn. 'Llonydd,' medda fo, er bod ei goesau'n symud. Rhybuddiodd hi fod y Durex olaf wedi ei ddefnyddio neithiwr. A phrun bynnag, doedd o ddim eisiau.

'Ddim isio?' Lluchiodd y cwilt yn ôl ac agor cortyn ei drowsus. Yn wyneb y dystiolaeth, doedd waeth iddo heb â gwadu.

18

. . . Na godidowgrwydd ar ei lannau ef . . .

Bedd Gelert, ebe hi. Ben Nevis, Bengal, Bolifia, Bangladesh, byddai wedi ei dilyn i bedwar ban byd ar y beic, hen howlath o beth trwm anhydrin a oedd wedi cario'i daid i ffeiriau a llannau flynyddoedd maith yn ôl. Roedd ganddo gywilydd o'r beic ac o'r chwys a redai i lawr ei wyneb. Nid ei bod hi'n gweld a hithau gymaint ar y blaen iddo ar ei Raleigh pum-spîd â'i gwallt yn sgrialu'n y gwynt. Chwiliodd am gymhariaeth a methu â chael un: dyw reidio beic a'r Awen ddim yn llawiau. Eisoes roedd ei goesau'n gwegian gan mor drwm oedd y pedalau. Trodd hithau ei phen i ddweud rhywbeth wrtho, ond cariwyd ei geiriau ymaith ar adenydd y gwynt: datganiad o serch, o gariad tragwyddol hwyrach,—pwy a ŵyr?

I wneud pethau'n waeth roedd y pigyn yn ôl yn ei ochr. Am Hedd Wyn y meddyliai, a'i farwolaeth ifanc yn ffosydd Ffrainc. Mae anrhydedd mewn marw dros wlad. Ond syrthio oddi ar feic, dyw hynny ddim yn urddasol. Does dim rhamant na chwedloniaeth yn perthyn i feic.

Canai'r gyrwyr eu cyrn yn ddiamynedd wrth wibio heibio iddo, gan ei orfodi i fynd yn beryglus o agos i'r ffosydd a'r cloddiau. Llywiai yn ei flaen yn feddw, nes i Samaritan o Sais stopio a gofyn iddo a hoffai roi'r beic yn y bŵt a chael pas. Teimlai'n well, yn gryfach, ar ôl gwrthod.

Hanner awr yn ddiweddarach daeth o hyd iddi'n eistedd ar wal fach gerrig y tu allan i westy. Roedd ei hwyneb yn goch a godre'i gwallt yn wlyb. Nofiai ei hwyneb o flaen ei lygaid, a chlywodd sŵn ei chwerthin wrth i'w goesau fygwth rhoi o dano. Ceryddodd ef am loetran a hithau bron llwgu. Neidiodd oddi ar y wal a cherdded tua'r gwesty. Trodd i alw arno i'w dilyn.

Roedd hi'n gysgodol braf yn y gwesty, ac oglau bwyd yn ei wneud yn benwan, oglau cigoedd, sglodion a nionod yn ffrïo'n fendigedig. Doedd ryfedd yn y byd i'r beirdd ganu cywyddau mawl i ddisgrifio bwydydd a diodydd. Dechreuodd Gwenno gribo'i gwallt. Bwyd yw bwyd, a gwallt yw gwallt. A doedd yr Awen ddim ar y cyfyl.

'Rhaid ichi ista'n y bar,' ebe'r weinyddes beintiedig, yn flin am fod ganddi gwsmeriaid ar ddiwrnod mor braf.

'Gwrach yn trïo bod yn Sinderela,' ebe Gwenno'n uchel, wedi bwrw'i chas ar y ddynes.

Bwytaodd y ddau eu sglodion tatws a'r cyw iâr mewn tawelwch llethol. Llowciodd Gwenno y pryd heb ei flasu, a phwyso'n ôl i groesi'i breichiau tra'n disgwyl iddo fo ddarfod. Roedd hi ar binnau eisiau cael mynd. Roedd yn gas ganddi'r bwyd, y wrach, a phopeth a oedd yn gysylltiedig â'r lle.

'Be am inni fynd i weld y bedd?' medda fo, pan oeddynt allan yn yr awyr agored.

'Beeeedd?' Llusgodd y gair yn ddirmygus. 'Pwy ond Cymry fyddai'n ddigon meddal i droi ci'n arwr?'

Prysurodd i egluro mai bedd T. H. Parry-Williams oedd ganddo mewn golwg.

'Barddoniaeth! Cŵn a beirdd—mariwana'r werin.' Neidiodd ar ei beic. Doedd ganddo ddim dewis ond ei dilyn. Roedd y bwyd wedi'i atgyfnerthu, ac roedd hithau wedi colli'i rhythm a'i hafiaith. Ni châi drafferth i gadw i fyny â hi, er ei fod yn ofalus i beidio â mynd ar y blaen iddi.

'Gymrwn ni sbel pan ddown ni at y llyn.' Galwodd arno dros ei hysgwydd.

'Llyn y Gadair?' (Er na wyddai p'un oedd hwnnw.)

'Y llall. Lle mae'r teithiwr talog yn siŵr o'n gweld ni.'

'Ti'n gwybod lot o farddoniaeth,' meddai wrth osod ei feic ar y gwair crin yn ymyl ei hun hi.

'Wedi 'magu arnyn nhw, cliches y werin ffraeth Gymraeg. Digon â chodi cyfog ar neb.'

Lluchiodd ei hun ar y gwair. Gorweddodd o led braich oddi wrthi. Roedd y ddaear yn galed ac oer. Daeth gwylan i sefyll yn ei ymyl, y bowldiaf o'r adar, a syllu arno lawr ei phig. Drwy gil ei lygaid gallai ei gweld yn datod crïai ei thrainers, tynnu'i sana bach a thorchi ei throwsus i gerdded drwy'r brwyn. Yn y man, ar ôl chwalu'r baw rhwng ei fodiau, dilynodd hi. Roedd y brwyn yn pigo a'r llyn fel iâ. Gwingodd wrth i'r tonnau drochioni dros ei bothelli. Gwyrodd Gwenno i dasgu dafnau dros ei phen, a chwerthin. Golchodd ei hwyneb yn y dŵr nes ei fod yn sgleinio, a'i gwallt yn diferyd. Byddai'n llun tlws dan unrhyw amgylchiad arall. Gwyliodd hi'n gwasgu perlau o'r cudynnau cyn troi'n ôl at y lan. Cyfrodd gant a hanner cyn ei dilyn. Doedd dim teimlad yn ei draed, baglodd ar draws y brwyn cnociog a chael draenen i'w droed. Daeth gwylan bowld arall i syllu arno'n trïo'i thynnu.

Cyhoeddodd Gwenno ei bod yn bryd iddynt gael te. Tynnodd becyn ffoil o'r bag oedd ar sgîl ei beic, a thynnu trwyn wrth weld ei gynnwys. Cwynodd nad oedd ei mam byth yn gwrando arni: fe ddylai wybod erbyn hyn fod yn gas ganddi gigoedd rhwng ei brechdanau. Gofynnodd iddo am gael gweld ei rai o.

Tynnodd y bag Spar o'i boced. Roedd y brechdanau tomatos yr oedd wedi'u torri mor anghelfydd y bore hwnnw yn slwdj ar ôl i'w fraich rwbio'n ei herbyn. Cochodd.

'Newidia i hefo ti,' ebe hi. Dyna fel roedd hi'n hoffi brechdanau. Gadawodd y crystiau i'r gwylanod.

Prin y cafodd gyfle i orffen ei rai o, nad oedd hi'n ôl ar gefn ei beic yn ysu am gael mynd. Roedd hi wedi addo ffonio ei mam. 'Y ddynas wirion, mae hi'n meddwl fod rhywun yn 'i dilyn: wedi'i weld o'n yr ardd y noson o'r blaen. Glywist ti rioed y fath beth? Dechra hulpio taet ti'n gofyn i mi. Be fasa dyn 'i isio hefo dynas yn 'i hoed a'i hamser? Wel?' Gallai deimlo ei llygaid yn

59

torri twll yn ei ymennydd. 'Be gebyst wyt ti'n 'i wneud rwan? Be ddiawl wyt ti'n 'i wneud ar dy linia?'

'Pyncjar, mae gin i byncjar.'

19

Roedd o'n bictiwr o iechyd. Wrth orwedd yn ei ymyl ar y gwely, a'r llenni ar agor i adael golau dydd i mewn, teimlai Hannah'n eiddigeddus o'i iechyd. Ymhyfrydai yntau yn ei olwg, gan ymarfer yn gyson i gadw'n ystwyth. Chwaraeai sboncen o leiaf unwaith yr wythnos, yn ystod ei awr ginio, a rhedai ddwy filltir bob bore cyn brecwast beth bynnag fyddai'r tywydd. Y gwanwyn nesaf bwriadai fynd i ganolfan chwaraeon i ddysgu dringo. Roedd y dillad a'r cyfarpar ganddo eisoes, mewn bocs mawr yn yr atic. Yn y cyfamser bodlonai ar gerdded a jogio, gan dynnu allan wedi iddi dywyllu. Bu cryn bwysau arno i chwarae golff, ond mynnai mai gêm i bobl heb ei gwneud hi oedd honno, gêm lonydd barchus i athrawon a gweithwyr banc, pobl heb lawer o egni meddyliol heb sôn am gorfforol.

Er ei fod yn hoff o fwyd (yn lwth yn ystod cyfnod diofal ei ieuenctid), aeth o un pegwn i'r llall: cadwai at dri phryd y dydd a chyfri'r calorïau yn boenus. Digonai ei wanc â bwydydd cyflawn a ffrwythau a llysiau. Ei Feibl ar y funud oedd yr *F-plan diet*. Dyma'r grefydd newydd, y gofal gormesol am angenrheidiau'r corff. Ac roedd yn talu. Ni fagodd fol fel ei gyfoedion, a gallai roi dau dro am un i fechgyn ysgol. Methiant fu ei ymdrech i gael gwared â'r dagell o dan ei ên er ei fod yn dal i ymestyn gewynnau ei wddw yn y drych bob nos a bore. Y drwg oedd ei bod hi yno cyn iddo sylwi arni.

Doedd dim y gallai'i wneud am y moelni chwaith ac eithrio talu crocbris yn un o salonau gorau'r brifddinas am doriad da, ffasiynol. O leiaf, roedd y merched yno yn credu fod moelni'n rhywiol—yn eu troi ymlaen (dyna'u hymadrodd).

Ni allai Hannah rannu'i frwdfrydedd ynglŷn â'r ddelwedd newydd. Nid hwn oedd y gŵr a briododd. Ni allai uniaethu â dyn a oedd yn darganfod ei ieuenctid yn ganol oed. Trodd ati, fel petai'n gallu synhwyro ei beirniadaeth, a phan siaradodd roedd mymryn o gerydd yn ei lais. Credai ei bod yn dal i feddwl am y dynion a'i dilynodd.

Doedd hyn ond mesur bychan o'r dieithrio a fu rhyngddynt. Bu amser pan wyddent beth oedd y naill a'r llall yn ei feddwl a'i deimlo, a phryd y gallai siarad yn agored ag ef. Na, doedd hynny ddim yn hollol wir: roedd yn gas ganddo ei chlywed yn cwyno. Ni allai ddioddef ei chlywed yn disgrifio sumptomau ei hafiechyd. Yn ei ffordd ddi-drais, dieiriau, dysgodd hi i ffrwyno ei hofnau: gosododd ei stamp ei hun ar ei chymeriad ac ar eu ffordd o fyw. Gwarafunodd iddi ddatblygu fel y mynnai. Proses o ildio, o rannu, yw priodas. Ond be am y düwch? Pam nad oedd o eisiau clywed am hwnnw?—y cwmwl du a'i dilynai i bobman. Pam na allai ei weld yn hofran uwch ei phen?

Roedd o yno'n wastad, mor agos fel y gallai gyffwrdd ag ef pe meiddiai. Dim ond troi ei phen oedd eisiau iddi i weld y bygythiad yn y gegin, yn y stafell wely, yn y stafell fyw. Oedd, roedd o yma yn y tŷ gwyn hardd yma a godwyd yn hafan rhag stormydd a threialon byd.

Cofiai sefyll ar y sylfaen, ugain mlynedd yn ôl, cyn i'r muriau gael eu codi, a cheisio meddwl be oedd yn eu haros yn y tŷ newydd hardd. Gwelai blant yn chwarae ar yr aelwyd, a theidiau a neiniau'n dod i aros. Gwelai foreau coffi a nosweithiau diddan o fwyta a chyfeddach yng nghwmni cyfeillion. Breuddwydiodd freuddwydion parchus heb sylweddoli mai'r rheini yw'r anoddaf i'w cadw.

Bu un plentyn yn ddigon. Trodd ymweliadau rhieni yn fwrn. Peidiodd ffrindiau â galw, wrth iddynt warchod eu hepil a phluo eu nyth. Pawb drosto'i hun, dyna'r arwyddair. Sut mae gobaith cael cymdogaeth dda pan fo merched a dynion allan yn gweithio ac allweddi wedi'u rhwymo am yddfau'r plant?

Petai Del wedi cael byw, mor wahanol fyddai'r stori. (Del yw ffrind chwedlonol pob un ohonom, y ffrind a fu farw'n ifanc cyn rhoi cyfle i ni gael ein dadrithio.) Dyna un nad oedd raid iddi actio'n ei chwmni, un a oedd yn ei hadnabod fel cefn ei llaw. Rhannent bopeth â'i gilydd, cyrsiau ysgol a choleg, siomedig-aethau, hwyl, gobeithion, rhannent freuddwydion a chyfrin-achau, a hyd yn oed gariadon. Ac nid oedd chwithdod yn eu tawelwch.

Cofiai ymweliad cyntaf Del â'r Neuadd Wen,—ei hunig ymweliad fel y digwyddodd. Petai'n byw i fod yn gant ni fyddai'n anghofio'r ymweliad hwnnw. Y gwanwyn oedd hi. Diwrnod llonydd braf a Del newydd fod am brofion yn yr ysbyty. Doedd byw na bod na châi weld y tŷ newydd oedd ar fin cael ei orffen. Cerddodd y ddwy y filltir a hanner o'r fflat i'r tŷ. Roedd hi'n rhy ifanc a rhy llawn o'i chynlluniau i sylweddoli fod Del yn clafychu. Aeth â hi o gwmpas y tŷ, gan egluro lle roedd pob dodrefnyn yn mynd i fod, lliw'r carpedi a'r llenni. Yn y llofft lle roeddynt hwy yn awr pwysodd Del ar y pared a rhoi ei llaw dros ei llygaid a chwyno fod yr holl wynder yn ei dallu.

Aeth y ddwy allan. Ni ellid gweld yr awyr gan flodau'r drain. Tynnodd Del eu hoglau'n ddwfn i'w hysgyfaint. Ni chwynodd am y gwynder hwn.

Dyma'r dydd y cerddodd gobaith law yn llaw â marwolaeth.

Gafaelodd Ifor yn ei llaw i'w thynnu yn ôl i'r presennol, a phwyso drosti. Gwenodd y wên ynfyd sy'n rhagflaenu caru. Mynnodd ei bod yn ei rhoi ei hun iddo. A thrwy'r adeg wrth iddi ddod ni adawodd yr Angau lonydd iddi.

Canodd y ffôn yn y cyntedd a rhedodd Ifor yn noeth i'w ateb. Ddim yn ddrwg, ddim yn ddrwg o gwbwl, ebe'r drych.

'Mr Morgan, chi sy 'na? Fyddai'n iawn i ni gael gair â chi? Y Samariaid sy'n siarad.'

20

America oedd bennaf ym meddwl Glenys wrth iddi addurno'r eglwys ar gyfer Diolchgarwch. Ddwy flynedd yn ôl treuliodd y teulu'r Ŵyl yn Boston gyda chyfaill a gyfarfu Eurwyn mewn cynhadledd yn Genefa bum mlynedd ynghynt. Roedd wedi gweld tameidiau o ffilmiau o bryd i'w gilydd, yn y sinema ac ar y teledu, yn dangos yr Americanwyr yn dathlu, ond nid oedd dim a welodd yn cymharu â'r sylwedd. Ni allai ddod dros ysblander y dathlu. Daliai i deimlo'r awel ar ei gwar wrth iddi gydgerdded gyda'r cannoedd eraill at yr eglwys i dincial gorfoleddus y clychau. A'r coed a'r gwrychoedd yn goch a melyn: canmil, canmil harddach na'r hydrefau yr ochr hyn i'r Iwerydd. Disgrifiodd un o'r bechgyn y profiad fel cerdded drwy fflamau tân heb gael eich llosgi ganddynt. Ni allai gofio llawer am y gwasanaeth, ond daliai i gofio'r naws a phob manylyn am yr addurniadau a osodwyd o gwmpas yr allor: yr holl gynnyrch wedi'i osod i ddangos llawnder a gogoniant. Tynnodd un o'r bechgyn ffilm gyfan o luniau, ond yr un a ddewiswyd ar gyfer yr album oedd yr un o'r blodau wedi eu gosod ar ffurf THANKSGIVING. Ac wrth gwrs bu'n rhaid cael llun o'r cinio. Wel, dau, a dweud y gwir. Un i ddangos y cwmni o gwmpas y bwrdd (30 ohonynt), a'r llall o'r twrci, anghenfil o beth a oedd yn toddi'n y geg. Yn eu gwely'r noson honno ni fu diwedd ar eu chwerthin wrth iddynt feddwl mor wir oedd yr holl straeon a gâi eu hadrodd i brofi fod popeth gymaint mwy yn America.

Roedd hi wedi bwriadu cael gwledd gyffelyb y llynedd, ond cafodd Eurwyn ryw virus a bu'n rhaid gohirio tan eleni. Ni fwriadai fynd mor bell â chael band a majorettes mewn sgertiau byrion. Ni fwriadai chwaith gael tân gwyllt i gyfarch ei chymdogion, pob un yn cael ei danio fel rhyw saliwt. Archebodd ddwy dorth ar ffurf ysgub gan y pobydd a thwrci o ffarm y Fron. Bu wrthi'n hel brigau oddi ar y coed (er nad oedden nhw'n fawr o bethau a hwythau ond megis dechrau newid eu lliw). Ond trwy osod ceirios, cwpog, eirin perthi ac ysgawen gyda nhw, edrychent yn dra effeithiol. Prynodd ŷd a gwenith yn un o siopau'r dre i'w rhoi yn y cyntedd, a thalu drwy'i thrwyn amdanynt. A bu'r ddau fachgen fenga wrthi'n ddiwyd yn hel cnau a ffrwythau. Amheuai'n gry mai o berllannoedd eu cymdogion y daeth y Bramleys, y Russets, a'r gellyg. Ond be wnewch chi?—rhaid i hogia gael bod yn hogia. Roedd wedi gobeithio y byddai'r bechgyn hyna yn gallu dod adref i'r dathlu, ond gan mai newydd ddechrau yr oedd tymor y coleg roedd hynny'n amhosib. Roedd hynny hefyd yn siom. I wneud iawn amdani penderfynodd Eurwyn fynd â hi i'r Gornel Glyd am bryd iawn, a gwâdd rhai o'u cyfeillion i fynd gyda nhw.

Tynnodd y llysiau o'r fasged a'u gosod yn chwaethus o flaen yr allor ac ar sil y ffenestri. Llanwyd ei ffroenau ag oglau gwlydd a phridd, a gwenodd wrth feddwl iddi ennill y frwydr i beidio â'u golchi. Yn anffodus collodd y ddadl ynglŷn â chynhesu'r eglwys. Ei dymuniad hi oedd cael defnyddio'r hen stôfs paraffin a goleuo'r adeilad gyda chanhwyllau i greu naws yr hen Ddiolchgarwch. Ond pa obaith oedd ganddi yn erbyn aelodau darbodus Undeb y Mamau? Gwenodd ar Leusa Parry, a oedd wrth ei phleser yn llnau'r brasus: llawenydd ei bywyd hi oedd y sglein ar yr allor: talai o'i phoced ei hun am y Brasso ar ôl i Undeb y Mamau gwyno ei bod yn defnyddio gormod ohono; ond ni ddychwelodd Leusa Parry ei gwên, ac roedd hynny'n brifo o gofio fel y bu hi'n dadlau drosti.

Yn un o'r canwyllbrenni, daliodd gip arni ei hun. Roedd blaen ei thrwyn yn goch. A roedd ei dwylo'n ddideimlad. Digon o arwydd iddi ei throi hi. Edrychodd o'i hamgylch. Na, ni fyddai arni gywilydd petai Americanwr yn galw heibio. Brysiodd adre i fath poeth, a diferyn o wisgi yn ei the. Gadawodd nodyn ar y bwrdd i atgoffa'r bechgyn i alw gyda'r pobydd, ac i gofio cynnig paned i Mr Davies pan ddeuai â'r twrci.

Wrth orweddian yn y bath ni allai lai na dyfalu beth a wisgai Hannah ac Elsbeth. Heno, roedd hi am gadw at naws yr hen Ddiolchgarwch drwy wisgo ei dillad newydd, siwt herringbone drom a blows Viyella blaen. Viyella oedd y siwt hefyd. Bu'n pendroni'n hir yn y siop ynglŷn â phrun i'w phrynu, y Viyella ynte'r un o'r Almaen, nad oedd cystal o ran ei brethyn ond a oedd yn fwy trawiadol ei thoriad. Ond fel yr eglurodd Eurwyn, mae'n bwysig prynu nwyddau Prydeinig. Ni soniai air am ei phris, ond fel un a oedd yn gwybod be-oedd-be, byddai gan Elsbeth syniad go lew. Doedd hi ddim mor siŵr o Hannah, Hannah â'i dillad ffwrdd-â-hi, Hannah nad oedd ddim yn awyddus i fynd i'r moddion o gwbl.

21

'Arfon,' meddai llais y tu cefn iddo. Meddyliodd am eiliad mai *hi* oedd yno. Trodd i weld Glenys yn estyn ei breichiau i'w gofleidio. 'Arfon, mae'n dda dy weld ti.' Doedd o ddim wedi mynd i'r gwasanaeth: trefnodd ei fod yn recordio rhaglen, ac er bod Elsbeth wedi bwriadu mynd galwodd rhywun i'w gweld y funud olaf. Tarodd gusan ffurfiol ar ei foch, a'i holi ynglŷn â'r rhaglen, cyn mynd ymlaen i bwysleisio'i golled. Roeddynt wedi cael gwasanaeth i'w gofio. Popeth, popeth yn fendigedig. Ni chredai iddi erioed weld cymaint o bobl wedi dod at ei gilydd i foli. Dyna dda iddynt fynd i gymaint o drafferth. Mae llafur yn talu ar ei ganfed.

Clymodd ei braich am ei fraich o a'i arwain i'r stafell fwyta lle roedd Elsbeth ac Eurwyn yn aros amdanynt. Syrthiodd ei wyneb wrth weld mai lle i chwech a osodwyd. Cyfeillion agos yn unig, ebe Glenys, fel petai'n gallu darllen ei feddwl, gan droi atynt i gyd yn eu tro i wenu arnynt a'u derbyn i gylch ei chyfeillgarwch.

'Gawn ni ffîd yn tŷ ni y flwyddyn nesa,' ebe Eurwyn, 'swpar dyrnwr go iawn.'

'Golwg wedi blino arnat ti, Arfon,' ebe Glenys gan roi ei llaw oer dros ei law o. 'Elsbeth yn edrach cystal ag erioed.' A phwysodd yn ôl i gymryd stoc o'i dillad.

Cyhoeddodd Eurwyn fod Ifor a Hannah wedi cyrraedd. Ifor yn amlwg yn un o'i hwyliau gorau. Plygodd i gusanu'r merched, gan longyfarch Glenys ar ei siwt, ac Elsbeth ar ei bathodyn Band of Hope. Yr unig addurn a wisgai Hannah oedd clustdlysau hirion glasbiws ar ffurf triongl. Gwnaeth Arfon le iddi yn ei ymyl. Dyma un ferch nad oedd raid iddo fân siarad yn ei chwmni.

Dechreuodd y sgwrs fel pob sgwrs lle nad yw'r cwmni'n gweld ei gilydd yn aml yn araf a herciog gan droi o gwmpas pethau dibwys bob dydd. Dalient yn ôl yn fwriadol rhag cythru am yr asgwrn. Ond cyn bo hir, gyda chymorth bwyd da a gwin, byddai eu tafodau'n llacio, a byddai sawl dadl wedi ei thanio a sawl cyfrinach wedi ei rhannu.

Roedd Elsbeth yn dawedog iawn, fel petai am ei datgysylltu ei hun oddi wrthynt. Gwisgai ffrog wlân navy blue, syml ei thoriad. Ni chredai Hannah iddi ei gweld yn edrych mor hardd a lluniaidd erioed. Dywedodd hynny wrth Arfon. Gwenodd, ond ni chyrhaeddodd y wên ei lygaid. A châi Hannah ei hun yn dyfalu sut fywyd oedd arnynt. Roeddynt mor wahanol i barau priod eraill: byth yn trafod eu bywyd, byth yn rhannu hwyl ac atgofion. Doedd dim cynhesrwydd rhyngddynt. Bron nad oedd hi'n amhosibl meddwl amdanynt yn byw o dan yr unto heb sôn am rannu gwely. Ceryddodd ei hun am fesur pobl yn ôl eu campau rhywiol. Difyr serch hynny, difyrrach na'u pwyso a'u mesur yn ôl eu diwylliant a'u cyfraniad, fel y gwnâi'r cwmni bach yma wrth iddynt dalu i'r pâté, y salad cimwch a'r cawl ffesant.

Hwy oedd y deallusion, y bobl hynny nad oeddynt byth yn hapus os nad oeddynt yn trafod digwyddiadau o bwys. Meddylient amdanynt eu hunain fel meddylwyr praff, arweinyddion diwylliedig eu bro, gwleidyddion treiddgar heb gael eu llyffetheirio gan deyrngarwch i unrhyw blaid neilltuol. Ac eithrio Elsbeth. Un o bobl Kinnock oedd hi. Pawb â'i farn, pawb â'i dîm, fel yna y gwelent hi, a gwleidyddiaeth, a oedd i fod i ymorol am les dyn, yn ddim ond gêm iddynt. Syniadau, clyfrwch geiriau, oedd popeth iddynt. Ac roedd hi'n un ohonynt, waeth heb â gwadu.

Gadawodd i'r paderau cyfarwydd lifo drosti. Nid oedd blas ar yr hwyaden. Crafodd ei meddwl am rywbeth i'w ddweud er mwyn anghofio am Gwenno a'r ffrae fawr a gawsant cyn iddynt adael. Roedd hi ac Ifor wedi bod yn dadlau am rywbeth hollol, hollol ddibwys, pan ruthrodd Gwenno i mewn i ddweud ei bod wedi cael llond bol ar yr arthio diddiwedd. Roedd hi'n gadael, yn gadael am byth y tro hwn, iddynt gael dallt.

Siaradai Glenys am ei bechgyn clyfar, ufudd. Eiddigeddai wrthi am ei bod yn fam lwyddiannus. Eiddigeddai wrthi am fod ganddi blant rhinweddol. Nid eiddigeddai wrth Elsbeth. Roedd hi'n rhy hunanddigonol i neb fod yn eiddigeddus ohoni.

Siaradai Glenys am ffrind iddynt oedd yn disgwyl ei phumed plentyn. Roedd babis yn ôl yn y ffasiwn. Ceryddodd Ifor hi'n garedig am ddefnyddio jargon tudalen fenywaidd y *Guardian*. Anwybyddodd Eurwyn ei eiriau a cheisio dyfalu beth oedd yn gyfrifol am y ffasiwn: blerwch, diofalwch, ynte'r awydd i gadw'n ifanc. Bu hyn yn gyfle i Glenys gael rhoi truth hir ar hawl merch i ddewis ei hamser. Dechreuodd Ifor guro'r bwrdd â'i lwy: er ei holl gefnogaeth i hawliau merched ar lwyfannau ac mewn cylchgronau roedd yn gas ganddo wrando ar ferched yn trafod ffeministiaeth.

Mae paderau'n gallu bod yn hir a diflas. Syrthiodd syrthni dros Hannah ymhell cyn i Eurwyn awgrymu eu bod yn symud i'r lolfa.

Daeth Ifor o hyd i gongl hwylus o dan un o'r ffenestri heb fod yn rhy bell o'r bar ac eto'n ddigon pell oddi wrth y dwndwr o'r pen arall. Gosodwyd y cadeiriau mor dynn at ei gilydd fel ei bod yn anodd symud. Cwynodd rhywun am y mwg. Ni chynigiodd Arfon ddiffodd ei sigarét.

Torrodd rhyw hen begor allan i ganu *Arafa don* a'i lais melodaidd yn distewi'r lle.

'Pwy ddeudodd fod S4C yn brin o ddoniau?' gofynnodd Ifor wedi i'r gân ddod i ben. Chwarddodd y gweddill. (Nid adroddir yr un jôc wael mewn tafarn.)

Wrth sylwi ar y criw ifanc o gwmpas y bar crwydrodd meddwl Hannah yn ôl at Gwenno. Bron na ddisgwyliai ei gweld yn eu plith. Twyllwyd hi gan y lliwiau coch, piws a gwyrdd, a chan y mwclis addurniadol ar eu gyddfau, i gredu mai criw cymysg oeddynt. Ond wrth i'w llygaid gynefino â'r olygfa sylweddolodd mai bechgyn oeddynt i gyd. Pa ryfedd yn y byd i'r Groegwyr gynt foli eu gwŷr ifainc?

Nid hi yn unig a'i gwyliai. Dywedodd Arfon fod Rob yn eu plith.

'Pwy ar wyneb daear ydi hwnnw?' gofynnodd Eurwyn.

'Brawd-yng-nghyfraith Bryn,' ebe Arfon, a thanio sigarét arall.

'O, y peintiwr a'r glanhawr ffenestri,' ebe Ifor. Trodd at Hannah. Roedd o'n gweld rwan pam roedd o'n cael cymaint o groeso. Byddai wedi aros adre'i hun pe gwyddai fod bachgen mor olygus yn galw.

'Mae o wedi bod yn llnau fy ffenestri inna,' ebe Glenys yn yr un dôn bryfoclyd.

'Be?' Gafaelodd Eurwyn yn ei llaw. 'Rhaid imi gadw golwg ar yr hogia 'ma.'

'Na, aelodau ifanc CND sy'n dod acw—Saeson i gyd, gwaetha'r modd,' ebe Glenys.

Plygodd Hannah i sychu hufen oddi ar ei throwsus David Bowie. Cynigiodd Arfon ei hances iddi. Barnai Elsbeth y byddai'n ddoethach iddi fynd i'r lle chwech i'w sbynjo. Bu'n rhaid i bawb symud ei gadair i wneud lle iddi.

'Dowch i mi gael rhoi help llaw i chi, Mrs Morgan.' Adnabu ei lais cyn iddi ei weld, er ei fod yn frwysg gan ddiod.

'Popeth yn iawn' heb feiddio edrych arno.

'Be? Robin Tryfan ddim digon da i chi heno?'

Gallai deimlo'r cwmni'n anesmwytho y tu cefn iddi, yn rhy barchus a gofalus o'u delwedd i ymyrryd. Wrth iddo roi cefn ei law o dan ei gên i'w gorfodi i droi ac edrych arno, clywodd chwerthin yn dod o gyfeiriad y bar, wrth iddo blygu ymlaen i'w chusanu.

'Isio sbaddu'r mifimyharan,' ebe Eurwyn. O leia, credai mai Eurwyn a siaradodd. Be ydi'r ots pwy sy'n siarad pan fo'ch tu mewn chi wedi ei ddryllio, ei dynnu'n grïai a'i sathru dan draed?

22

*. . . daw tristwch i hebrwng y dydd yn gloff
o sigarét i ddisgled i sigarét.*

Roedd amlen wedi ei chyfeirio ato yn ei aros ar y ddesg.
Gwyddai cyn ei hagor mai oddi wrth Gwenno yr oedd. Curai ei
galon yn gyflym wrth iddo geisio dyfalu beth oedd ynddi. *Gwelaf
di yn Caffi'r Castell amser cinio. O.K.?* Ni allai ganolbwyntio ar
ddim byd arall drwy'r bore. Bu'n chwarae gyda'r syniad o
beidio â mynd. Ond mynd wnaeth o. Drwy'r gwynt a'r glaw.

Caffi'r werin-bobl oedd Caffi'r Castell. Yma y deuai fferm-
wyr ar eu ffordd i'r farchnad a'r pentrefwyr cyfagos pan ddeuent
i'r dre i siopio. Yma y cynullai mamau cecrus a'u plant bach
swnllyd i ladd amser, smocio, a chael clonc gyda hon ac arall.
Roedd y lle wastad yn drewi o faco, te oer, llefrith a lleithder.
Roedd y byrddau fformica yn llawn staeniau. Llithrodd Kevin
ar y teils gwlyb. Chwarddodd rhai o'r mamau ifainc am ei ben, a
daeth plentyn un ohonynt, â'i drwyn yn rhedeg a dymi'n ei geg,
i dynnu yng ngodre'i gôt.

'Chwilio am rywun, cyw?' gofynnodd gwraig ganol oed dew
drwy gongl ei cheg. Roedd ganddi lygaid melyn gwaedlyd a
mwstash wedi ei oleuo gan nicotîn. Symudodd yn ei flaen yn
swat. Fo oedd yr unig fachgen yno.

Daeth o hyd iddi wrth y bwrdd pellaf un, yng nghysgod y
grisiau a arweiniai i'r warws uwchben. Ni chododd ei phen i
edrych arno. Roedd dwy gwpan a soser wag ar y bwrdd. Eis-
teddodd yn y gadair gyferbyn â hi. Ni allai weld ei hwyneb, am ei
bod wedi codi hwd ei chôt ddwffwl i guddio'i gwallt. Sibrydodd
rywbeth dan ei gwynt. Plygodd ef ymlaen i geisio'i chlywed.

'Ddaru rhywun dy ddilyn di?' gofynnodd eilwaith yn
ddiamynedd.

'Naddo . . . Naddo, am wn i.' Edrychodd o'i amgylch.
Daliai'r mamau ifainc i'w astudio.

'Am wn i! Am wn i! Sut fath o ateb ydi *Am wn i*?' Ni thraff-
erthodd i gadw'i llais yn isel y tro hwn.

Anniddigodd. 'Pam? Pam ti'n gofyn?'

Cododd ei phen ac edrych yn gas arno. Roedd ei hwyneb yn
welw, ac roedd cleisiau trymion dan ei llygaid. Dywedodd
wrtho, os oedd o isio gwneud rhywbeth defnyddiol am fynd i nôl
paned o goffi iddi. Coffi du.

'Rhywbeth arall?'

Ochneidiodd. Am goffi y gofynnodd hi.

Talodd am ddau goffi, un du iddi hi a choffi drwy lefrith iddo'i hun a bar o Kit-Kat. Ni allai fynd drwy ei awr ginio heb rywbeth i'w fwyta. Roedd o wastad yn llwglyd y dyddiau hyn. Gallai deimlo ei llygaid yn ei wylio wrth iddo dynnu'r papur oddi am y fisged.

'Plorod gei di, plorod a dannedd gosod.' Gwthiodd y bowlen siwgwr ato. 'Hwda, i ti gael chwaneg o gyffur y werin.' Er bod y coffi fel wermod, gwrthododd y siwgwr. Lluchiodd sigarét ato ar draws y bwrdd.

'Smocio'n waeth i chdi na siwgwr.'

Chwythodd y mwg yn syth i'w wyneb. Doedd hi ddim am wadu, ond wedyn dim ond ffŵl fyddai'n gwrthod presanta. Doedd dim isio iddo bwdu, nid ato fo roedd hi'n cyfeirio ond at y slobs.

'Slobs?'

'Heddlu 'n dy iaith farddonol di.'

Ni allai gredu ei glustiau. 'Yr heddlu'n rhoi sigaréts i ti?'

Beirniadodd ef am ailadrodd fel parrot. Daliodd y paced o dan ei drwyn. Roedd yr enw'n awgrymog: Silk Cut. Oedd o ddim yn cytuno? Gwyrodd ei ben. Ni allai ddioddef yr olwg yn ei llygaid. Doedd dim blas ar y Kit-Kat. Roedd sŵn fel corddwr yn ei fol.

'Ges i'r rhain ganddyn nhw am 'u bod nhw'n credu mai fi oedd pia nhw. Eiddo Cesar i Gesar. Roeddan nhw'n meddwl mai fi oedd pia'r cania cwrw a'r Durex hefyd.'

Ai dychmygu 'r oedd o fod pobman fel y bedd?

Ni feiddiai godi ei ben i edrych. Pam oedd hi'n mynd ymlaen ac ymlaen? Doedd hi ddim yn arfer trafod—wel, trafod pethau mor bersonol. Daeth ei llais yn ôl ato o Siberia bell.

'Wrth gwrs, gwadu wnes i. Be wnawn i hefo cania gwag a chontraceptives llawn?'

Daeth sŵn pwffian chwerthin o'r byrddau nesaf. Ceisiodd guddio'i wrid o'r golwg yn ei gwpan.

'Oes syched arnat ti?' Lluchiodd bapur punt ar y bwrdd a gorchymyn iddo brynu chwaneg. Coffi gwyn iddi hi 'r tro yma, a brechdan gaws a thomato. Câi o ei blesio'i hun. A daeth y plentyn bach â'r ddymi yn ôl i gydio yn ei gôt. Galwodd y fam arno'n ofer. A daeth sŵn yn ôl i'r caffi.

Drwy gil ei lygaid gwelai hi'n sgloffio'i brechdan fel petai ar ei chythlwng. Roedd yn rhy llwglyd i gynnig hanner ei un o iddi.

Taniodd sigarét arall a sugno'r mwg yn ddwfn i'w hysgyfaint. Ond doedd hi ddim yn ddigon profiadol, ac aeth y mwg yn groes. Stympiodd y sigarét yn y bwrdd.

'Blydi damia llosgwyr tai ha, pam na smocian nhw pot?'

Doedd dim byd yn gwneud synnwyr iddo.

Cyhuddodd ef o fod yn ddiddychymyg, o fethu â rhoi dau a dau efo'i gilydd. Roedd y slobs wedi dod o hyd i'r Silk Cut a'r pethau eraill mewn tŷ haf, rhyw le o'r enw Tyn Coed. Roedd rhywun wedi ceisio ei roi ar dân, a hi oedd yn cael ei hamau ganddynt.

'Ond pam chdi?' Mae'n wir iddi fod yn dipyn o benboethyn ar un adeg, ond wedi'r miri gyda'r Samariaid roedd hi wedi oeri.

Lluchiodd yr hwd oddi am ei phen, ac ysgwyd ei phen nes bod y tresi aur yn disgyn am ei hysgwyddau. 'Am 'y mod i'n ddel a deniadol, a'r nos yn hir, a dim byd gwell ganddyn nhw i'w wneud.' Diflannodd y dirmyg o'i llygaid. 'Fedri di ddim trystio plisman, wsti, fedri di ddim trystio'r diawliaid.' Ciliodd yn ôl i'w byd bach stormus ei hun. 'Fi oedd yr unig un i gael ei restio.' Ei llais oedd yr unig beth oedd yn eu cysylltu. 'A hynny ar sail rhyw ff—' (Na, ni ddeuai'r gair) '—blydi barddoniaeth.'

'Barddoniaeth?' Prin y gallai glywed ei lais. Doedd dim diferyn o goffi ar ôl yn ei gwpan, a doedd waeth iddo heb â smalio â hi'n ei wylio fel yna.

Gwenodd, ond doedd dim cysur yn ei gwên. 'Rhaid bod y slobs yn dwp. Fasa neb yn 'i synhwyra yn galw'r fath rwtj yn farddoniaeth. ' 'Darllenwch y gerdd 'ma,' medda'r slob. 'Dach chi'n meddwl mai fi sgwennodd y sothach yma?' meddwn i. 'Fasa'n well gen i dderbyn cyfrifoldeb am roi tŷ ha ar dân na derbyn y bai am ddarn heb 'i atalnodi.' 'Mae ganddon ni dystion,' medda fo yn 'i Gymraeg dydd Sul, 'rhai o'ch cyd-ddisgyblion chi'n yr ysgol wedi'ch clywed chi'n dyfynnu o'r gerdd.' 'Ffeindio'r papur yn 'y mhoced wnes i,' medda fi. 'Rhywun roddodd o yno, rhyw lob sy'n meddwl 'i hun yn fardd, rhyw grinc sy'n fy ffansïo. Mi luchiais y papur i'r bin. Duw a ŵyr be ddigwyddodd iddo fo wedyn'.'

A thrwy'r adeg ni thynnodd ei llygaid oddi arno. Gwyliodd ef fel cath yn gwylio llygoden.

Carthodd ei wddw. 'Be sy'n mynd i ddigwydd rwan?'

'Q.C. ydi Dad. Dw i'n un o dy bobol freintiedig di. A rwan rhaid i ti fynd yn ôl i'r ysgol rhag ofn bod y diawliaid yn aros i dy

70

holi di. Wel, roedd rhaid imi roi enw rhywun iddyn nhw. A ti oedd yr unig un y gallwn i feddwl amdano fydda'n mwydro'i ben hefo barddoniaeth.' Oedodd. 'Ond cyn i ti fynd, mae gen i rywbeth i'w ddangos iti.'

Plygodd ymlaen, a pheri iddo yntau blygu hefyd. A chyn iddo sylweddoli be oedd yn digwydd agorodd fotymau ei blows i ddangos ei brest iddo. Na, nid ei brest chwaith, ond swigan waedlyd lidiog: tatŵ.

23

'Bydda, mi fydda trip bach i Lŷn yn ddymunol iawn,' ebe Elsbeth. Hi nad oedd ganddi amser i ddim ond gwleidydda, pwyllgora, a gweini tendans ar drigolion y tai cyngor, roedd ganddi amser i fynd i Lŷn.

Roedd hynny'n hollol amhosib, wrth gwrs. Addawodd fynd â hi yn y gwanwyn pan fyddai'r cloddiau'n felyn gan friallu a chennin Pedr: gwneud diwrnod iawn ohoni, cychwyn ben bore a llenwi'r fasged bicnic â danteithion.

Roedd yr hen law smwc budr yn cau fel niwlen am bob man. Nid dyma'r diwrnod i fynd i Lŷn nac i unman arall chwaith. Roedd Magi'n hwyr, ddeng munud yn hwyr. Sychodd yr ager oddi ar y ffenest flaen, ac agor ffenest ochr i gael gwared â'r mwg. Gafaelodd yn un o'r cylchgronau a orweddai ar sedd gefn y car a'i ddarllen drwyddo. Trodd y radio ymlaen i wrando ar Caryl a'i *Chwara'n troi'n chwerw*, a'i droi i ffwrdd ar ei union.

'Trip i Lŷn fydda'n braf,' medda hi pan roddodd bas iddi o'r ysgol un bore. Dyna ei geiriau. Ni allai ddwyn ei llais i gof. Edrychodd ar ei watch eto.

Ac roedd hi yno, yn curo ar y ffenest, ei bochau'n fflamgoch a dafnau glaw yn ei gwallt.

Lluchiodd ei chôt neilon i gefn y Volvo a thynnu crib drwy'i gwallt. A rhoddodd ochenaid hir braf.

'Biti am y tywydd,' medda fo.

Nid oedd dim byd i'w weld, dim clawdd, dim coeden, dim anifail, dim tŷ, dim byd ond hen niwlen. Tynnodd baced Benson & Hedges o'i boced a chynnig un iddi.

'Fe alla'r tywydd fod wedi bod yn garedicach,' ebe fo.

Pwysodd ei phen yn ôl ar y sedd yn benderfynol o'i mwynhau ei hun. Nid yn aml y câi rhywun i warchod. Dyna lwcus oeddynt fod Rob ar gael.

Daeth y llun o Rob yn pwyso mlaen i gusanu Hannah yn y Gornel Glyd yn ôl i ddwysbigo Arfon. Ni allai gael y noson o'i feddwl, na'r siom a gafodd pan sylweddolodd na fyddai hi ddim yno. Soniodd am hynny wrthi.

'Chawson ni ddim gwahoddiad,' ebe hi, 'dydan ni'n neb.'

Ei ymtaeb cyntaf oedd dweud fod pawb yn rhywun.

'Dyna chi, sgynnoch chi ddim ateb. Gwlad y snobs ydi Cymru. Pawb yn cael 'i farnu yn ôl be sy ganddo'n 'i boced neu fyny'n fanna.' A chyffyrddodd â'i thalcen.

Trodd drwyn y car am Aberdaron. Roedd hynny'n plesio. Curodd ei dwylo fel plentyn. Roedd hi wedi bod yno unwaith o'r blaen, pan oedd hi tua dwy ar bymtheg oed, yn un o griw direidus, a chroesi'n y cwch i Enlli. Twll o le. Ta waeth am hynny, roeddan nhw wedi cael amser wrth eu bodd, wedi cael barbeciw ar y traeth, mecryll ffresh a digon o seidr i'w golchi i lawr yr aber, nes oeddan nhw'n feddw braf ac yn dawnsio ar y traeth tan oriau mân y bore.

'Faswn i wedi hoffi bod yno.'

'Fasach chi ddim wedi cael llawer o groeso. Chi'n hen a ninna'n ifanc a gwirion.'

Parciodd y Volvo ger y morglawdd. Roedd hi'n oerach nag oedd o wedi meddwl. Croesawai hi'r glaw â breichiau agored.

Aethant i mewn i dafarn wyngalchog a oedd yn dywyll ac yn drewi o faco a chwrw. Safai pedwar dyn mewn lifrau pysgotwyr o gwmpas y bar. Hwy yn ôl eu sŵn oedd sgweiars newydd y fro. Tai haf oedd testun eu sgwrs. Un arall wedi'i roi ar dân. Honnai un o'r dynion mai'r unig ateb oedd symud i fyw yno. Siaradai o brofiad.

'Am fywyd,' ebe hi â'i llygaid ar y Saeson, 'meddwl am ddim ond yfed, pysgota, hwylio a siarad o fore gwyn tan nos.'

'Does ryfedd yn y byd fod R. S. Thomas yn eu ffieiddio.'

Crychodd ei thrwyn. 'Pwy ydi hwnnw pan mae o adra?'

'Bardd, heddychwr, cenedlaetholwr.'

Neb oedd hi'n ei nabod, felly. Neb oedd hi isio'i nabod, chwaith, er na fasa hi ddim yn dweud *Na* wrth fardd.

Roedd y bwyd a'r ddiod wedi'u cynhesu a'r glaw wedi peidio am ryw hyd. Aethant heibio i siop groser lle roedd dwy wraig â'u bratiau'n y golwg o dan eu cotiau yn prynu neges ar gyfer y Sul.

Dechreuasant ddringo'r rhiw yn fras ac yn fuan. Ni feiddiai Arfon agor ei geg i siarad rhag iddi hi sylwi ei fod allan o wynt.

Safodd Magi i gael golwg iawn ar yr eglwys. Buasai hi'n hoffi tŷ yng ngolwg y môr. Tŷ haf wrth gwrs. Roedd yn well ganddi sŵn pobl na môr.

Aethant o gwmpas y fynwent am sbel. Ni allai Magi ddod dros yr holl drychinebau, yr holl ddynion ifainc wedi colli eu bywydau ar y môr. Yna, blinodd. Byddai un drychineb fawr yn fwy effeithiol. Rhywbeth fel Aberfan.

Cyhoeddodd ei bod am fynd i nofio. Braidd yn annoeth, medda fo.

Aeth i mewn i'r eglwys. Roedd blynyddoedd er pan fu mewn lle o addoliad o'r blaen. Gweinidog oedd ei dad. Dyn yn rhannu breuddwydion am y wlad lle mae'r awel fyth yn dyner, lle mae'r wybren fyth yn glir. Oedd, roedd yno dawelwch a hen ogleuon a ddygai i gof oedfaon a fu, ond roedd ei feddwl allan gyda Magi. Teimlodd ryw ofn yn gafael ynddo, ac aeth allan i chwilio amdani. Safodd ar fin y lli yn gwylio'r tonnau yn taro'n erbyn y creigiau, â'i galon yn ei gorn gwddw.

Pan ddaeth o hyd iddi roedd hi'n swatian yn ei dillad isaf yn ymyl y car. Gwylltiodd, a'i chyhuddo o fod yn blentynnaidd ac anghyfrifol.

'Fi'n anghyfrifol?' ebe'r llygaid mawr tryloyw.

Dechreuodd fwrw eto. Agorodd ddrws y Volvo iddi gael mynd i mewn i wisgo. Pan oedd hi'n weddus, galwodd arno i ddod i mewn. Gwasgodd y dŵr heli o'i dillad isaf a'u rowlio'n belen ar lawr y car. Mynnodd Arfon ei bod yn gwisgo'i gôt rhag iddi gael annwyd.

Yng ngwres y car dechreuodd adrodd straeon am ei gyd-weithwyr a'r troeon trwstan a ddigwyddodd iddynt, gan ail-ddarganfod ei ddawn i ddynwared lleisiau.

Roedd hi eisiau galw ym Mhwllheli i wneud dipyn o neges at y Sul. Gwyliodd hi'n cerdded i lawr y stryd yn ei gôt law, a syllodd ar y swpyn dillad ar lawr y car. Trodd y radio ymlaen, ond ni allai'r gêm bêl-droed a brwdfrydedd y sylwebydd ddim dofi ei synhwyrau. Aeth allan a cherdded wysg ei drwyn, heibio i'r siopau, heibio i'r genod peintiedig a chwiliai am gariadon, cerdded nes i rywun gyffwrdd â'i ysgwydd.

Glenys ac Eurwyn oedd yno, wedi gwisgo'n ddoeth ar gyfer y glaw. Er mwyn dod dros ei chwithdod, mwmbliodd ei gwyn am y tywydd.

73

'Pwy ddiawl sy'n poeni am y tywydd?' ebe Eurwyn. 'Dyma'r adag ora o ddigon i ymweld â Llŷn, wedi i'r diawliaid fisitors mwyar duon 'i throi hi am adra.' Ychwanegodd Glenys ei phwt am eu pererindod flynyddol i wlad Llŷn lle roedd rhyw ryfeddod newydd i'w weld o hyd. Dim ond hanner gwrando a wnâi: disgwyliai weld Magi'n ymddangos unrhyw funud.

Aeth yn ei ôl i'r car. Doedd hi ddim yno.

Yna gwelodd hi'n dod yn llwythog o neges. A thynnwyd y gwynt o'i hwyliau wrth iddo feddwl am y bywyd arall nad oedd o'n rhan ohono.

'Oes ganddoch chi amser am de?' Gofyn fel dyn sy'n gwybod y caiff ei wrthod. Oedd, roedd ganddi amser i'w bol bob adeg.

Treuliwyd y daith yn ôl mewn tawelwch. Roedd yr awyr wedi clirio ac roedd y cymylau'n erlid ei gilydd tua'r dwyrain. Gyrrai'n araf fel petai am ohirio cyrraedd. 'Diwrnod difyr ar fin dod i ben,' medda fo. 'Popeth da'n dod i ben,' ebe hi. 'Gwell ichi dynnu i mewn ym mhen y stryd. Does wybod pwy sy'n sbecian.'

Aeth allan i'w helpu i ddadlwytho'r nwyddau. Magodd blwc i daro cusan ar ei boch. 'Fedra i wneud yn well na hynny,' ebe hi, a'i dynnu ati.

24

Anlladrwydd, dioer, yn lledrad
Ydoedd ymy fry o frad.

Doedd dim o bwys yn digwydd nad oedd y gwyliwr yn ei weld. Droeon yr addunedodd y byddai'n rhoi'r gorau iddi er mwyn canolbwyntio ar ei waith ysgol a'i gerddi, ond yna digwyddai rhywbeth annisgwyl i beri iddo gario mlaen. Mae sbïana fel darllen nofel dda neu ddilyn cyfres deledu lle mae pob pennod yn darfod ar nodyn cynhyrfus a fydd yn peri i chi fod ar bigau'r drain ac awchu am fwy. Mae sbïana'n dalent. Rhaid wrth reddf yr heliwr i sbïana'n llwyddiannus. Rhaid wrth amynedd, a thipyn o lwc hefyd. Nid yw sbïanwr byth yn ei holi'i hun a yw hyn yn dda neu'n ddrwg, yn gyfiawn neu'n anghyfiawn, yn deg neu'n annheg. Does a wnelo sbïana ddim byd â moesoldeb. Rheidrwydd ydyw.

Dysgai oddi wrth y cadno holl arferion cyfrwystra, pryd i dynnu allan a phryd i gadw'n ei wâl. Pan glybu gorn yr helfa gan

74

uchelwyr newydd y fro, y bobl ariannog hynny a ddaeth i
Gymru i brynu tir a gwerthu tai, ofnodd am ffawd yr anifail.
Hiraethai am ei udo dolefus gefn trymedd nos, ac ni allai gysgu
am fod y tawelwch yn ei ddychryn. Yna, un noson dawel pan
oedd barrug cynta'r hydref yn gosod sêr ar chwareli'r ffenest, fe
ddaeth yn ôl: y gri fwyaf hudolus yn bod, mil, mil harddach nag
Adar Rhiannon, taerach, hyfrytach na morynion Lesbos. Canai
ei galon: mae'r cadno'n fyw. Codaf yn awr ac af o amgylch y
ddinas, trwy yr heolydd a'r strydoedd, ceisiaf yr hon a hoffa fy
enaid.

Roedd dwy ferch wedi mynd â'i fryd. Fel cariadon Dafydd ap
Gwilym roedd y naill yn benfelen a'r llall yn dywyll. Ar ôl iddo'i
dilyn un pnawn, gwyddai'n awr lle'r oedd yr ail yn byw.

Daeth o hyd iddi y tu allan i siop gwerthu ffrwythau. Safai yno
â'i phen yn yr awyr, a'i phlant fel arfer o gwmpas ei thraed.
Curai ei galon yn gyflymach wrth iddo geisio magu plwc i'w
chyfarch. Ond arbedwyd ef rhag gwneud ffŵl ohono'i hun gan y
llanc a dreuliai ei amser yn y Neuadd Wen, yr un y llosgodd ei
gerddi o'i herwydd, ac a wnâi i Hannah ymddwyn fel hogan
ysgol. Camodd y llanc hyderus o'r siop a gosod afal taffi yn
nwylo pob un ohonynt. Protestiai'r fam nad oedd hi eisiau un,
ond mynnai'r llanc ei bod yn ei dderbyn, a gwthiodd ef i'w cheg.
Doedd dim diwedd ar ei chwerthin.

Gwyddai'r eiliad honno nad oedd y fam ddelfrydol ddim yn
ffyddlon. Dilynodd hwy yr holl ffordd o'r dre, heibio i'r parc ac
adeiladau'r coleg, i fyny'r rhiwiau serth, heibio i'r ysbyty a'r
neuaddau preswyl. heibio i'r strydoedd lle bu'n chwilio mor
ddyfal amdani, heibio i'r ysgol, nes dod at res o dai da a godwyd
wedi'r rhyfel ar un ochr i'r stryd a wal uchel yr ochr arall.
Cuddiodd y tu ôl i bolyn telegraff i wylio'r llanc yn cymryd yr
allwedd oddi arni i agor y drws. Nid un i wrthod mynediad oedd
hwn, nid un i wrthod paned na diod gadarn y Neuadd Wen.

O'i guddfan gwyliodd y goleuadau'n cael eu cynnau ac yna eu
diffodd fesul un ac un. Gwyliodd hi'n cario'r plant i'r bath, ac
yna i'w gwlâu. Gwyliodd hi'n sefyll o flaen y bwrdd glás i gribo'i
gwallt a thaflu cusan iddi hi ei hun, tra'r arhosai'r llanc amdani
o flaen ffenest fwaog y stafell fyw â'i ddwylo'n ei boced. A
theimlodd y tyndra yn mynd yn rhan ohono wrth iddi gerdded i
mewn ato. Fflachiodd y llanc ei wên welwch-chi-'nannedd-
hardd-i i'w gyfeiriad, yn union fel petai'n gwybod ei fod yn

cuddio y tu ôl i'r polyn, cyn tynnu'r llenni. Ni ddigwyddodd dim.

Ni ddigwyddodd dim am nosweithiau. Yna un noson daeth y llanc yn ôl ynghynt nag arfer. Agorwyd y drws iddo gan ddyn â'i ben yn moeli. Dyma *Bryn Jones, Saer Maen ac Adeiladydd* a pherchennog y lori. Wrth gofio'i chyfeiriad at ei brawd, sylweddolodd iddo wneud camgymeriad.

Ond daliai ei reddf i ddweud wrtho fod yma stori. Ac ni chafodd ei siomi. Seriodd rif y Volvo ar ei gof.

25

Be sy o'i le mewn godinebu? Be sy o'i le mewn ildio i anghenion y cnawd? Na, peidiwch, da chi, â mynd ati i ddyfynnu'r ysgrythurau: mae'r awdures, fel rhai o'i chymeriadau, yn gyfarwydd â'r Gair, wedi'i meithrin yn ei sŵn a'i thrwytho'n ei ddysgeidiaeth. Ond fel y dadleuodd Hannah sawl tro, doedd ei chrefydd ddim wedi'i pharatoi ar gyfer byw. Dangoswyd iddi'r peryglon, a rhybuddiwyd hi rhag disgyn i'r demtasiwn o grwydro oddi ar y llwybr cul. A'r tâl am gadw arno? Tawelwch meddwl a pharchusrwydd yn y byd hwn, a thragwyddoldeb ohonynt yn y byd a ddaw.

Treuliodd Hannah ugain mlynedd o'i bywyd heb odinebu, ond ni ddaeth hynny â bodlonrwydd na thawelwch meddwl iddi. Nid yw hynny'n eithriad, hyd yn oed yn yr oes oddefol hon. Mae miloedd o rai tebyg iddi: teuluoedd parchus y Volvo/Polo. Ymataliodd droeon am amryw resymau: diffyg amser/diffyg diddordeb—mae'r esgusodion yn niferus; ond nid oherwydd ffugbarchusrwydd. Doedd hi ddim yn euog o ragrith. Roedd yn haws ganddi ymuniaethu â godinebwyr na'r rhai a gyfrifid yn golofnau'r gymdeithas, y bobl ddi-liw hynny a roddai eu holl egni i wneud enw ac arian iddynt eu hunain. Ond yna, beth arall oedd i'w ddisgwyl gan genhedlaeth schitzophrenic a hyfforddwyd yn nysgeidiaeth yr Eglwys ac a osodwyd wrth allorau materoldeb? Cynnyrch eu hoes oeddynt hwythau.

A chynnyrch ei hoes oedd Hannah. Mor hawdd fyddai iddi, felly, ei llongyfarch ei hun ar ei bywyd diwair. Ond nid ei lle hi oedd gwneud hynny: trwy ras, yn wir, yr ydym yn ffyddlon os nad yn gadwedig. Y rhai dihalog yn eich plith, peidiwch â rhuthro i farnu, nes daw gwrthrych ifanc hardd i blygu uwch eich pen a dweud fod arno eich angen. Wedyn, ac wedyn yn unig, y gellwch drafod grym ymatal.

'Roeddach chi'n gwneud sbort am 'y mhen i yn y Gornel Glyd,' ebe hi.

Cusanodd hi ar ei gwar. 'Fy ffordd i o ddangos 'mod i dy isio di oedd hynny. Isio nes bod pob rhan ohona i'n brifo. Wyddost ti am isio felly?'

'Gwn,' medda hi. 'Gwn' yn syml felna.

Lledorweddai'r llanc ar y fat wlanog o flaen tanllwyth o dân yn gwylio'r fflamau yn tynnu huddug o'r simne nes ei fod yn disgyn yn flobiau duon ar yr aelwyd. Roedd Ifor yn Llundain. Doedd hi ddim yn atebol i Ifor, ar ôl yr hyn y daeth o hyd iddo yn un o'i bocedi. Roedd y wybodaeth yn ei rhyddhau, ac yn ei gwneud hi'n haws i roi siswrn yn y cwlwm.

Tynnodd y llanc ei hesgidiau oddi am ei thraed. Cynigiodd ei law iddi. 'Tyd yn dy flaen, Sindarela.' Dilynodd ef i fyny'r grisiau. Roedd arni angen ei gysur. Wrth hynny ni olygai'r tro chwim sydyn yn y gwely, y weithred sy'n cael ei gwneud megis rhwng cromfachau. Roedd arni angen mwy na phleserau'r cnawd. Roedd arni angen rhywun a wnâi iddi chwerthin. Daeth Rob a chynnig gobaith iddi mewn cyfnod tywyll. Daeth â'r pleserau bach bob dydd yn ôl i'w bywyd. Gwnaeth hi'n llai dibynnol ar y botel. Byddai'n dragwyddol ddiolchgar iddo.

Canodd y ffôn, sy fel llais cydwybod, bob amser yn galw pan nad oes neb eisiau ei glywed. Rhoddodd ei ddwylo dros ei chlustiau i'w rhwystro rhag gwrando.

'Gwenno,' meddai'n frwysg.

Ysgydwodd ei ben, ac ailadrodd ei ddymuniad. Agorodd fotymau ei blows, a sefyll yn ôl i edmygu ei bronnau, y bronnau bradwrus a oedd ryw ddydd yn mynd i'w difa. Gafaelodd yn ei llaw a'i gosod ar ei falog. 'Drycha faint dw i dy isio di.'

Dechreuodd y ffôn ganu eto. 'Paid â gwrando,' medda fo, 'paid â mynd yn ôl i dy gragen.' Rhoddodd ei freichiau arni. Llwyddodd lle methodd eraill i weld y crac yn y mur. Doedd ganddi ddim dewis, waeth heb â moesoli.

A chynhyrfodd y llanc allan o dan y llwyni wrth synhwyro diwedd yr olygfa. Doedd dim o bwys yn digwydd heb i'r gwyliwr ei weld.

26

Rhoddodd Glenys y ffôn i lawr, a throi i wynebu Gwenno a gurai ei thraed yn ddiamynedd wrth ei hymyl.

Dyma'r tro cyntaf iddi alw yn y swyddfa. O gongl ei llygaid gallai Gwenno weld gwraig â'i gwallt mor denau â veil yn gwneud te, yn dal y mygiau o dan y tap dŵr oer cyn eu sychu â phapur cegin (nid y math o weithred sy'n gwneud i chi ymddiried mewn Samariad. A doedd ei gwisg fawr o help: hen ffrog flodeuog Courtelle, wedi ei lapio am ei chanol â belt â thro ynddo.) Roedd tuedd ynddi i wyrgamu. Ni chodod ei phen unwaith, er ei bod yn amlwg fod y curo traed yn mynd ar ei nerfau. Ni throdd y moelyn na'r flondan eu pennau chwaith. Roedd acen Swydd Efrog y gŵr yn codi'r gwyllt arni, a'r dull y magai'r flondan y ffôn o dan ei thagell, ond tybiodd Gwenno iddi ei chlywed unwaith yn dweud o dan ei gwynt, 'Wonders never cease. I wouldn't be surprised if it's our little extremist friend.' A pharodd hynny iddi golli ei limpyn, a galw am dipyn o breif-atrwydd a thawelwch.

'Waeth i chi heb â siarad yn Gymraeg hefo nhw,' ebe Glenys, ei llais yn garedig, gadarn. 'Ddylech chi, o bawb, wybod hynny.'

Roedd cyfeirio at hen gnecs yn anfaddeuol. Curodd Gwenno ei thraed yn drymach ar y llawr (hoffai sŵn y styllennod yn gwegian), a chwynodd am nad oedd digon o wres yn y stafell i gynhesu chwannen.

Gwthiodd Glenys ei hewin peintiedig i'r bwlch â'r rhif 9 arno ar y deial, a deialu unwaith, ddwywaith. Cythrodd Gwenno ati. 'Pam na wrandwch chi? Gwrando ydi'ch gwaith chi nid bus-nesu.' Bu distawrwydd annifyr. (Eto, hwyrach mai dim ond yn nychymyg Gwenno y bu.)

Cododd Glenys ar ei thraed a syllu i fyw ei llygaid. Syllodd Gwenno'n ôl. Llygaid glas oedd gan y Samariad, llygaid da-i-ddim-i-neb, a rhyw frithni'n rhedeg drwyddynt. Mewn llais cadarnach gofynnodd iddi beth oedd yn ei phoeni.

Dwylo aflonydd gen i, meddyliodd Gwenno wrth ffidlan â belt ei chôt, dwylo morwyn ffarm fel y bydda mam yn arfer dweud. Roedd hi'n hoffi ei dwylo, y wawr gochbiws a'r creithiau, y gwaed yn ceulo yng nghraciau'r migyrnau. Cynyddodd y cynnwrf yn ei chylla. Lluchiodd ei gwallt yn ôl a phrin sibrwd enw ei mam. Closiodd Glenys er mwyn clywed yn well. 'Eich mam? Ond dydi'ch mam ddim adra. Fasa hi wedi ateb y ffôn tae hi adra.'

'Falla'i fod o wedi'i lladd hi.' Yn ddistaw, ddistaw o dan ei gwynt.

'Pwy?' Trodd ei phen i weld a oedd rhywun yn gwrando.

'Y prowliwr.'

Daliodd y Samariad ei gwynt. Gwyrodd ei llygaid. Cydiodd yn y ffôn. (I be oedd eisiau'r holl fodrwyau? Yr holl baent a'r aur? Dim ond i dynnu sylw at y gwythiennau hen.)

Mae henaint yn anghynnes. Rhaid ymosod arno. 'Be 'dach chi'n 'i wneud?'

'Ffonio'r heddlu.'

'I be? I ofyn iddyn nhw fynd â fi adra? Rhoi cyfle i un arall drïo fy nhreisio fi.'

Tynnodd Glenys ei gwynt ati (er efallai mai yn nychymyg Gwenno y digwyddodd hynny hefyd). Roedd gofyn newid tacteg. Bu hon yn dipyn o ddraenen yn ei hasen o'r dechrau. Nid hi oedd yr unig un. Honnai Eurwyn rhwng difri a chwarae fod y mudiad yn bodoli ar gyfer pobl oedd eisiau gwneud niwsans ohonynt eu hunain. Dadleuai hithau mai cri am help oedd hynny hefyd.

Gafaelodd yn ei harddwrn a'i thywys at gadair. Rhybuddiodd hi mewn llais cadarn melfedaidd i beidio ag ailadrodd y cyhuddiad wrth neb arall rhag iddi ei chael ei hun mewn dyfroedd dyfnion iawn.

'Dydach chi ddim yn 'y nghoelio fi. Mi fedra i ddweud wrth eich llais chi nad ydach chi ddim yn 'y nghoelio fi.' Cythrodd i gau ei botymau, ac i guddio'r dagrau a gronnai yn ei llygaid. Dratia nhw! Dratia dagrau! Arwydd o wendid a dim byd arall. 'Pam na ffoniwch chi'r diawliaid? Gofyn am yr un gwallt melyn hefo'r llygaid glas china. Pam na ofynnwch chi iddo fo dw i'n dweud y gwir?'

Tynnodd ddyddiadur o'i phoced a'i luchio i arffed Glenys. Cynheuodd Glenys y lamp oedd ar ei desg, a dal y llyfr ymhell oddi wrthi am ei fod yn fyr ei golwg. Gwyliai Gwenno ei hwyneb yn ofalus am unrhyw arwydd.

Dim. Dim. Rhoddodd Glenys y dyddiadur yn ôl iddi. 'Os ydi'r hyn 'dach chi'n 'i ddweud yn wir, fe ddylech riportio'r digwyddiad.'

'Yn wir? Siŵr Dduw 'i fod o'n wir.' Cydiodd yn y ffôn a'i

estyn i Glenys. 'Ffoniwch y slobs i holi os nad 'dach chi'n 'y nghoelio fi.'

'Dw i yn eich coelio chi.' Rhoddodd y ffôn yn ôl yn ei grud.

27

Llosgai'r llythyr oddi wrth S4C yn ei boced. Byddai'n rhaid iddo drafod ei gynnwys gydag Elsbeth yn hwyr neu hwyrach, ond ar y funud roedd yn well ganddo gadw'r wybodaeth iddo'i hun, a chael blas ar gnoi cil arno. Prun bynnag, roedd hi'n brysur gyda'i chynlluniau ei hun, yn canfasio aelodau'r Blaid Lafur ynghylch cael ei henw ar y rhestr fer. Âi o gwmpas y tŷ yn llawn egni a brwdfrydedd. O bryd i'w gilydd torrai allan i ganu, a rhoi'r gorau iddi pan sylweddolai fod ganddi gynulleidfa. Adweithiai Arfon i'w hwyliau da, a mynd mor bell ag adrodd ambell jôc. Gwenai'n dila'n ôl arno. Yn ddiarwybod iddo'i hun roedd o'n cael ei ddifa gan ei goddefgarwch a'i huchelgais. Ond doedd dim rhaid iddo ddiodde'n hir. Cyffyrddodd â'r llythyr ym mhoced fewnol ei gôt fach.

'Gwynt gynnoch chi?' Torrodd llais Magi ar draws ei fyfyrdodau.

'Gwynt?'

'Eich gweld chi'n cyffwrdd eich brest bob munud.'

Doedd o ddim yn barod i drafod y gwahoddiad gyda hi. Digon o waith y gallai hi werthfawrogi'r hyn a olygai'r cynnig iddo (cynnig answyddogol, ond cynnig serch hynny). Nid oedd dim yn gyffredin rhyngddynt. Pe gofynnid iddo ddisgrifio'i deimladau tuag ati, câi drafferth i wneud hynny. Pe gofynnid iddo am beth y siaradent, câi drafferth i gofio unrhyw sgwrs yn ei manylrwydd. Mewn gwirionedd, roedd hi'n bopeth nad oedd yn ei hoffi mewn merch: prepiai'n ddiddiwedd, hoffai ei herio a thynnu'i goes (ac nid oedd neb wedi meiddio gwneud hynny o'r blaen), roedd ganddi lygaid oedd yn temtio, ni hoffai'r dillad a wisgai.

Cofiodd am y sioc a gafodd pan aeth â'r gôt neilon a adawsai yn y car ar ôl iddynt fod yn Llŷn, yn ôl iddi. Roedd teganau ar hyd y lle ymhobman, a stêm sur yn codi o'r clytiau ar yr hors o flaen y tân. Hithau'n lluchio'r trugareddau oddi ar un o'r cadeiriau i wneud lle iddo ac yn brysio i'r gegin i wneud paned o goffi iddo er gwaethaf ei brotestiadau—roedd ganddo bwyllgor ymhen hanner awr. 'Chymith hi ddim hanner awr i chi yfad coffi.' Daeth Gwion i chwarae efo crïai ei esgidiau, ac ysai am gyffwrdd ag ef. Ni allai dynnu ei lygaid oddi ar y dwylo bach prysur na'r glafoerion a syrthiai ar ledr ei esgidiau. Ac fel petai'n gwybod fod rhywun yn ei wylio, cododd y bychan ei ben a sgrechian. 'Dowch eto pan fydd gwell hwylia ar mei nabs,' ebe hi wrth ei hebrwng i'r drws.

Yn y boreau y byddai'n galw, amser coffi pan oedd Bryn wrth ei waith a'r genod yn yr ysgol. Hoffai chwarae gyda Gwion. Ac ambell waith manteisiai Magi ar ei bresenoldeb i bicio i'r siop i brynu neges ar gyfer cinio neu swper.

'Dach chi'n dda hefo plant,' ebe hi wrth ei wylio yn rowlio'r ceir bach yn swnllyd ar draws llawr y gegin. 'Rhyfadd na fasa gynnoch chi rai'ch hun.'

'Plant pobol eraill yn well.' Heb godi'i ben, dim ond dal i rowlio'r ceir rhwng coesau Gwion.

'Methu cael rhai? Eich gwraig ddim isio?'

Daliodd ei wynt, wrth iddi ailadrodd ei chwestiwn. Roedd yn gas ganddo'i gweld efo sigarét yn ei cheg (a fo oedd i'w feio am gynnig rhai iddi). Gallai rhai merched smocio'n osgeiddig a'i throi'n weithred synhwyrus, ond sugnai hi'r sigarét nes bod y bonyn yn wlyb.

Wrth weld nad oedd y cwestiynau personol ddim yn ei harwain i unman, dechreuodd ei holi am berfformiad ei brawd.

Dyna bwnc arall y byddai'n well ganddo beidio â'i drafod efo hi. Roedd ei actio'n ddi-fai, yn cymharu'n eitha ffafriol gydag actio'r petha ifainc eraill. Ac yn wahanol iddyn nhw ni cheisiai feio'r sgript (gormod o iaith coleg a chapel) am ei ddiffygion ei hun. Ni fyddai byth yn dadlau na thynnu'n groes.

Y llygaid oedd y drwg—mor debyg i lygaid ei chwaer. Ni fu'r actorion eraill fawr o dro â sylwi ar y newid yn null Arfon o'i drin. Ac ni allai ef wadu eu cyhuddiadau am nad oeddynt wedi'u lleisio, ond roeddynt yn amlwg yn eu llygaid. Collodd dipyn o'i hyder a'i awdurdod, ac am y tro cyntaf erioed roedd mewn peryg o golli gafael ar yr awenau. Ac nid ef oedd yr unig un i sylwi: poenai Hilda ei ysgrifenyddes fod rhywbeth o'i le ar ei iechyd, a rhoddodd restr hir o fitaminiau a thonics iddo.

'Dach chi'n siŵr nad oes ganddo chi ddim gwynt? Mae gin Bryn Rennies yn y tŷ 'ma'n rhwla. Sôn am Bryn, mi alwodd Elsbeth i'w weld o'r dydd o'r blaen. Peidiwch poeni, dim byd i'w wneud hefo fi. Isio gwybod oedd gynno fo ddiddordeb mewn trwsio—atgyweirio'n 'i hiaith hi—tai cownsils. Dynas smart.' Tynnodd ei phen yn ôl rhag i'r mwg fynd i'w llygaid. 'Hunan-feddiannol: dyna i chi air mawr.' Trodd i edrych arno. 'Wyddech chi ddim 'mod i'n gwybod geiria mawr.'

'Mae nhw'n gynefin i ni i gyd, dim ond fod rhai ohonan ni'n swil neu'n amharod i'w defnyddio nhw.'

Lluchiodd fonyn y sigarét i'r tân a sefyll yn syth uwch ei ben. 'Trïo dweud 'dach chi y baswn i'n siarad fel llyfr taswn i'n byw hefo chi neu rywun fel Eurwyn.'

'Eitha posib. Mae pobol sy'n byw efo'i gilydd yn tueddu i siarad yr un iaith, defnyddio'r un eirfa, yr un dull o fynegi. Mae hynny'n anochel.'

'Anochel?' Cododd Gwion i'w breichiau. 'Pam mae'n rhaid i chi gael iwsio geiria mawr fel *mynegi* ac *anochel* drwy'r adeg. Pam na siaradwch chi iaith mae pobol fel fi'n ei dallt? Wyddoch chi be? Dw i'n meddwl eich bod chi'n cuddio tu ôl i'ch geiria: yn mopio pobol hefo sŵn fel nad ydyn nhw ddim yn gwybod be sy'n mynd ymlaen yn eich meddwl chi.' Cusanodd y bychan. 'Actions speak louder than words, 'ntê pwt? Na, ddim diolch, gewch chi gadw'ch iaith pobol fawr.'

'Dach chi'n dal yn ifanc. Mi ddowch chitha i sylweddoli fod rhai petha y mae'n well peidio'u dweud.'

'Glywist ti hynna, Gwion? Glywist ti Taid yn siarad?'

Pan gyrhaeddodd adre roedd Elsbeth ar y ffôn. Deallai oddi wrth y sgwrs a'r gwrid oedd ar ei hwyneb ei bod wedi cael ei gosod ar y rhestr fer. Mor ddel a meddal yr edrychai wrth iddi chwerthin. Dyma'r ferch a briododd. Roedd yn falch ohoni, yn falch drosti. Llongyfarchodd hi'n gynnes a tharo cusan ar ei thalcen. Am eiliad daliodd hi rhwng ei freichiau. Roedd y goflaid mor ddiarth nes ymddangos yn waharddedig. Gwenodd Elsbeth yn oddefgar a mynd at y drych i dwtio'i gwallt. Tywalltodd ddogn o wisgi iddo'i hun, a chododd y gwydr i'w chyfarch yn y drych. 'I ddathlu.'

Dyma'i gyfle i sôn am y gwahoddiad i ymuno â thîm gwein-yddu S4C. Cyd-ddathlu. Dechrau o'r newydd. Canodd y ffôn. Cwynodd Elsbeth, mewn llais maldodus, nad oedd wedi peidio â chanu er pan gyhoeddwyd y newydd ar y radio amser cinio.

'Bryn oedd 'na,' ebe hi. 'Isio gwybod ydan ni'n mynd ymlaen gyda'r cynlluniau i godi at y gegin. Wrth gwrs, wnes i ddim sôn wrtho mai dyma'r tro cyntaf i mi glywed am y peth.'

28

Am y tro cyntaf ers blynyddoedd teimlai Hannah yn ddedwydd ac yn iach. Hwyliai drwy ei gwaith tŷ dan fwmian canu, ac yn y pnawniau âi i'r ardd i dwtio'r borderi a phlannu bylbiau ar gyfer y gwanwyn. Aeth ati un diwrnod i ddiheintio'r tŷ gwydr a chael John Parry Saer i ddod i osod chwareli newydd yn lle'r rheini a dorrwyd gan wyntoedd y gaeaf. Yn awr fod y tywydd wedi tyneru roedd yn braf cael teimlo'r haul ar ei gwar wrth iddi gymryd toriadau a thocio'r llwyni. Byddai'n defnyddio menig ar gyfer pob swydd arall, ond roedd gofyn dwylo noeth i drafod hadau a phlanhigion, ac roedd ôl gwaith arnynt a phridd o dan yr ewinedd.

Roedd Rob allan o'i gynefin yn yr ardd. Ni allai rannu ei brwdfrydedd am nad oedd ganddo ddim diddordeb yn y wefr greadigol a berthynai i drafod pridd. Byddai'n gafael yn ei llaw i'w thywys i'r tŷ, yn gafael mewn talp o sebon a brwsh i sgwrio o dan ei hewinedd, yn union fel y gwnâi ei thad pan oedd hi'n rhy ifanc a diofal i wneud, ac yna rhoddai druth iddi am arddwyr a garddio.

Doedd ganddo ddim cariad at erddi. Ni phlannodd hedyn na bylb yn ei fyw. Ni heliodd ffrwythau oddi ar goed erioed (mater hollol wahanol oedd dwyn fala), na chodi llysiau o'r pridd. Ni wyddai enw'r un blodyn anghyffredin. Edrychai pob coeden a gwrych yn union run fath iddo. Pe câi ei ffordd gwnâi i ffwrdd â borderi trafferthus a gosodai flodau plastig yn eu lle. Tarmaciai'r lawnt a'i throi'n gwrt tenis. Lluchiai'r potiau a'r geriach o'r tŷ gwydr a gosodai wely dwbwl yn eu lle, a drych uwchben iddynt gael eu gweld eu hunain yn caru. Ac yntau ar gael, doedd dim rheswm ei bod yn lladd amser yn garddio. Roedd pawb yn gwybod mai hen ferched rhwystredig oedd yn treulio'u hamser yn yr ardd. Gweithred rywiol oedd garddio, trafod y Fam Ddaear, ei mwytho, ei llyfnhau, ei meddalu cyn gwthio'r bys i'r pridd i wneud lle i'r had, ac yna'r llawenydd o'i weld yn ffrwytho.

Gwnaeth iddi orwedd ar y soffa er mwyn iddo gael dylino ei chyhyrau a'i mwytho. Ni chaniatâi i boen ddod rhyngddynt. Gwnâi iddi chwerthin drwy sôn am droeon trwstan y dydd. Cyfeiriai at Arfon fel carton yogurt ar fin byrstio. A'r ddrama, ddigon sych i grimpio dillad putain. Drama nodweddiadol

Gymreig, yn trafod iaith, diwylliant, egwyddorion, a moesoldeb gul.

Sut ddrama faset ti'n ei hoffi? ebe hi. Ein stori ni, medda fo. Stori Mills & Boon, ebe hi. Be ddiawl ydi hwnnw? medda fo, bwyd babi?

Methai â deall beth oedd Magi'n ei weld yn Mr Uwch-gynhyrchydd. Mae'n wir ei fod yn ffeind wrthi, yn mynd â hi i lefydd, ac yn prynu bwyd ac anrhegion iddi. Moelodd Hannah ei chlustiau. Dywedodd Rob wrthi am beidio â darllen gormod i mewn i'r peth. Roedd yn hollol amlwg i'r byd a'r betws fod ei bidlan yn redundant. A Magi? Wel, un felna oedd Magi. Methu dweud *Na*. Dyna'i gwendid hi erioed. Byddai'n ferch rydd heddiw petai heb agor ei choesau mor handi i Bryn Tycoon.

Mae yna rai merched a wnaiff unrhywbeth i gael gŵr a phlant, ebe hi.

Dyna pam y priodoch chi? gofynnodd o.

Confensiwn, ebe hi, dydi confensiwn ddim heb ei apêl.

Be am hyn? Cusanodd ei chorff drosto.

O, oedd, roedd hynna'n rhan o'r apêl. Roedd Ifor yn garwr da. Mae'n dal i fod, 'ran hynny.

Pam y cymroch chi gariad arall, te?

Bodloni 'nghnawd i roedd o, bodloni un rhan fechan ohona i. Tynnodd ei dwylo drwy ei wallt. Roedd o'n boddio'r cyfan. Cyn iddo fo ddod, roedd hi fel petai wedi ei chaethiwo y tu mewn i'w chorff. Roedd o wedi'i rhyddhau a'i chyfannu.

Dw i ddim isio truth debyg i honna eto, ebe fo. Sawl gwaith sy raid i mi ddweud nad dw i ddim yn lecio dramâu a lot o siarad ynddyn nhw?

Cysgai mor ddiofal â phlentyn. Suddo'n braf i freichiau Cwsg. Dyna un o fendithion godinebu.

29

Roedd dwy ffenest i'r stafell wely, y naill yn wynebu'r dwyrain a'r llall yn wynebu'r de. Cedwid llenni'r ffenest a wynebai'r dwyrain ar agor ddydd a nos, llenni melfed melyn (fel llenni'r ffenest arall), a'r melfed wedi dechrau breuo a cholli'i liw. Roeddynt yn hen er na ellir dweud pa mor hen. Fe'u prynwyd yn ocsiwn Hen Neuadd pan fu farw'r olaf o'r hen sgwieriaid ddeunaw mlynedd yn ôl. Am flynyddoedd, y rhain oedd y pethau mwyaf gwerthfawr yn y tŷ.

Gosodwyd y gwely ar y pared gorllewinol, fel y gallai Glenys pan ddeffrôi edrych allan drwy'r ffenest ddwyreiniol i fyfyrio ar y tywydd, ymysg pethau eraill. Hoffai weld y wawr yn torri, a'r haul yn torri drwy'r cymylau. Hoffai'n arbennig fisoedd y gwanwyn a'r haf pan grafai brigau'r onnen yn erbyn y chwarel.

Y bore yma roeddynt wedi cysgu'n hwyr. Bore Sadwrn oedd hi a dim byd neilltuol yn galw. A phrun bynnag, roedd angen cwsg ar Eurwyn (a oedd wedi bod yn gorweithio yn ddiweddar). Rhag ei ddeffro, cododd mor dawel ag y gallai, a mynd at y ffenest ddeheuol i agor y llenni. Fel roedd hi'n eu hagor, lluch-iodd pioden ei hun yn erbyn y gwydr. Camodd yn ôl mewn braw, a throi wedyn i edrych a glywodd Eurwyn y sŵn. Ond roedd o'n dal i gysgu.

Wrth iddi luchio dŵr ar ei hwyneb yn y stafell molchi, atgoffodd ei hun nad oedd hi'n un o'r bobl hynny a adawai i ofergoelion reoli ei bywyd. Roedd hi'n gytbwys. Cerddai o dan ysgolion heb betruso, torrai ei hewinedd ar y Sul, agorai ymbarél yn y tŷ, gosodai esgidiau ar y bwrdd wrth glirio, âi allan o'i ffordd i yrru'r Mini (gwyrdd!) yn gyflym ar ddydd Gwener y trydydd ar ddeg—ac o ran hynny dyna ddyddiad eu priodas, dydd Gwener, Awst 13eg. Ond pan ddaeth y bioden i guro ar y ffenest aeth hen ias bach ddigon diflas drwyddi.

Talodd fwy o sylw i'w choluro nag arfer. Gwisgodd ei sgert fflowns las a'i blows goch a gwyrdd (dillad codi'r-galon, fel y byddai Eurwyn yn eu galw). Hwyliodd y bwrdd, torrodd y croen oddi ar y cig moch, tafellodd y tomatos a churo'r wyau, ac yna aeth i alw ar y bechgyn i godi.

Hwyr rhed a brysia fu hi am weddill y bore. Roedd un o'r bechgyn eisiau mynd i feicio, y llall wedi addo mynd i weld gêm bêl-droed, ac Eurwyn yn teimlo y dylai ddangos ei wyneb mewn cynhadledd ym Mhlas Tan-y-bwlch. Wrth eu gweld yn gadael cynyddodd ei hanniddigrwydd. Ni allai ganolbwyntio ar waith tŷ nac ar y llu adroddiadau oedd ganddi i'w sgrifennu. Bob tro y canai'r ffôn curai ei chalon ychydig yn gyflymach. I wneud pethau'n waeth, doedd neb yn ateb. Aeth allan i'r ardd o'i sŵn.

I lawr y llethr yng ngwaelod yr ardd roedd sied gerrig a fu unwaith yn dŷ bach, lle tyfai gwyddfid a chlematis yn eu tymor. Tu cefn i'r sied roedd llain o dir lle gallai'r bechgyn gicio pêl neu chwarae badminton neu godi pabell yn ôl y galw. Yn y gornel bellaf un roedd coeden gastanwydd. Gwyddai cyn edrych arni fod rhywbeth o'i le.

Yna fe'i gwelodd, yr hollt a'r pydredd. Roedd y clwy wedi'i tharo. Dyna pam y daeth y bioden i guro. Gallai fod yn ganmil, ganmil gwaeth. Llanwyd ei llygaid â dagrau o ryddhad.

Yn hwyrach yn y dydd, uwchben swper, y daeth y dagrau eraill.

Eglurodd iddynt fod y goeden yn golygu llawer iawn iddi. Roedd hi'n rhan o'r tŷ, yn rhan o'u bywyd yno. Ni allai ddychmygu'r lle hebddi. Roedd hi wedi syrthio mewn cariad efo'r hen beth o'r funud y gwelodd hi. Roedd colli coeden fel colli ffrind. O dan ei changhennau y bwydodd ei bechgyn ar bnawniau chwilboeth o haf, yno yr adroddai ac y darllenai straeon iddynt. Yno y dysgodd pob un ohonynt ddringo a hel concyrs. Yno (â thinc o chwerthin yn ei llais) y cysgodd Robin Huw drwy'r nos, hen gerpyn drosto, ar ôl iddo gael gormod i'w yfed.

Doedd dim dal arnynt wedyn. Roedd gan bawb ei atgofion. Rhestrodd Eurwyn y llyfrau a ddarllenodd yn ei chysgod, gan sôn am eu rhagoriaethau a'u gwendidau. A rhannai'r bechgyn gyfrinachau'r den. Roeddwn i'n meddwl ei bod hi'n mynd i bara byth, meddai Glenys, roedd hi'n edrych mor gadarn, mor iach. Agorodd Eurwyn botel arall o win. Mae 'na ddiwedd i bob peth, meddai'r trydydd bachgen (roedd y fenga ar y ffôn yn adrodd yr hanes wrth y bechgyn hŷn). Roeddwn i'n meddwl y buasai'n coeden ni, ebe hi, yn ein goresgyn ni a'n hwyrion. Addunedodd Eurwyn ar ei beth mawr y byddai'n plannu un arall yn ei lle. Byddwn ni wedi hen fynd cyn iddi ddod i'w hoed, ebe hi. Tough, medda'r fenga, gan dynnu'r wên yn ôl i'w hwynebau.

Yna penderfynodd y pedwar fynd yn ôl i waelod yr ardd i gael golwg ar y goeden wrth olau fflashlamp. Roedd yn noson dawel ddigwmwl. Arweiniai Eurwyn y ffordd fel gweinidog yn arwain cynhebrwng i fynwent. Yn sydyn safodd yn stond. Fflachiodd ei olau dros waelod yr ardd. Closiodd Glenys ato a gafael yn ei fraich wrth synhwyro perygl. 'Be sy'n bod?' holodd un o'r bechgyn.

'Roedd o yma. Mi faswn i'n taeru imi weld 'i flewyn coch o'n diflannu tros y gwrych.'

Ond er chwilio a chwilio ni ddaethant o hyd i ôl ei bawennau. Ac am yr ôl traed? Wel, gallai'r rheini fod yn perthyn i

86

unrhywun. Roedd cymaint o droedio wedi bod yno yn ystod y dydd.

30

Eisteddai Gwenno ar garreg fwsoglyd ar ochr y lôn lle'r oedd y ffordd drol yn troi'n llwybr troed ac yn arwain i'r mynydd. Roedd y glaswellt yn hir a gwlithog a'r garreg o dani yn oer. Eisteddai ar dro, fel y gallai gadw un llygad ar y mynydd a'r llall ar y llwybr. Y tu cefn iddi roedd ffos lle tyfai berw dŵr gwenwynig. A'r ochr draw i'r ffos roedd clawdd pridd cysgodol a oedd mor llydan fel y gellid cerdded ar hyd-ddo. Roedd hi yma i ddal annwyd.

Y tro cyntaf iddi fod yma gwelodd genau pry gwirion yn ymlusgo heibio'i throed, a meddyliodd yn siŵr mai neidr ydoedd. Yr ail dro clywodd gricedyn yn yr union lecyn. A'r trydydd tro cafodd ei phigo gan forgrug. A byth er hynny cysylltai'r tri pheth â'i gilydd yn ei meddwl.

Ar y mynydd roedd llus yn tyfu. I'w cyrraedd roedd rhaid cerdded drwy lwyni eithin. Un haf heliodd lond pot jam o lus. Pan gyrhaeddodd adre dim ond llond ei waelod oedd ar ôl, a'r noson honno bu'n sâl.

Doedd dim lwc i'r pethau a gariai adre o'r mynydd. Gwywai clychau'r gog yn ei dwylo, a doedd dim oes i benbyliaid Ffynnon Rhos fel i benbyliaid eraill. Pan oedd hi'n ifanc ifanc, cyn i rieni droi'n fwrn, a phan wirionai ar chwedlau a llenyddiaeth, daeth o hyd i dderyn bach â'i adain wedi'i thorri yn y ffos wrth droed y mynydd. Cariodd ef adre gan fwriadu ei nyrsio a dysgu iddo siarad. Hi oedd Branwen. Hi oedd St Ffransis o Assisi. Gwrthododd ei mam adael iddi fynd â fo i'r tŷ. Gadawodd soseraid o lefrith iddo wrth ymyl y drws. Ond bore drannoeth doedd dim golwg ohono: yn ôl ei mam, roedd o wedi mendio ac wedi hedeg ymaith. Gwyddai hi'n well: gwelodd y gwaed ar ewinedd y gath a'r plu ar lawr.

Dyna pryd y rhoddodd y gorau i gario broc mynydd. Doedd dim gwerth i'r pethau a gâi eu gadael yno—bonion matches, caniau cwrw, poteli, bonion sigaréts, gwrthgenhedlwyr. Roedd y lle'n drewi o bobl a'u sothach.

Ond nid dyna pam y rhoddodd y gorau i fynd yno. Roedd rhywbeth wedi digwydd ar y mynydd, rhywbeth dychrynllyd ac ofnadwy iawn a wnâi iddi gochi a chywilyddio bob tro y meddyliai amdano. Roedd y *peth* yma'n rhan o'i hanniddigrwydd, yn rhan ry fawr, rhy erchyll i'w ailadrodd. Dyma gyfrinach y bwriadai ei chadw iddi hi ei hun am byth. Ac ni châi Glenys gyfrwys na'r Samariaid dan-dîn ei rhwygo ohoni.

Heddiw gwisgai sana bach a dillad ysgafn tenau. Roedd hi yma i ddal annwyd ac i geisio dod i delerau â'i hanniddigrwydd. Daeth yn bryd iddi sefyll ar ei thraed ei hun, dysgu oddi wrth Fierce a'i gyfeillion, yr Hell Angels na falient yr un botwm corn yn neb na dim. O, fel yr edmygai eu bywydau digymhleth a'u hanarchiaeth. Roedd ganddynt eu dogma a gwyddent i bwy yr oeddynt yn perthyn: dangosent hynny trwy eu gwisg a'r modd y torrent eu gwallt i'r bôn a'r modrwyau yn eu clustiau a'u trwynau. Lluchient eu pwysau o gwmpas gan greu ofn a dychryn. Ond o leia roedd ganddynt bwrpas i'w bywydau.

Nid oedd ganddi hi ddim rheolaeth ar ei bywyd. Proffwydai ei hathrawon yrfa ddisglair iddi (ni fu gwaith ysgol erioed yn anodd, oherwydd meddyliai amdano fel dihangfa ac fel dull o ddofi'i hanniddigrwydd). Roeddynt yn eu gwaith yn ei hatgoffa mor bwysig oedd y flwyddyn hon iddi. Magai ei rhieni obeithion cyffelyb. Sonient am goleg yn Lloegr, Rhydychen, Bryste, Durham, Caer-grawnt, ac wedyn swydd fras yn Llundain/ Brussels. Ni allai amgyffred sut y gallai addysg goleg a swydd fras gael gwared â'i hanniddigrwydd.

Ond gwyddai fod yn rhaid wrth nod, rhyw bwrpas a fyddai'n meddiannu a llywio ei bywyd. Nid rhyw nod syml, confensiynol, ond rhywbeth y byddai'n rhaid iddi ddioddef drosto. Roedd gan Kevin uchelgais (er y byddai ef yn gwadu hynny)—roedd i'w weld yn yr olwg ddiniwed lwynogaidd a lechai yn ei lygaid.

Mynnai ei thad fod ganddo yntau nod—sawl nod. Ond doedd honno ddim yn nod bur: uchelgais wedi ei lliwio ag ofn ydoedd, ofn peidio â chael ei weld, ofn colli ei bwysigrwydd, ofn peidio â bod yn rhywun, ofn mynd yn hen ac anneniadol.

Am flynyddoedd bodlonodd ei mam ar fod yn ddi-nod. Roedd hynny cyn i Rob ymddangos. Byddai'n well petai wedi bod heb yr un. Roedd ei nod yn mynd i'w difa. Hwyrach y byddai uchelgais Fierce yn ei ddifa yntau. Ond yn wahanol i'w mam byddai wedi profi bywyd i'w eitha, wedi diodde sen, gwawd, erledigaeth, brad. Roedd o eisoes hanner y ffordd i gyrraedd ei uchel-gais. Prawf o hynny oedd y moto-beic a'r tatŵs ar ei gorff.

Ac roedd gan Glenys ei nod, er nad oedd ei huchelgais ddim yn darfod gyda'r Samariaid. Adwaenai'r dichell ynddi hi.

Safodd ar ei thraed i sychu'r mwsog oddi ar ei sgert. Torrodd yr haenen denau o rew oedd ar wyneb y ffos a mwydo'i dwylo yn ei dyfroedd llonydd. Arhosodd yno nes i'r oerfel dreiddio drwyddi. A daeth i'w bryd fod yn rhaid i unrhyw un sy am fod yn rhydd ddioddef poen a gwaradwydd.

Dyna swm a sylwedd y myfyrdodau a gariodd gyda hi o'r mynydd.

31

Er bod y gwynt o'r cyfeiriad iawn, ac er ei fod ef wedi gwneud popeth o fewn ei allu i'w llnau, doedd yr Aga ddim yn tynnu eto. Am wythnos bwytaodd Arfon ei ginio yn y cantîn, ond buan iawn y blinodd ar y cwmni a'u siarad siop. Blinodd hefyd ar frechdanau caws a phasteiod porc, a phenderfynodd wneud pryd iawn iddo'i hun. Galwodd yn siop y gongl am bysgod wedi'u rhewi, llysiau, torth Ffrengig, tafell o Brie, a ~~halen heb ei~~ *menyn* halltu o Normandi. Nid oedd raid gofyn am y sigaréts, roeddynt ar y cownter y funud y cerddodd drwy'r drws.

Wrth gerdded adref â'r cwdyn plastig yn ei law, penderfynodd fôd hyn cystal esgus â'r un i drafod pwnc y gegin gydag Elsbeth: nid ei bod hi yn poeni am anghyfleusterau coginio, ond roedd yr oerfel yn dechrau ei diflasu hithau.

Ni allai fod wedi dewis amser gwell. Roedd hi'n ffynnu ar ymgyrchu. Ni chredai iddo ei gweld yn edrych cyn hardded erioed: edrychai'n feddalach ar ôl goleuo'i gwallt. Gwisgai ffrog wlân o liw camel a belt lledr llydan am y canol, a choler lac anferth am y gwddw. Byddai'n anodd dyfalu'i hoed. Pan ddewiswyd hi'n ymgeisydd dywedyd yn y wasg mai deugain a dwy ydoedd: mewn gwirionedd roedd hi ddwy flynedd yn hŷn. A chan nad oedd hi'n arfer gwadu ei hoed, roedd yn rhaid dod i'r casgliad fod y Blaid Lafur, am ryw reswm annelwig, wedi cam-arwain y cyhoedd, neu fod y cyfryngau wedi gwneud cam-gymeriad.

Gwrthododd Elsbeth y pysgodyn. Roedd hi'n cael blas ar damaid syml, plaen. Yn ei barn hi roedd pobl y Gorllewin yn bwyta gormod o lawer er eu lles. Ac yn yfed gormod. Llygadodd y gwydraid gwin oedd yn ei law. Dadleuai yntau fod ar ddyn angen o leiaf un pryd cynhwysfawr y dydd. Roedd o'n gweld eisiau cinio poeth. Dyna pam roedd hi'n bwysig eu bod yn meddwl am newid yr Aga, ac aildrefnu'r gegin o'i chwr tra roeddynt wrthi. Rhestrodd holl ffaeleddau'r gegin fel yr oedd, a manteision cael cegin newydd. Aeth ymlaen yn rhy hir o lawer. Gwenodd Elsbeth yn oddefgar. Sychodd ei dwylo a'r briwsion o gongl ei cheg gyda'i napcyn. 'Gwnewch chi fel fyd fynnoch chi. Eich arian chi ydi o.'

Gwyliodd hi'n diflannu i'r llofft i baratoi ar gyfer un o'i phwyllgorau bondigrybwyll. Roedd yn ddig wrthi am fod mor swta, ac yntau wedi hogi ei arfau ar gyfer dadl. Tywalltodd ragor o ddiod iddo'i hun.

'Braidd yn gynnar i hwnna,' ebe hi pan ddaeth i lawr yn ei hôl. Gwisgai gôt frith lac na welsai o'r blaen. Gwyliodd hi'n tynnu ei menig dros ei bysedd, gan wthio'r lledr i'w le gyda'i bys a'i bawd, symudiad a'i cyfareddai bob amser.

'Dach chi'n fodlon felly?' Yn rhy eiddgar, fel hogyn bach yn ofni cael ei wrthod.

'Roeddwn i'n meddwl 'y mod i wedi rhoi fy ateb.'

'Dw i'n meddwl y gofynna i i Bryn, cyfaill Eurwyn, am amcangyfrif.'

Wfftiodd at y syniad. Roedd hynny fel rhoi'r drol o flaen y ceffyl. Os am newid y gegin, roedd yn rhaid gwneud y gwaith yn iawn, cael pensaer i'w chynllunio, ac fel mater o ffaith roedd hi'n nabod un fyddai'n barod i wneud y gwaith yn rhad ac am ddim.

Ffrind ar gyfer pob achlysur, dyna stori cynghorwyr a seiri rhyddion fel ei gilydd! Gofynnai iddo alw ar ei ffordd yn ôl heno. Fel roedd hi'n digwydd roedd ganddyn nhw gyfarfod i drafod cynlluniau stad newydd o dai pensiynwyr. Gwthiodd gonglau ei sgarff Jaeger o dan labedi'r gôt newydd, a throi at y drych i gael golwg arni'i hun. 'Cledwyn Richards, falla'ch bod chi'n 'i gofio fo.'

Ei gofio? Ei gofio'n iawn. Nid dyma'r tro cyntaf i'w enw gael ei godi. Roedd yn ddarlledwr cyson, yn un o brif gyfranwyr *Newyddion Saith* a rhai o'r rhaglenni materion cyfoes, er gwaethaf ei lediaith, ei dreigliadau gwallus a'i iaith fratiog. Ei fantais bennaf, ac eithrio'r ffaith iddo gael ei eni a'i fagu yn Birmingham a gadael swydd fras a dod i weithio i Wynedd, oedd ei olwg. Ysgwyddau cyhyrog a mop o wallt cringoch. Siaradai'n hyderus, ac roedd gwên bob amser ar ei wyneb. Bwriadai ei wraig ddilyn cwrs Wlpan wedi iddi gael y babi oddi ar ei dwylo: roedd y ddau blentyn hynaf eisoes mewn ysgolion Cymraeg.

Doedd ei wraig ddim gydag ef pan gyfarfu Arfon ag ef yn nathliadau Gŵyl Dewi'r Cyngor yn y Grand. Roedd hi'n disgwyl y babi bryd hynny, os cofiai'n iawn. Noson ddiflas oedd hi hefyd—fel pob un o nosweithiau'r Cyngor. Treuliodd ei amser wrth y bar yn boddi'r lleisiau mewn wisgi. Yfodd ormod o lawer er ei les, a bu'n rhaid i Elsbeth yrru'n ôl. Yn ei ddiod cyhuddodd hi o fflyrtio gyda'r pensaer, o dreulio'r noson yn dawnsio fel rhyw Fadame Bovary yn ei freichiau. Ymddiheurodd iddi fore trannoeth.

Roedd y cof am y ffrae yn dal i frifo. Tywalltodd chwaneg o wisgi iddo'i hun. A gadawodd i'r cwestiwn a fu yng nghefn ei feddwl gyhyd ddod i'r wyneb. Aeth i sefyll rhyngddi a'r drych. Pan agorodd ei geg i siarad roedd ei lais yn frwysg. Gofynnodd iddi ai'r pensaer roddodd y babi yn ei chroth.

Ni chlywodd Kevin y cwestiwn ond gwelodd y glustan, a rhoddodd ei law dros ei foch mewn cydymdeimlad. Ar y funud ni allai gofio ble y gwelodd y wraig o'r blaen. Ni chododd perchennog y Volvo fys i'w tharo'n ôl.

32

trwm iawn, very heavy,
our boots, our byd.

Roedd y gwyliwr yntau'n destun sylw.

'Clwad dy fod ti'n tynnu allan yn drybeilig,' ebe Fierce wrtho. Fel arfer, roedd llu o'i gwmpas, yn barod i borthi ei ffraethineb. Adwaenai Kevin bob un ohonynt, wrth eu henwau bedydd ac wrth eu glas enwau. Roeddynt i gyd, ac eithrio dau, wedi'u magu ar yr un stad ag ef ac yn blant i deuluoedd un rhiant. Roeddynt wedi bod yn yr un ysgolion â'i gilydd. Gwyddent am wendidau a ffaeleddau a phechodau eu gwahanol deuluoedd, a gallent restru'r godinebwyr, y lladron, a'r rhai fu'n y carchar, fel y rhestra crefyddwyr broffwydi a brenhinoedd yr Hen Destament. Yn eu diod ac o flaen y camerâu teledu (roedd y stad dai yn boblogaidd dros ben gyda gwŷr y cyfryngau) bachent ar y cyfle i gyfeirio atynt eu hunain fel aelodau o un teulu mawr dedwydd.

Nid oedd mam Kevin yn ei chyfri'i hun yn un o'r teulu. Un o'r wlad oedd hi, wedi'i geni a'i magu yn yr un ardal â'r bardd y soniai ei mab amdano byth a hefyd, Bardd yr Haf. Er mawr ofid i Kevin ni allai hi gofio dim amdano, dim ond y cerddi a ddysgwyd iddi yn yr ysgol: honno am y llwynog (a lle, sgwn i, welodd o lwynog yn eu pentra nhw? Welodd hi rioed un), a'r gân neis honno am y ddynes yn bwydo ieir, a'r un neis arall roedd Hogia'r Wyddfa'n ei chanu, honno oedd yn darfod hefo Twwhit, tw-hw. Roedd hi'n argyhoeddiedig y byddai'n cofio llawer mwy o'i gerddi wrth iddi fynd i oed. Roedd gan ei thad beth wmbreth ar ei gof. Ond roedd hi'n tynnu am ei deugain a doedd dim pall ar ei hieuenctid.

Dynion oedd ei gwendid.

Er craffu a chraffu ar lun o'r bardd, ni allai yn ei byw ei ddwyn i gof. Y drafferth hefo hen luniau oedd fod pawb yn edrych mor debyg i'w gilydd. Rwan, petai o wedi dangos llun Mr Hopkyns y Person iddi, byddai wedi ei nabod ar ei hunion. Roedd hwnnw'n dal ac yn ddel, run ffunud â Cary Grant, wel, croes rhwng Cary Grant a Stewart Granger, ond yn llawer mwy gwenog. Roedd pawb wedi mopio'u penna hefo fo: Miss Parry (deng mlynadd yn iau na'r ganrif, 'mhobol i), Mrs Kelly Plas Mawr, a phawb. Roeddan nhw'n pentyrru presanta arno fo— phrynodd o rioed rwdan na sachaid o datws, pawb am y gora'n cario iddo fo. Ond yna symudodd o i'r Sowth yr wythnos yr aeth y si ar led fod Catrin Rhedyn Bach yn disgwyl babi. A chlywodd neb amdano wedyn. Rhyfedd hynny hefyd ac yntau'n fardd. Cystal os nad gwell na'r Mr Parry yna unrhyw ddydd. Sgwennu comic songs, sgwennu am bobol nid rhyw anifeiliaid ac adar. Caneuon Saesneg am hogyn a hogan yn syrthio mewn cariad. A Lewis Coop yn dweud ei fod o'n gwybod yn iawn am be i sgwennu, hefo enw fel Hop-it-in. Ew, un drwg oedd Lewis Coop: talu grôt i'r genod am gael teimlo'u brestia nhw.

Doedd ei fam o a mam Fierce (Hugh John i roi iddo'i enw bedydd) ddim ar delerau. Ni chofiai Kevin iddo erioed eu clywed yn ffraeo nac yn siarad â'i gilydd. O wybod beth oedd gwendid y ddwy daeth i'r casgliad mai dyn oedd wrth wraidd yr helynt. Un noson deffrôdd yn chwys laddar ar ôl breuddwydio fod Fierce yn frawd iddo. Ni allai gael y breuddwyd o'i feddwl, er i Miss Parry Safon 2 ddweud dro ar ôl tro na welodd hi erioed ddau mwy annhebyg, pan fyddai Kevin yn gwneud ei syms yn iawn a Fierce yn dal i ymlafnio. Miss Parry a'u rhoddodd i eistedd wrth yr un bwrdd, yn y gobaith y byddai natur dawel weithgar y naill yn dofi natur stormus y llall. Dyna un o'r cyfnodau tywyllaf yn ei hanes. Nid âi diwrnod heibio heb iddo dderbyn cic, pinsiad, dyrnod neu glais. Mynnai ei fam mai Hugh John oedd yn gyfrifol am dorri ei drwyn. Doedd neb â thrwyn cam yn perthyn iddi hi. Roedd ei drwyn yntau'n syth pan oedd yn fach. A thynnai'r album allan i ddangos iddo. Crefodd arni i beidio mynd i'r ysgol i gwyno. Gwyddai o brofiad na ddeuai dim daioni o gario straeon. Dysgodd mai cadw o'r ffordd oedd orau iddo.

Ond doedd dim llonydd i fod. Galwyd ef yn nifer o enwau anweddus, enwau a oedd yn loes i'w fam. Y llyfrau gâi'r bai— mopio'i ben hefo llyfrau o fore gwyn tan nos. Nid fod dim o'i le mewn llyfrau pan oedd rhywun yn hŷn: roedd gan Mr Pritchard BBC lond stydi ohonyn nhw yn hel llwch. Un gwael oedd hwnnw hefyd am dynnu allan, byth yn chwara golff neu five-a-side neu redeg mini-marathon.

Un noson, wrth iddo gerdded adra o siop chips, tynnwyd ef i mewn i ali gan Fierce a'i giang.

'Clwad dy fod ti'n tynnu allan yn drybeilig,' ebe Fierce a rhoi cic iddo efo'i Dr Marten's yn ei ffer. 'Gwadna dy sgidia di fel weffars ar ôl yr holl gerddad. Gwatsiad merched diniwad yn tynnu amdanyn a ballu. Uffar o hobi beryg. Watsia di dy hun, queenie boy. Borstal fydd dy hanas di.'

'Ei blydi gwell o yno.' Adnabu lais main Tonci Mohican.

Daliwyd llafn o flaen ei drwyn, a rhybuddiwyd ef i roi'r gorau iddi neu doedd wybod be ddigwyddai iddo. A doedd waeth iddo heb â meddwl rhedeg i guddio dan sgert ei fam: fydda dim lle iddo fanno hefo'r holl ddynion.

Byddent wedi ei larpio yn y fan a'r lle petai Gwenno heb ymddangos.

'Be sy'n mynd ymlaen yma?' ebe hi.

'Dim byd,' medda Fierce a chulhau ei lygaid meinion, 'busnes rhwng dynion a chachgi.' Trodd at y bechgyn. Doedd dim pwrpas dilidalio: roedd yr uffar wedi cael ei warning.

Y Drydedd Ran

1

Bu'r bechgyn wrthi'n ddiwyd drwy'r hydref yn torri'r goeden yn flociau a phriciau. Cafwyd menthyg llif drydan Bryn i wneud y gwaith, a daeth pedwar o'u ffrindiau ysgol i helpu. Barnai Eurwyn fod yno hen ddigon o flociau i'w cadw i fynd am y gaeaf. Yn y diwedd, ar ôl ymgynghori â'r bechgyn hynaf ar y ffôn, cytunwyd i ddefnyddio cyfran o'r coed i wneud coelcerth.

Ni chymerodd gymaint o amser i Glenys greu Guto Ffowc. Dechreuodd wythnos yn ôl drwy dorri a rhwymo hen bapurau newyddion a dilladau i wneud stwffin. Defnyddiwyd hen siwt bol deryn i Eurwyn yn wisg (yr un oedd ganddo pan oedd yn fyfyriwr), a rhoddwyd het silk o Oxfam ar ei ben. (Bu'n petruso llawer a ddylai brynu siwt yn Oxfam hefyd: doedd y siwt bol deryn ddim tamaid gwaeth, ac wedi'r cwbl roedd hi'n sefyll dros gyfnod go arbennig. Ond aeth y bleidlais yn ei herbyn. Roedd y bechgyn, fel y mae bechgyn o'u cefndir hwy, yn gogwyddo tua'r Chwith ac yn difrïo unrhyw arwydd o statws.) Parodd yr wyneb dipyn o drafferth nes cael dwy bêl golff yn llygaid, carn pren twca a dau ddarn o ffelt coch ar ffurf lleuad newydd yn drwyn, a phytiau o goed wedi'u peintio yn ddannedd. Gosodwyd gwlân cotwm iddo'n wallt, a rhwymwyd sgarff goch am ei wddw. Roedd yr effaith yn syfrdanol. Edrychai mor fyw fel y mynnai'r bechgyn osod lle iddo wrth y bwrdd ac o flaen y teledu. A thynnwyd lluniau dirifedi ohono i'w dangos i'r bechgyn hŷn: un yn y gwely, un arall wrth y sinc, yn y lle chwech, ac yn yr ardd yn pwyso ar bâl. Doedd dim pall ar eu dyfeisgarwch.

A rwan eisteddai ar ben y goelcerth yn barod i'r tân. Yr hen begor, meddai Eurwyn bob tro yr edrychai allan o'r ffenest, yr hen begor annwyl. Nid oedd gan Glenys amser i rannu ei sentiment. Bu wrthi drwy'r dydd yn paratoi sawg ar gyfer yr asennau a'r golwythi, ac yn llnau tatws (70 i gyd) i'w rhoi'n y popty. Addawodd aelodau Undeb y Mamau ddod â salad a llysiau a theisennod cri. Cynigiodd rhai ohonynt roi'r tatws yn eu Microwaves, ond gwrthododd yn bendant y cynnig hwnnw. Cynigiodd y ficar gynorthwyo efo'r tân, a rhoddodd fenthyg dau fwrdd hir o'r festri. Buwyd hefyd yn trafod y posibilrwydd o gael coelcerth arall o gwmpas y Dolig i godi arian at yr eglwys, ond wrth lapio'r tatws mewn ffoil yn awr doedd hi ddim mor siŵr. Roedd ei hysgwyddau'n bnafyd a'i choesau'n dechrau gwegian. Ond ni fu fawr o dro'n dod ati'i hun ar ôl hanner awr o fwydo'n y bath.

2

'Parti i ddathlu Guy Fawkes! Be nesa?' Sodrodd Magi ei mab ar ei glin a sychu'r siocled oddi ar ei wyneb, a'i wisgo'n briodol ar gyfer y tywydd, gwaith a oedd yn troi'n frwydr bob gafael gan fod yr hen gena bach yn mynnu cicio a strancio.

'Felna mae pobol fawr yn gwneud,' ebe Bryn, a oedd ar ei liniau yn helpu'r genod i gau crïai eu hesgidiau. Cwynai Heledd fod ei llygaid yn llosgi a'i bod eisiau mynd i'w gwely. Disgrifiodd Bryn yr hwyl y byddai'n ei golli, y tân mawr, y bangars, y Catherine wheels, y Jac sbonc, a'r rocedi'n mynd i fyny i'r awyr. Dechreuodd Siwan grïo. Roedd y disgrifiad yn ei dychryn. Chwarddodd Bryn, ac addo y caent afael mewn sparklers, gafael mewn ffon dân a'i throi a'i throi fel olwyn o flaen eu llygaid: dyna be fyddai hwyl.

'Pwy fydd 'na, sgwn i?' holodd Magi er mwyn newid y pwnc, wrth weld y genod yn mynd fwyfwy i'w cwman.

'Sut ddiawl wyt ti'n disgwyl i mi wybod? Chdi siaradodd hefo Glenys ar y ffôn.' Dywedodd wrth Heledd am beidio â chrampio'i throed: roedd o wedi cael llond bol ar ei chwyno.

Câi Magi yr un drafferth i wthio braich dde Gwion i lawes ei anorac. 'Chdi roddodd fenthyg y lli iddyn nhw. Ddeudodd Eurwyn ddim byd wrthach chdi?'

'*Ffrindia, mae gynnon ni dipyn o ffrindia'n dwad draw ar y pumed o Dachwedd. Dyna ddeudodd o, os oes raid i ti gael gwybod.*' Aeth yn ôl i'w lais Eurwynnaidd. '*Dydan ni ddim yn dathlu lladd yr hen warrior. Fel Cymry da, roeddan ni'n meddwl y byddai'n rheitiach i ni ddathlu'i ddewrder o.*'

95

'A dyma chdi'n chwerthin a dweud *Reit dda rwan*.'

Rhythodd yn ddig arni ac yna ar y genod. 'A dyma fi'n chwerthin. Dwn i ddim ar ôl pwy ddiawl mae'r genod 'ma'n tynnu, dydi'r rhain byth yn gwenu.'

O'r diwedd, roedd y dasg wedi'i chwblhau. Gosododd Gwion i eistedd ar lawr, ac aeth i'r twll dan grisiau i nôl ei chôt a'i sgarff.

'Gobeithio y bydd 'na rywun dan ni'n 'i nabod.'

'Siŵr Dduw y bydd 'na.' Piciodd i'r drych i wneud yn siŵr fod ei gudynnau yn cuddio ei foelni. Lledodd ei wefusau i gael golwg ar ei ddannedd. Roedd ei ddannedd yn destun balchder di-hysbydd iddo. 'Ond gelli di fentro dy ben ar un peth,—fydd Hannah ddim yno. Dim amsar i ddim byd y dyddia 'ma ond enterteinio dy annwyl frawd.'

'Dyna ddigon.' Gosododd Gwion ar gadair a'i rybuddio i beidio symud ber. A gwnaeth yn siŵr fod digon o lo ar y tân.

'Stên fel lori laeth gynni hi.'

'Bydd ddistaw, gad lonydd i bobol.'

'Fiw dweud dim byd am 'i brawd bach.'

'Hannah oedd dani eiliad yn ôl.'

'Hannah sy dani drwy'r adag.' Chwarddodd yn harti am ben ei jôc ei hun. Pwniodd y genod yn eu hysgwyddau nes gorfodi gwên ohonynt.

'Gobeithio nad wyt ti ddim yn mynd i fod fel hyn drwy'r nos.' Fflachiodd bâr o lygaid arno.

'Chdi sy'n methu bihafio mewn partis, del. Chdi sy'n methu dal dy ddiod. Cofio'r tro hwnnw yn nhŷ Eurwyn o'r blaen?'

Nid ystyriai fod y cwestiwn yn werth ei ateb.

3

Tynnodd Ifor ei gôt bach a thorchodd lewys ei grys i llnau'r barbeciw. Beiodd Hannah am ei hesgeulustod—dylai fod wedi gwagio'r cols a'i llnau cyn ei gadw ddiwedd yr haf. Beiodd hithau'r tywydd. Daeth y glaw heb ei ddisgwyl, a pheidiodd hi ddim am bythefnos. Yn y cyfamser, roedd y llanast wedi'i wneud, a phrun bynnag fe aeth y barbeciw yn llwyr o'i chof.

A geir yn rhad a gerdd yn rhwydd, medda fo.

Yn y dyddiau Cyn Rob byddai wedi lluchio dihareb yn ôl ato. Dyna'u dull o gyfathrebu: dihareb am ddihareb, gwireb am wireb, adnod am adnod, ystrydeb am ystrydeb. Eu hiaith oedd stamp eu diwylliant. Ond beth am y teimlad? Roeddynt yn euog o fethu mynd at graidd y mater.

Roedd gen i betha eraill ar fy meddwl, ebe hi.

Ti'n berson anghymdeithasol, dyna'r gwir, medda fo, fe ddylet ti fynd allan mwy, chwilio am ffrind.

Ffrind! Mor fygythiol y swniai'r gair. Roedd Rob yn bwrw'r Sul gyda ffrind yng Nghaer. Ffrind y ffrind yw'r un i'w wylio: fo/hi yw'r gelyn bob tro.

Daeth Ifor adre ddiwrnod cyn pryd am fod Glenys ac Eurwyn yn cynnal parti, ond pan gafodd hi fronchitis yn ystod y gaeaf methodd â dod am bythefnos. Cododd ei ben a gwenu arni. Ni fyddai'n hir rwan. Gwell dweud wrth Gwenno am ei gwneud ei hun yn barod.

'Dydi Gwenno ddim yn dwad. Dydi hi ddim isio mynd i ryw sioe bin. Paid â sgyrnygu arna i. Ei disgrifiad hi oedd o, nid fy un i.'

'Ei mam ydi hi bob tamaid. Blydi anghymdeithasol fel ei mam.' Sychodd ei ddwylo yn ei hances, y cledrau yn gyntaf ac yna'r bysedd, yn ofalus fesul un ac un. Beth bynnag amdanyn nhw, roedd o'n meddwl fod y syniad yn un gwreiddiol. Cant allan o gant i Glenys am feddwl am farbeciw, a'i syniad hi oedd o, doedd dim dwywaith am hynny: ni chafodd Eurwyn syniad gwreiddiol yn ei fyw. Roedd ganddi steil, synnwyr o achlysur, chwedl y Sais. Ac ar ôl bod mewn siamber sychlyd drwy'r wythnos, roedd o'n barod am noson allan yn yr awyr agored i glirio dipyn ar y ffliwiau.

4

'Wrth gwrs 'mod i'n dod, fynnwn i ddim colli dathlu dewrder Guto Ffowc am bris yn y byd.'

Elsbeth oedd biau'r geiriau. Ni allai Arfon ddweud oddi wrth ei thôn a oedd yn siarad â'i thafod yn ei boch ai peidio. Ac ni allai weld ei hwyneb am ei bod yn plygu ymlaen i sythu ei theits trwchus dros ei choesau.

Wrth weld ei bod yn tynnu at fod yn barod, gwisgodd ei gôt groen-dafad amdano. Roedd rhwng dau feddwl a wisgai gap ai peidio. Roedd newydd dorri ei wallt, a'r bore hwnnw roedd wedi eillio'i locsus clust am y tro cyntaf ers deuddeng mlynedd. Ceisiai osgoi'r drych. Penderfynodd y gwnâi sgarff y tro, y sgarff Marks & Spencer a gafodd yn anrheg Dolig gan Hilda. Ac ildiodd i'r demtasiwn o lowcio joch o'r wisgi pan nad oedd Elsbeth yn edrych.

Edrychodd ar y barbeciw. Ni chredai iddo weld un yn agos tan heddiw. Ac i feddwl fod peth mor dila wedi costio cymaint. Pan ffoniodd Glenys i ofyn iddynt ddod â'u gril barbeciw efo nhw, ni chymerodd arno nad oedd ganddynt un: roedd hi fel petai'n disgwyl fod gan bawb un. Doedd dim amdani wedyn ond mynd at Davies Ironmongers i chwilio. Un cwynfanllyd croes oedd Davies, a bu'n gyndyn i fynd i'r cefnau i chwilio am un. Roedd stoc yr haf wedi'i gwthio o'r neilltu ganddo, ac roedd gofyn symud cant a mil o bethau i gyrraedd y peth. Doedd neb yn gofyn am farbeciws yn y gaeaf. A phetai'n dod i hynny, doedd fawr o fynd arnyn nhw yn yr haf chwaith. Mwy o fynd yn ddiweddar falla, er, Duw a ŵyr beth oedd i'w gyfri am hynny. Roedd y siopau mawr i gyd yn eu gwerthu nhw, Tesco, Woolworth, Asda ac ati. Rhad hefyd. Syllodd i fyw llygaid ei gwsmer. Falla'u bod nhw wedi gwerthu allan, neu'n rhy ddiog i fynd i storwsus mawr i chwilio. Wela fo ddim bai arnyn nhw. Hen lefydd oer oedd y storwsus mawr 'ma: tebycach i ogofau nag i ddim byd arall, a dim diddordeb gan ryw lafnau i chwilio. Stori'r gwas cyflog heb newid dim ers dyddiau'r Iesu. Mi fydda fo yn y wyrcws ers blynyddoedd tasa fo'n dibynnu ar weision cyflog.

Byddai Arfon wedi gadael heblaw ei bod erbyn hyn yn ben set. Llusgodd Davies ei hun at y drws i'w gloi rhag cwsmeriaid anystywallt eraill, a diflannu am yn agos i ugain munud i'r cefnau. Pan ddaeth yn ôl roedd dafnau ar flaen ei drwyn ac roedd ei ddwylo main esgyrnog yn las biws fel rhai cigydd. Ond o leiaf roedd ganddo focs yn ei ddwylo.

Gosododd y bocs ar y cownter yn ymyl y til. Pum punt ar higian, meddai heb godi ei ben, pum punt ar higian namyn ceiniog neu twenty-four pound ninety-nine pence. Ac mae'n siŵr eich bod chi isio cols a fire lighters i'w gynna ar ben hynny.

Costiodd y cyfan wyth bunt ar hugain.

5

Rhyfedd yw gwrando'r nos ar lef
Rhyw anweledig lu, . . .

Ar ei ffordd i'r Neuadd Wen yr oedd Kevin pan glywodd lais yn galw arno o'r cysgodion. Hyd y gwyddai nid oedd yn nabod neb oedd yn byw y ffordd honno. Ac ar ôl y rhybudd gan Fierce roedd yn ofalus nad oedd neb yn ei ddilyn. Ni fyddai byth yn dilyn yr un llwybr ddwywaith yn olynol. Âi allan o'i ffordd i chwilio am ffyrdd newydd, yn union fel y gwnâi'r cadno pan synhwyrai berygl.

Galwodd y llais arno eto. Gwyddai mai llais merch ydoedd, ond ni wnâi hynny ef yn llai drwgdybus: doedd oes y mol ddim drosodd. Carthodd ei wddw a gofyn, 'Pwy sy 'na?'

'Tyd draw i weld drosot dy hun. Oes gen ti ofn neu rywbath?'

Symudodd yn araf tuag ati â'i galon yn ei sgidiau. Pan oedd bron â'i chyrraedd, neidiodd o'i chuddfan yn fygythiol.

Adnabu ei gwallt yn y gwyll, y tresi aur o gwmpas y sgwyddau.

'Gest ti fraw?' Chwarddodd Gwenno. 'Yr euog a wêl ei gysgod rhyngddo a'r haul. Dyna i ti ddihareb gwerth ei dysgu. Mae gen i domen ohonyn nhw, wsti, tomen ddi-ben-draw yn trafod euogrwydd. Mi sgwenna i nhw i lawr i ti ryw ddiwrnod pan fydd gen i ddim byd gwell i'w wneud. Euogrwydd a chyd-wybod—dau air dw i am 'u torri allan o 'ngeirfa. Geiria sy'n dy ddal di'n ôl ydyn nhw. Mae 'na rai geiria felly, yndoes, fel taen nhw wedi cael 'u bathu gan spoil sports. Pa eiria wyt ti ddim yn lecio?'

Rhegfeydd. Geiriau y byddai Fierce a'i giang yn eu defnyddio i'w ddisgrifio fo. A geiriau am rai mannau o'r corff. 'Dw i ddim wedi meddwl am y peth.'

'Mae'n bryd i ti ddechra meddwl, nta.'

Cerddodd o'i flaen nes dod i stryd lle roedd mwy o oleuadau. Stryd anniddorol lydan. Nid y math o stryd lle mae dramâu yn digwydd. Safodd o flaen un o'r tai, a gwneud arwydd arno i glosio. Rhoddodd ei bys ar ei cheg i'w rybuddio rhag holi. Dyna pryd y sylwodd ar yr holl geir oedd o gwmpas, yn eu plith y Volvo a Vauxhall Cavalier Bryn Jones Saer Maen ac Adei-ladydd.

Clywai leisiau'n dod o'r ardd, ond ni allai weld dim am fod

wal uchel o'i hamgylch. Yna gwelodd y fflamau'n llamu tua'r awyr.

Tynnodd Gwenno yn llawes ei gôt a'i annog i'w dilyn. 'Tyd efo fi, mi wn i am fwlch yn y clawdd lle medrwn ni 'u gweld nhw.'

Ac yntau wedi arfer meddwl mai fo oedd yr unig sbïanwr yn y cylch. 'Pwy ydi'r bobol sy'n byw 'ma?'

'Neb. Neb. Dyna i ti pwy ydyn nhw. Neb ond tipyn o Gymry'n trïo efelychu'r Saeson.'

6

Roedd hi'n un o'r nosweithiau llonydd tyner prin hynny ym mis Tachwedd. Roedd Glenys yn ei chords melynfrown a'i jumper fair isle a'r bŵts llac at y penglin a brynodd yn yr Eidal y llynedd am £15. Ond er mor fwyn oedd hi gwisgai'r mwyafrif eu cotiau trymion a chapiau gwau am eu pennau. Aeth draw at aelodau Undeb y Mamau i ddiolch iddynt am eu cymorth. Roedd eisoes wedi diolch i Bryn am osod y llifoleuadau (mae rhywbeth i'w ddweud dros adnabod crefftwr). Yna aeth draw at y gwahanol farbeciws lle roedd y cwmni wedi ymgasglu o gwmpas y tanau mud, eu hwynebau'n disgleirio fel llun o garolwyr ar gerdyn Dolig. Canmolent y punch ac edrychent ymlaen at y cigoedd a rostiai ar y griliau. Roedd yr oglau yn tynnu dŵr o'u dannedd.

Penderfynodd Eurwyn, wrth weld rhai o'r hen blant yn dechrau aflonyddu, ei bod yn bryd iddynt ffarwelio â'r hen Guto annwyl. Galwyd ar y bechgyn a Bryn i ddod â'u torchau i gynnau'r goelcerth. Piciodd Elsbeth i'r tŷ i ddiffodd y goleuadau, a galwyd ar bawb i sefyll yn ôl.

Llamodd y fflamau i'r awyr a goleuo pob man yn goch. Dechreuwyd curo dwylo a chwrthin. Sgrechiodd Heledd a Siwan mewn ofn a dychryn. Cynigiodd Glenys fynd â nhw i'r tŷ i'w cysuro, ond doedd dim tewi arnynt.

'Diolch byth am Arfon,' ebe hi wrth adrodd y stori yn ei gwely 'r noson honno. 'Mi fasan nhw wedi difetha'r noson i bawb heblaw amdano fo. Ddaru o ddim lol ond cymryd y babi'n 'i freichia er mwyn i Magi gael 'i dwylo'n rhydd i'w cysuro. Pwy fasa'n meddwl 'i fod o mor dda hefo plant?'

100

'Dan ni'n dysgu rhywbeth am ein gilydd bob dydd o'n bywyd.' Agorodd Eurwyn ei geg. Bu'n ddiwrnod hir.

Ond daliai Glenys i ail-fyw'r noson. Roedd wynebau'r hen blant yn ddigon o ryfeddod, ac roedd hyd yn oed Elsbeth fel petai'n ei mwynhau ei hun—a doedd hi ddim y rhwyddaf i'w phlesio! Roedd Elsbeth ac Ifor fel dau blentyn bach yn tynnu lluniau yn yr awyr efo sparklers. Oedd, roedd y noson wedi bod yn noson werth-chweil, petai ond i weld oedolion yn ymollwng ac yn anghofio'u hunain.

Ymddiheurodd Eurwyn am na allai gadw'n effro. Ond yn y man, fe ddeuai yntau i gnoi cil ar y noson, a sawl noson gymdeithasol arall a gynhaliwyd yn ystod y flwyddyn golegol honno.

7

'Be oeddat ti'n feddwl o'r crachach?'

Syniad Gwenno oedd mynd am beint. Byddai'n llawer iawn gwell ganddo fo petai wedi'i wahodd am baned i'r Neuadd Wen. Eisteddent ar fainc gerllaw'r drws yn gwylio'r yfwyr profiadol wrth y bar. Dyma'r dynion y byddai arno'u hofn pan oedd yn fach. Sgleiniai eu dillad o'u gwisgo Sul, gŵyl a gwaith, slyrient eu geiriau, a chaent drafferth i sefyll yn syth. Nid oedd ganddynt ddiddordeb mewn dim ond yr hyn a groesai eu meddwl yr eiliad honno. Syllent weithiau i gyfeiriad y drws, craffu fel petaent yn benderfynol o gael gwared â'r niwlen o flaen eu llygaid. Roedd myllni eu llygaid yn ei atgoffa o bysgod. Nid tafarn i ddod â merch iddi oedd hon.

Doedd y dafarn ddim yn ddierth i Gwenno. Cyfarchai rai o'r dynion wrth eu henwau, ac edrychai'n gartrefol yn eu plith. Cyhuddodd ef o fod yn snob, o beidio bod eisiau ymuno yn yr hwyl. Yfodd ei pheint yn brofiadol, a dechrau ar ei un o.

Holodd ef am y bobl oedd yn byw yn Hafan: oedd o'n eu hadnabod nhw? oedd o wedi'u gweld nhw o'r blaen?

Nac oedd. Gallai roi ei law ar ei galon a thyngu i hynny. Daliai ei wynt rhag iddi ei holi am y gweddill, yn enwedig y ddau a chwaraeai gyda'r sparklers. Roedd pobl yn cysylltu'n ei feddwl fel rhannau o jig-saw. Eisoes roedd llun pendant yn dechrau ymffurfio yn ei feddwl.

Daliai Gwenno i frygowthan. Roedd o'n lwcus iawn nad oedd o ddim yn eu nabod nhw. Pseuds go iawn. Fo'n ddarlithydd yn y coleg pan nad oedd o ddim yn sbowtio ar y radio a'r teledu. A hi â'i bys ym mhob brwes, Undeb y Mamau, Oxfam, Ynad Heddwch, y Samariaid, Cadeirydd CND. Do-gooder go iawn. Wrth weld Kevin yn edrych arni, rhoddodd ei llaw dros ei blows lle roedd y tatŵ.

A phan siaradodd wedyn roedd pryder yn ei llais. Yn ei gwely'r nos câi hunllefau lle gwelai ei hun ymhen rhyw ugain mlynedd yn union fel Glenys. Hollol groes ydi breuddwyd, medda fo. Syllodd arno'n ddiystyrllyd. Nid siarad yn llythrennol yr oedd hi: roedd ei breuddwydion hi yn bethau byw, real, wedi eu rhesymu mewn gwaed oer. Cnodd ddarn o ewin ei bawd a'i boeri allan. (Nid dwylo garw fel hyn oedd gan Morfudd. Ni fyddai Dafydd ap Gwilym wedi syrthio mewn cariad efo dwylo fel hyn.) Dywedodd wrtho na wyddai'r nesa peth i ddim am y natur ddynol: roedd yn ffaith anwadadwy fod person yn ymdebygu i'r sawl a ffieiddiai, oherwydd mai gweld elfennau a gasâi ynddo'i hunan mewn person arall a barai i'r person hwnnw ymddangos yn wrthun iddo. Doedd ganddo ddim syniad am drefn pethau. Rebels ddoe oedd Sefydliad heddiw, a rebels heddiw fyddai'n cynnal y Sefydliad fory. Wrth herio'r Sefydliad y cwbl a wnâi'r protestwyr oedd rhoi cnoc ar y drws i ddangos eu bod yn curo.

Doedd waeth iddo heb â cheisio rhesymu efo hi. Ar gyfnodau fel hyn hoffai ddianc rhag y tywyllwch a'i meddiannai. Fel petai'n synhwyro fod Angau ar eu gwarthaf, cynigiodd fynd â hi adre.

Gwrthododd ei gynnig, a'i rybuddio i gadw draw o'r Neuadd Wen.

Dau rybudd o fewn ychydig amser i'w gilydd. Dylai hynny fod wedi bod yn ddigon i unrhyw un.

Y Bedwaredd Ran

1

Hen dric llenyddol yw cysylltu tywydd garw â rhyw ddig-wyddiad trist. Ac eto felly'n union y digwyddodd yn hanes Hannah pan benderfynodd Rob adael, i drïo'i lwc unwaith eto yn Llundain. Duodd yr awyr a syrthiodd y cymylau fel mai prin y gellid gweld y cloddiau. Cododd y gwynt i blygu canghennau a bygwth rhwygo'r rhosod a llysiau'r fagwyr o'u gwreiddiau. A daeth y glaw i lenwi'r gwterydd a churo'n ddiddiwedd ar y ffenestri.

Cofnododd Magi y storm yn ei dyddlyfr, ac fel Hannah cys-ylltodd y tywydd ag ymadawiad ei brawd. Dyma'r tymor hiraf, yn ymestyn o fis Tachwedd hyd ddiwedd Mawrth: pum mis o foelni didyfiant, pum mis o oerfel angladdaidd. Mae pum mis yn gallu bod yn oes.

Ac roedd y boen yn ôl yn ei bron. Daeth â hen ofnau a hen bryderon i'w chanlyn. Byddai'r gwybodusion yn mynnu mai poen gorfforol yw pob gwahanu. Ond rhaid cofio fod y boen gan Hannah cyn i Rob ymddangos. Fo lwyddodd i gael gwared â'r boen drwy wneud iddi chwerthin. Ar jôc y sylfaenwyd eu perthynas. Ni fynnai am y byd geisio ei rwystro rhag gadael. Gwyddai mor ofer fyddai hynny. Adwaenai'r rhybudd yn ei lygaid, y rhybudd a liwiodd ei bywyd hi gyhyd: Paid â 'nefnyddio i, Paid â manteisio ar fy ewyllys da i, Paid â 'nghymryd i'n ganiataol. Dyw cariad ddim yn gymwynasgar. Rhoddodd ei ryddid iddo yn ddiwarafun.

A hebddo roedd hi'n ddeugain a dwy yn ei hôl, ac yn rhy flinedig i godi i gynnau'r tân. Eisteddai o flaen drws y patio yn gwylio'r gwynt a'r glaw a oedd yn benderfynol o chwythu'r ddeilen olaf oddi ar y coed. (O ba ruddin y gwnaed hi, fel na allai Natur er ei holl rym gael gwared â hi? Eto, disgyn a wnâi hithau yn y diwedd. Yn hen ac wedi ei churo.)

Roedd hi wedi ei dihysbyddu gan gariad. Roedd yr hyn a fu'n ei chynnal dros dro yn awr yn ei difa. Byddai'n dda ganddi petai wedi cael ei hysu gan y fflamau, ac nid wedi ei gadael ar drugaredd y tywydd. Syniad rhamantus. Ond dyna yw pob carwriaeth, dihangfa dros dro i fyd ffantasi.

Gwyddai o'r dechrau nad oedd dim dyfodol i'w perthynas. Roedd y ddau mor garcus â'i gilydd o'u rhyddid. Ei syniad ef o ryddid oedd cael ei draed yn rhydd. Ei syniad hi oedd byw mewn moethau a steil yn ei thŷ gwyn braf, cael ei chynnal a'i chadw gan ei gŵr yn hytrach na mynd allan i weithio. Roedd hi'n rhydd o hual uchelgais ac yn rhydd hefyd o'r delfrydau a geisid yn enw Rhyddid i Ferched: y merched hynny a gâi eu cofio nid am eu menter arloesol ond am eu blinder parhaus a'u methiant i roi o'u gorau i'w cartrefi na'u galwedigaethau. Dyna'r unig ryddid dilys, y rhyddid i fyw lle y mynnoch a gwrthsefyll pwysau cymdeithas. Syniad yn y pen yw pob rhyddid arall. Roedd yr ysgrifen ar y mur pan ymddangosodd Rob yn y gegin gyntaf. Eto dim ond ffŵl fyddai'n gwrthod yr antur am ei fod yn ymwybodol o'i diwedd.

Roedd yn bwysig ei bod yn llunio bywyd newydd iddi ei hun. Ei lluchio'i hun i ferw byw bob dydd. Ymgolli mewn gwaith gwirfoddol. Cymryd y trên i Lundain neu Fanceinion. Prynu dillad newydd a fyddai'n gweddu i'r bywyd newydd. Y wisg ydi'r dyn! Prynu costiwm.

Costiwm.

Dyna air i ddwyn y gorffennol yn ôl. Blas parchus arno: perthyn i Ddydd Diolchgarwch a Chymanfa Blant pan gâi pawb ryw ddilledyn newydd. Roedd rhywbeth gwâr mewn prynu ar gyfer achlysur: roedd yn rhoi ystyr a lliw i brynu. Cofiai eistedd yn y capel yn gwylio'r aelodau yn cerdded i mewn. Amserent eu dyfodiad cystal ag unrhyw actor. Cerddent yn gefnsyth araf gan syllu'n syth o'u blaenau, eu gwefusau wedi'u tynnu at ei gilydd fel pyrsiau. Roedd het blu bob amser yn rhyfeddod, a pheth digrifwch o bosib. Ac ni fyddai diwedd ar y llygadu pan ymddangosai rhywun mewn côt ffyr newydd. Roedd eistedd y tu cefn i'r fath foethusrwydd yn wledd i'r holl synhwyrau.

Ond i ba beth y prynai'r wraig ddigapel hon gostiwm neu gôt ffŷr? I brynu'i ffordd yn ôl i'r tŷ cwrdd, y gorlan ddiogel honno na lwyddodd i'w pharatoi ar gyfer bywyd y tu allan i'w muriau? Geiriau, pentwr, tomen, mynydd o eiriau wedi ei chyfeirio at y ffordd gul, a Rob, heb eiriau, wedi llwyddo, lle methodd crefydd, i roddi tawelwch meddwl iddi a'i gwarchod rhag gofalon byd.

Yn oer a digysur a heb Rob i'w chynnal ymlwybrodd tua'i gwely. Llithrodd o dan y cwilt heb dynnu amdani, a suddo i'w siambar sorri.

2

Swnyn: dyn eisiau sylw a'i dinpwl oedd Bryn. Blinai ei gwsmeriaid gyda'i gwynion a'i broblemau. Cwynai'n bennaf am brinder nwyddau, ac fel yr oedd popeth wedi dirywio: doedd brics, na hyd yn oed bag o sment, ddim yr hyn yr arferai fod. Treuliai ei ddyddiau ar y ffôn, neu'n picio o un lle i'r llall i chwilio am fanion. Roedd y wlad yn mynd â'i phen iddi. A Mrs Thatcher, yr hen Wyddeles iddi, a gâi'r bai. Crafai ei ben yn galed am eiriau digon cryf i'w disgrifio, gan rygnu ymlaen i restru ei ddamcaniaethau amdani. Fel gŵr a chanddo nemor ddim i'w ddweud wrth wleidyddiaeth, câi Arfon y cwynion hyn yn feichus ac arwynebol. Ond anghofiai'r cwbl am ei ddiflastod pan gerddai Magi i mewn drwy'r drws.

Doedd hanner awr wedi tri ddim yn amser delfrydol. Byddai'r genod yn biwis a drwg eu hwyl, a byddai Gwion wedi ei atgyfnerthu gan ei gwsg prynhawnol, ei lygaid yn gloywi wrth weld y llanast, yn ysu am greu hafoc ac annibendod. Un prynhawn collodd lond tun o baent ar y llawr. Lluchiodd Bryn ef at y to, nes bod ofn yn gymysg â sbri yn ei lygaid. 'Sowldiwr yn yr FWA fydd hwn, marciwch chi 'ngair i. Dyna wyt ti am fod, yntê, bwli?' Gwingodd y bychan am ryddid i wneud mwy o ddrygau.

Mwynhâi Magi fod yn y gegin. Gwnâi baned iddi hi ei hun a'r dynion, a squash i'r plant. Gwyddai i'r dim sut i drin ei gŵr yno: gwenieithiai iddo a chanmol gwaith y seiri a'r plastrwr. Cegin fel hyn fyddai hi'n hoffi ei chael, cegin â digon o le ynddi i bawb. Aros di nes y ca i waith hefo'r BBC, ebe Bryn, aros di nes fydd 'na ddim ôl dim ond sofrenni bach melyn ar y dwylo bach hyn. Rhoddodd ei fraich am ei hysgwydd a newid ei dôn: roedd pawb yn gwybod mai mewn tai bychain roedd magu plant, dim ond pobol wedi ymddeol a chyplau di-blant a drigai mewn tai mawr crand. Dro arall byddai'n edliw iddi na allai edrych ar ôl cegin fach heb sôn am gegin fawr. Ar adegau felly, teimlai Arfon yn hollol ddiamddiffyn, ac ysai am weld y gwaith yn dod i ben.

Un diwrnod methodd â gadael y swyddfa mewn pryd. Daethai awdures lled-enwog ar y ffôn. Gwyddai pan glywodd ei henw fod hon yn mynd i fod yn sesiwn hir. Un arall o'r bobl hynny oedd wastad yn cwyno oedd hi, un o'r llu nad oedd llwyddiannau bywyd wedi dysgu dim iddi, dim ond ei gwneud yn chwerw ac anhapus. Cwynai y tro hwn am ddiffyg gwaith, am fod actorion yn eu holl drachwant wedi cymryd arnynt eu bod yn awduron yn ogystal. Lle'r oedd yr arian, yno hefyd y casglai'r eryrod.

Melltithiodd Arfon yr awdures pan welodd fod Magi wedi gadael. (Doedd dim peryg i Bryn ddilyn ei hesiampl: byddai wedi aros yno tan hanner nos petai'n rhaid er mwyn cael bwrw'i fol a rhestru ei orchestion.) I wneud pethau'n waeth, cadwodd Magi draw am weddill yr wythnos, a châi'r teimlad annifyr mai fo oedd yn gyfrifol am hynny. Yn y diwedd aeth ei bryder yn drech nag ef. Llyncodd ei falchder a holi Bryn am ei hynt a'i helynt. Tynnodd Bryn yn ei bibell, estyn ei fýg am ei drydedd baned o goffi, a mynd draw at yr Aga newydd (un goch, o ddewis Elsbeth), a gwneud ceg fel cilcyn lleuad ben-ucha'n-isa i ddangos ei ddiflastod.

'Yn y doldrums ers dyddia. Felna mae hi weithia, dweud dim wrth neb, prin agor 'i cheg i siarad hefo'r plant. Mynd iddyn nhw heb achos yn y byd, pincio fel hogan bach. Ond dw i'n meddwl 'mod i'n gwybod lle mae'r esgid yn gwasgu y tro 'ma. Wedi cael llythyr oddi wrth 'i mam yn dweud nad ydi'i thaid hi ddim hannar da. A meddwl mae meiledi y baswn i'n drop tools ac yn picio â hi draw i'r Blaena. Wel, chwara teg i bawb, mae'r hen begor wedi cael oes go lew tasa fo'n marw fory nesa. Eighty-two, dwy a phedwar igian i chi fois y BBC. Wel, pwy ddiawl ydyn nhw'n feddwl ydi o, blydi Methusela?'

Roedd ganddi daid! Am ryw reswm roedd y wybodaeth yn ei synnu. Synnai'n wir cyn lleied y gwyddai amdani, er ei holl siarad. Roedd Elsbeth wedi cefnu'n fwriadol ar y gorffennol fel y gallai ganolbwyntio ar y presennol, heb ei llesteirio gan hanes na sentiment. Ond roedd Magi wedi ymddangos yn ei fywyd yn ddiorffennol, megis Blodeuwedd yr ugeinfed ganrif. Ac os mai Magi oedd Blodeuwedd ai fo oedd Gronw Pebr? A Bryn Lleu Llaw Gyffes?

Yn ôl, yn ôl o hyd, roedd ei feddwl yn mynnu troi'n ôl at lenyddiaeth, fel petai am gadarnhau mai dyna'r unig beth a ddeallai.

106

Torrodd llais Bryn ar ei fyfyrdod. 'Pwy ddiawl yn 'i synhwyra fydda isio mynd i'r Black Hole of Calcutta?'

'Blaenau Ffestiniog? Rhaid i mi ddweud 'y mod i'n reit hoff o'r lle. Meddwl mynd draw ryw ddiwrnod 'r wythnos nesa i drefnu gwneud rhaglen ar y chwareli. Mae croeso iddi hi ddod hefo fi.' Dweud fel pe na bai'n malio y naill ffordd na'r llall.

Sicrhaodd Bryn ef na fyddai hi ddim yn gwrthod. Ond byddai'n rhaid iddi fynd â'r haflyg bach swnllyd efo hi. Fedra fo ddim aros adra i edrych ar eu hôl. Rhwbiodd ei ddwylo ynghyd wrth weld y broblem yn cael ei thynnu oddi arno. 'Mynd i'r Blaena mewn steil. Cyrraedd mewn Volvo'n cael ei yrru gan Uwchgynhyrchydd o'r BBC. Dipyn gwell na chael ei chario gan dipyn o fuilder â baw dan ei ewinedd. Fydd 'na ddim diwadd ar y siarad.'

Fel arfer, roedd dau ystyr i'r hyn a ddywedai. Ar ôl mynd adref ailadroddodd y sgwrs yn ei chrynswth wrth Magi. Ni chododd ei air, dim ond gadael i'w llygaid orffwys ar ei ewinedd glân.

Yn ddiweddarach y noson honno, cododd y ffôn i wneud y trefniadau. Elsbeth atebodd. Roedd Arfon yn y stiwdio yn recordio.

3

. . . a rhoi bloedd/. . . am galon Mam.

Mae hon yn bennod anodd am fod ei phwnc yn ddelicet ac yn debyg o beri tramgwydd i lawer. Sgrifennais sawl drafft ohoni, heb gael fy modloni. Roedd un yn rhy gynnil—mor gynnil fel na allai'r darllenydd wneud pen na chynffon ohoni. Ac roedd tri arall mor anweddus nes eu bod yn ymddangos fel gwaith glas-lances yn rhodresa'i gwybodaeth. Byddwn wedi arbed lot o drafferth petawn i, cyn ei sgrifennu, wedi cael darllen cerdd Kevin.

Noson olau leuad oedd hi pan gychwynnodd Kevin am y Neuadd Wen. Ni wyddai prun ai'r lloer a'i gyrrai yno, ynteu ryw deimlad ym mêr ei esgyrn fod rhywbeth allan o'r cyffredin yn sicr o ddigwydd, rhyw ddigwyddiad neu dro a roddai fod i gerdd. Dros y misoedd a aeth heibio, dyna beth y bu ei isymwybod yn ei wneud, casglu defnydd ar gyfer y gorchwyl hwnnw. Dyna oedd y tu ôl i'r holl sbïana. Ac yn awr fod llun go gyflawn o'r crachach yn ymffurfio'n ei feddwl, roedd ganddo ryw syniad, er mor niwlog, o'r hyn ddylai fod. Wedi gorffen y gerdd, bwriadai roi'r gorau i'r sbïana unwaith ac am byth. Edrychai ymlaen at y diwrnod hwnnw, am fod y pleser gwahardd-edig eisoes wedi dechrau colli ei rin. Ond y noson arbennig hon gweithred fwriadol oedd hi, pererindod i dynnu'r llinynnau ynghyd.

Pan groesodd y wal a amgylchynai'r Neuadd Wen suddodd ei galon wrth iddo feddwl ei fod wedi cael siwrne seithug. Edrychai'r tŷ fel cragen wen wag yn erbyn yr awyr. Cerddodd o gwmpas a syllu i mewn drwy'r ffenestri cyn cychwyn yn ôl yn benisel.

Ni welodd ac ni chlywodd neb yn nesu. Rhuthrodd tri neu bedwar allan o'r cysgodion a chythru i'w freichiau a'i sodro yn erbyn polyn telegraff. Ciciwyd ef yn ei goesau a phwyniwyd ef yn ei stumog. Adnabu'r oglau drwg ar wynt Fierce cyn adnabod ei lais. Rhybuddiwyd ef i fod yn ddistaw a pheidio agor ei geg os nad oedd o eisiau iddynt wneud stwnsh o'i fennydd a chrïai macaroni o'i berfedd.

'Gofyn amdani'n doeddach, bustach?' Daliodd Fierce wrth-genhedlydd o flaen ei drwyn. 'Weli di hwn? Mae pob hwrgi'n gwybod be ydi hwn. Faint rôi di amdano? Brand new. Fifty p? Punt? Mae o'n werth punt, yn tydi, hogia?'

Daeth chwerthin mawr o'r cysgodion, a chwerthin merch neu ferched yn gymysg â chwerthin yr hogia.

Rhedai chwys i lawr ei wyneb a'i gefn. Roedd o wedi'i gornelu, nid mewn helfa deg ond yn llechwraidd dan dîn, fel cadno yn ei wâl. Anelodd gic at y nesaf ato. Rhuthrwyd i'w goesau. Doedd dim gobaith ganddo'n awr yn erbyn saith neu wyth o fechgyn cyhyrog yn eu cwrw. Lloriwyd ef, gwthiwyd bysedd i'w ffroenau a'i glustiau a'i geg. Piswyd am ei ben, ac â llafn ei gyllell torrodd Fierce lastig y belt a oedd yn dal ei drowsus.

'Gawn ni weld rwan be ydi dy ffycin gêm di, y blydi honco uffar.'

Rhoddwyd y rwber am ei bidlan a thynnwyd ynddo.

Yna pentyrrwyd anweddustra am ei ben.

Ofer ymhelaethu.

Ni wyddai am ba hyd y bu yno. Pan ddaeth ato'i hun roedd barrug yn ei wallt.

Ymlusgodd i'r tŷ rywdro'n ystod oriau mân y bore. 'Blydi hel, Kev, be sy wedi digwydd i chdi?' Ni welodd ei fam yn aros amdano yn ei phais a'i neilons ym mhen draw'r landing, dim ond clywed y rheg a'i breichiau'n cau amdano. 'Be maen nhw wedi'i wneud i chdi, Kev bach?' Chwalodd y baw yn dyner oddi ar ei wyneb a thynnodd ei bysedd drwy'i wallt. Roedd ei bronnau'n feddal a chynnes. Byddai wedi hoffi aros yng nghlydwch ei breichiau drwy'r nos er fod y landing yn ddrafftiog ac oer.

'Bath,' meddai hi, 'dw i'n meddwl mai bath fydda ora i chdi.' Roedd y dŵr fel arfer yn llugoer. 'Aros di, fyddwn ni fawr o dro â'i gnesu fo,' ebe hi, a rhedeg i lawr y grisiau i ferwi dŵr yn y tegell a'r sosbenni. Rhedodd i fyny ac i lawr y grisiau nes ei bod yn chwys laddar gan y stêm a'r ymdrech. Drwy lygaid briwedig gallai weld y blew gwyn yn ei gwallt a'r mascara'n rhedeg i'r llinellau o dan ei llygaid. Ond er gwaetha'i blinder a'i blerwch roedd hi'n harddach, yn ganmil harddach na dim a welodd yn y Neuadd Wen.

'Mae'n bryd i chdi ddwad allan rwan.' Rhoddodd ei braich am ei ysgwyddau i'w helpu. 'Mynd i'r bath yn dy drôns. Be nesa?'

Roedd potel ddŵr poeth yn ei wely: un bridd hen ffasiwn roedd hi wedi'i chario o'i chartref, ac a ystyriai yn antique.

Aeth i lawr i wneud paned o de a brechdan Farmite iddynt. Yna eisteddodd ar droed y gwely, ac am ei bod yn fam oedd yn nabod ei phlant ni cheisiodd ei holi.

'Gwell i chdi aros adra fory—heddiw bellach,' ebe hi. 'Ti ddim ffit i dy weld. Aros di, dw i'n meddwl y rhown ni ddarn ceiniog ar y llygad 'na. Mae gin i hen geinioga yn y blwch cenhadaeth, lle bynnag mae hwnnw. Hen geinioga'n well na'r petha newydd 'ma. Stalwm roeddan ni'n medru fforddio stecan. Roedd petha'n well stalwm, waeth gin i be ddeudith neb. Jeepers creepers, dwn i ddim be ddaw o bobol ifanc heddiw, na wn i wir. Dim gwaith, dim pres, dim diddordeba, dim cariadon, dim hwyl. Genhedlaeth ddi-wên, be wnawn ni â chi?'

Dyna i chi be ydi barddoniaeth.

4

Yfodd Hannah'r te er ei fod yn rhy wan ac yn blasu o lefrith, a bwytaodd y ddwy fisged ar ei phlât, yn ymwybodol fod Gwenno'n gwylio pob symudiad. Cododd ei phen i wenu arni ond ni ddychwelwyd mo'i gwên. Gallai weld wrth ei hosgo ei bod yn ysu am gael gadael y stafell. Gwyrodd ei phen rhag i'r llygaid oer ei chollfarnu, y llygaid hunangyfiawn na wyddent ddim am wefr cnawd na phoen gwahanu. Wnaiff hyn mo'r tro, meddai'r lodes, fedrwch chi ddim aros yn eich gwely am weddill eich oes: rhaid i chi fynd i weld doctor. Wrth wrando arni'n bytheirio câi drafferth i gredu mai cnawd o'i chnawd hi oedd hon. Ynteu ai dim ond yr ochr dywyll i'n cymeriad a drosglwyddir i'n hepil, yr ochr honno sy wastad mewn gwrthdrawiad ac nad oes deall arni?

Dydach chi ddim yn gwrando, meddai Gwenno, dydach chi byth yn gwrando arna i.

Y pnawn hwnnw cododd o'i gwely. Aeth i'r bath a golchodd ei gwallt. Plyciodd ei haeliau a cholurodd ei hwyneb yn ofalus. Dyna ti, meddai'r drych, hynna'n nes ati. Gwisgodd ei chords oren a'i jumper wau winau a mynd draw i'r feddygfa lle roedd pobl o bob oed yn magu gofidiau ac yn rhannu eu heintiau. Yn wahanol iddynt hwy, roedd hi'n dioddef o dorcalon: clefyd beirdd a rhamantwyr eraill.

Chwilio am sumptomau corfforol a wnâi'r meddyg. Os cofiai'n iawn, nid dyma'r tro cyntaf iddi fod draw yn cwyno am boen yn ei bron. Agorodd ei ffeil, ffeil drwchus ei dibyniaeth ar gyffuriau. Ni châi enw Rob fynd i hon. Aeth allan o'i ffordd i bwysleisio'r poenau. Gofynnodd y meddyg iddi dynnu ei jumper fel y gallai ei harchwilio â'i ddwylo oer di-nwyd. Ac wedi iddo orffen aeth at y sinc i olchi ymaith yr anhwedd. Cofnododd ei sylwadau a'u rhoi yn y ffeil, ac yna sgrifennodd lythyr yn gofyn am apwyntiad iddi yn yr ysbyty. Llifai'r geiriau'n rhwydd: nid oedai uwchben gair na mynegiant. Roedd y broses mor syml iddo. Does ryfedd yn y byd fod cynifer o feddygon yn troi eu llaw at lenydda.

Dadleuai Ifor, yn groes i'w egwyddorion, y dylai fynd yn breifat: mynnai fod iechyd uwchlaw egwyddor, ac na ellid rhoi pris arno. Roedd hi'n dioddef, felly gorau po gyntaf y câi iachâd a thawelwch meddwl. Y ddelfryd oedd cael gwared â meddygaeth breifat yn gyfangwbl, medda fo. Ond ni fyddai hynny ddim yn dileu'r ciw, ebe hi. Anghofiwyd am ei salwch yng ngwres y ddadl.

Wedi i Ifor fynd yn ôl i Lundain roedd hi'n rhydd i fagu ei phoen. Gwrandawai arno fel mam yn clustfeinio am ei baban, ac âi allan o'i ffordd i'w fwytho a'i gysuro. Ni chymerai dabledi i'w leddfu. Mae cysur mewn poen. Aeth y si ar led ei bod yn dioddef. Galwodd Elsbeth i'w gweld, a dod â dau neu dri o lyfrau (cofiannau) iddi eu darllen. Galwodd Glenys gyda mêl a gwin cartref, a finegr seidr: dau lond llwy fwrdd bob nos a bore. Roedd ganddi bethau eraill yn ei basged. Gosododd gardiau Dolig Oxfam ar y bwrdd i Hannah gael eu gweld. Fel arfer, doedd y rhai Cymraeg ddim mor ddiddorol â'r rhai Saesneg: roedd hi wedi sgwennu i gwyno am hyn sawl tro, ond doedd neb fel petai'n cymryd sylw. Prynodd bedwar dwsin am fod hynny'n swnio'n rhif rhesymol, a dwsin o rai Saesneg i gyfeillion Ifor yn y brifddinas. Yna aeth Glenys yn ei blaen yn ei llais pwyllog i sôn am baratoadau'r Dolig: y cyngherddau dirifedi, canu carolau at wahanol achosion, gwylnos flynyddol y ficerdy ac yna'r gwasanaeth cyhoeddus yn yr eglwys, nôl y twrci i ben draw Môn, nôl y goeden o Fetws-y-coed, y daith gerdded flynyddol i Ynys y Cariadon. Caeodd Hannah ei llygaid yn flinedig. Cododd Glenys ar ei thraed i adael. Dymunodd yn dda iddi ar ei hymweliad â'r ysbyty, a gwahoddodd y tri ohonynt i ginio ganol dydd y Sul cyn yr Ŵyl. Pwysleisiodd mor falch y byddai o weld Gwenno. Tynnodd ei gwynt ati a botymu ei chôt laes navy blue. Atgoffodd Hannah i roi gwybod iddi pryd y byddai'n mynd i'r ysbyty.

Roedd Ifor mewn cynhadledd yn Brussels pan ddaeth yr alwad. Nid oedd dim pwrpas ei ffonio, na gadael i neb arall wybod. Roedd yr arbenigwr yn eithaf ffyddiog mai dim ond am noson y byddai'n rhaid iddi aros i mewn. Paciodd ei bag â'r pethau angenrheidiol: coban gotwm, sliperi, gŵn wisgo, lliain a thaclau molchi,—y cyfan sydd ei eisiau i oroesi mewn un bag bychan.

Ofnai'r anwybod yn fwy na dim. Tywalltodd joch o wisgi iddi ei hun er mwyn dofi ei thu mewn. Hanner potelaid cyn syrthio i gysgu o flaen y tân.

Pan ddeffrôdd roedd yn crynu ac yn groen gŵydd drosti. Ceisiodd sefyll ar ei thraed a chorddodd y ddiod yn ei chylla. Aeth i'r stafell molchi a gwthio'i bys i lawr ei chorn gwddw i gael gwared â'r gwenwyn. Beth fyddai effaith y ddiod ar yr anaes-

111

thetic? Byddai'n rhaid iddi ddweud wrthynt yn yr ysbyty. Wedi'r cwbl, nid hi fyddai'r gyntaf i foddi ei phryderon cyn diwrnod y driniaeth.

Llyncodd ei phoer pan ddaeth yn amser iddi gyfaddef. Garddwrn eiddil ganddoch chi, meddai'r anaesthetydd. Garddwrn gwyn dideimlad.

5

Nos Fercher (noson Rotary)
10.30 p.m.
Gwely (fy hun bach!)

Biti na fasach di ar y ffôn Rob i mi gal siarad hefo chdi weithia. Ew, ma na le od yma hebddach chdi. Ond mi glywish i chdi ar y radio neithiwr. Blincin grêt. Well na phawb arall wedi'u rhoi hefo'i gilydd, er doeddwn i'n lecio dim ar y cymeriad oeddach chdi'n i chwara. Rêl bore go iawn. Be ddaeth dros ben Mr Uwchgynhyrchydd i ofyn i hogyn ifanc fel chdi (del hefyd) i actio gwinidog wedi troi'n M.P. Mi ddeuda i wrtho fo pan wela i o nesa. A'r ddrama? Roeddach chdi'n llygad dy le. Sych grimp. Codog ar y naw. Does ryfadd yn y byd na does na neb yn gwrando. Doedd Mr a Mrs Leslie (tŷ isa i lawr ond un—y ddynas sy'n edrach fatha wiwar) ddim wedi clwad, ac ma nhw'n gwrando ar bopeth Cymraeg. Dw i'n meddwl i chdi sôn mai rhyw ddynas go bwysig oedd wedi sgwennu hi—wedi ennill lot o wobra. Gwobra am neud i bobol gysgu ma'n siŵr!! Paid a phoeni, os oedd y ddrama ddim llawar o beth mi roeddach chdi'n ffantastic, ac yn dweud y geiria mawr na nad oedd neb yn u dallt fel tasach chdi'n u deud nhw bob munud o dy oes. Dw i'n cal digon o draffath sgwennu'r blincin llythyr ma heb sôn am droi nhafod o gwmpas geiria cyhyd a llâth. Deud ti fynnoch chdi, hen iaith wirion di'r Gymraeg, tasach chdi ond yn meddwl am y busnas *chdi* ma rwan. Lle meddach chdi ma rhoi'r *ch* ar ddiwadd gair nte dechra'r un nesa? Fel y gweli di dw i'n i roi o ddwywaith i neud yn siŵr! Gobeithio na fydd raid imi sgwennu at Mr Uwchgynhyrchydd, ma gynno fo ryw thing am iaith. Sôn byth a hefyd am gywirdab a rhwbath sy'n swnio fatha chwanen. (Sign o frustration tasat ti'n gofyn i mi). Mi leciwn i taswn i wedi medru bod yna i dy weld di. Faswn i'n deud wrth bawb mod i'n chwaer i chdi. Ond pwy fasa isio gwrando arna i a chdi o gwmpas? Ti di cal dy neud i dorri clonna. A be am dy chwaer? Blydi dreary, dyna i chdi i hanas hi. Gwion yn sâl hefo mumps. Bryn yn teimlo'i wddw bob nos a bora, i edrach di o wedi gal o. (dyna be fasa hwyl). Fo, y master builder i hun, newydd orffan cegin i'm ffrind mynwesol (Mr Uwchgynhyrchydd). Y ffŵl gwirion iddo fo, fasa'r hen gegin di gneud yn iawn iddo fo. Ddeudish i wrthach chdi 'n do y basa fo'n gneud rhwbath er fy mwyn i? (The old Loosey charm). Mae o dros i ben a'i glustia mewn cariad hefo fi, er na dydi'r dyn gwirion ddim yn sylweddoli hynny. Dw i di bod yn meddwl a meddwl am be ddeudist di amdano fo. A fedra i'n y myw gytuno. Welish i rioed ddyn na doedd o'n medru (Rhyw lun!!). Na i adal i chdi wybod gyntad byth ag y ffeindia i. Rhaid i mi ddeud hyn amdano fo, mae o'r peth ffeindia'n bod. Fasa mywyd i ddim wedi bod gwerth i fyw ar ôl i chdi adal blaw amdano fo. Ddoe mi aeth a mi i Foel Don, ac mi gawson ni ginio a chwrw mewn rhyw dafarn oedd yn wynebu Caernarfon. A mi ddeudodd stori wir bob gair am dair damwain fawr, pawb yn boddi bob tro ond dyn o'r enw Huw Williams. Dyna i chdi beth od yn te, tri dyn gwahanol yn cael u hachub am fod ganddyn nhw'r un enw. Sôn am hynny, mi welish i mai Robin hefo *i* roeddan nhw di roi yn y Radio Times. *Y* di'r gora gen i. Fel Robyn fydda i'n sgwennu dy enw di 'n fy niary i, a Robyn fydda i'n roi ar yr envelope ma. A sgwenna di atyn nhw i ddeud mai felna titha isio'i sbelio fo o hyn mlaen. Ac mi ddeuda i wrth Mr Uwchgynhyrchydd O.K.?

Paid a sôn, ma'r plant ma wedi dechra galw Yncl arno fo, a di o'm yn lecio o gwbwl. Fedri di ddeud wrth i wynab o. Elli di fentro fod yours truly yn gneud ati i'w swcro nhw. Does dim byd fel dipyn o hwyl. Ar y funud dwi'n cal llai na fy siâr ohono. Sbio ar television nes ma'n llgada fi'n sgwâr. Dydi hynny ddim yn hwyl pan ti'n gweld pawb arall yn cal high life, a chdi'n stuck yn y twll yma.

Robyn raur, deud wrtha i am gau ngheg, dwi'n mynd ar fy nerves i fy hun yn cwyno. Dw i ddim fel hyn pan ti o gwmpas. Biti na faswn i'n medru dod hefo chdi i bob man.

Newydd gofio, ma gin i stori i ddeud wrthach di. Y dydd eutho ni i Gorwen (do, dw i di bod yn fanno hefo fo hefyd—you name it!) roedd Mrs BeepPo drws nesa'n sbecian tu ôl i'w lace curtains fel arfar. Nes i ddim lol ond codi'n llaw arni a deud wrth y plant am neud run fath. Doedd Mr Uwchgynhyrchydd ddim yn lecio o gwbwl, deud yn i Gymraeg gora (ti'n gwbod yr hen iaith stiff na sy'n gneud i chdi fethu closio ato fo) y dyla ni beidio cymryd sylw ohoni. Ac mi ddeudish i'n blwmp ac yn blaen wrtho fo nad hi oedd yr unig Peeping Tom o gwmpas lle. Dw i'n meddwl i mi sôn wrthach chdi mod i'n teimlo mod i'n cal fy ngwatsiad. (Pan ddeudish i wrth y master builder mi ddeudodd o mai wishful thinking oedd y cyfan.) Beth bynnag i chdi fi oedd yn iawn. A doedd yr holl baredio yn fy siwt fedydd ddim wedi bod yn ofar. Hei, paid a smalio cochi, dw i'n barchus iawn heno yn fy baby doll pink a'r lace gwyn—rheini ti'n

113

lecio. A wath i mi ddeud y gwir gonast, roeddwn i'n cal llawn cymaint o gic o ddangos fy hun ag oedd fo'n i gal wrth sbio. (Rhaid fod y busnas actio ma 'n y gwaed). Beth bynnag i chdi, mi glywish i'n Woolworth ddoe fod y creadur bach wedi cal i ddal yn yr act, a hannar i ladd gan ryw rocyrs o tua gwaelod dre. Faswn i'n crio drosto fo, baswn wir. Wyt ti'n cofio Dic Glan Rhyd erstalwm? Cofio fel byddan ni'n cerad nôl a mlaen o flaen i dŷ o, er mwyn cal i weld o'n dangos i hun yn ffenast?

Petha felly'n codi hirath arna i. Rob, cariad, paid bod yn hir cyn galw i ngweld i eto. Neu tyd ar y ffôn ne rwbath. Newydd feddwl, falla cawn ni weld yn gilydd dy Merchar. Ma Mr Uwch. wedi addo mynd a'r plantos a fi i'r Blaena i weld Taid. Dyna dda tasa chdi yno hefyd, i mi gal rhoi clamp o gusan i chdi am dy berfformiad neithiwr. Rhag ofn na wela i monoch chdi—tria gal rhan well tro nesa. Dyn hefo dipyn o fynd yno fo, dipyn o wmff.

Hynna'n fatgoffa i. Newydd glwad fod Hannah 'n yr ysbyty. Neb fel tasan nhw'n gwbod be sy'n bod arni. Y master builder (elli fentro) yn rhoi'r bai ar y stalwyn ifanc!! Wna i'm deud mwy rwan. A beth bynnag ma'n bryd i mi dewi, neu fydd o'n ôl o'r Rotary, ac isio darllan y llythyr ma. Un busneslyd fuo fo rioed, ond mae o di mynd yn waeth yn ddiweddar. Wn i be na i, mi guddia i 'r llythyr ma'n y niary tan bora fory. Fel ti'n gweld dw i'n i yrru fo i Aberystwyth, gan mai yno dach chi ar hyn o bryd yn ôl yr hysbys ar raglen Hywel Gwynfryn.

> xxxxxx lot o swsus oddiwrth
> y plant a finna xxxxxxxxxxxxxxxxx
> xxxxxxxxxxxxxxxxxxxxxxxxxxxx

6

Deffrôdd Ifor o gwsg anesmwyth wrth i'r trên arafu. Sychodd yr ager oddi ar y ffenest i weld a oedd wedi cyrraedd, ond ni allai weld dim. Roedd y cerbyd yn wag a'r teithwyr wedi gadael eu sbwriel ar ôl, yn bapurau siocled, creision, papurau newydd, pacedi a stympiau sigaréts. Anodd credu mai teithwyr dosbarth cyntaf fu yma. Aeth i'r coridor ond nid oedd adyn yno. Meddyliodd am eiliad ei fod wedi cysgu ymlaen a chyrraedd Caergybi. Yna, lluchiwyd ef yn ei ôl wrth i'r trên ailgychwyn.

Pwy ddywedodd mai hon oedd oes y trên?—y cerbydau yma heb restaurant na buffet na phorthor i weini tendans? Daeth pwl o hiraeth drosto am drenau moethus ei ieuenctid â'u seddau

114

plush cefn-uchel. Rhoddodd ei law ar ei fol swnllyd. Roedd o ar fai yn rhuthro fel y gwnaeth. Gadael y gynhadledd heb holi amseroedd yr awyrennau, mynd mor ffôl heb ei swper. Beiai'r sister neu'r matron neu bwy bynnag oedd hi am fynnu ar y ffôn ei fod yn dod yn ddiymdroi, am fod rhyw helbul, na allent fod wedi'i ragweld, wedi codi efo'r anaesthetic. Ni allai ddatgelu mwy. Yno i orchymyn yr oedd hi. Paciodd ei fag a rhuthro heibio i'r ddesg heb adael neges. Mor hawdd yw gadael pan fydd rhaid. Mor ddidrafferth.

Ni allai feddwl am fwyta yn yr awyrborth ond prynodd ddwy botel win. Y ddwy erbyn hyn yn wag a'r cur pen yn gwaethygu. Chwiliodd yn ei fag am Panadols. Doedd o ddim mewn stad i fynd i'r ysbyty. Ddim mewn stad, eiliodd yr olwynion, ddim mewn stad, ddim mewn stad, ddim mewn stad.

Pan gyrhaeddodd temtiwyd ef i fynd i chwilio am fwyd, ond trech dyletswydd na gwanc ac aeth ar ei union i'r ysbyty. Llanwyd ei ffroenau ag oglau diheintydd, a bu'n rhaid iddo bwyso ar y wal am gynhaliaeth. Daeth nyrs ifanc ato i'w holi, a'i dywys i stafell fechan. Stafell sengl, diolch am hynny, mae rhywbeth mor farbaraidd yn y wardiau mawr, cymaint o ddioddefaint wedi'i gronni i un man.

'Dim ond dau ar y tro,' siarsiodd yn ei glust, yn union fel petai'n disgwyl iddo gamymddwyn yn ei siwt gyfreithiwr. Daeth Glenys ato o rywle a rhoi ei braich yn ei fraich o. Dros ei hysgwydd gwelodd y poteli a'r cydau a ddaliai'r gwaed a'r drip. Cuddiodd ei ben yn ei hysgwydd rhag gorfod rhythu ar y tiwbiau.

Clywodd sŵn Gwenno yn carthu ei gwddw, ond pan gododd ei ben roedd hi â'i phen o'r golwg mewn llyfr. Eisteddodd yn un o'r cadeiriau esmwyth, a chyn pen dim roedd o'n cysgu.

'Dowch, dowch, dach chi ddim ffit i fod ar eich traed,' ebe'r nyrs yn gyhuddgar ond clên, a'i arwain o'r stafell. 'Pryd gawsoch chi rywbeth i'w fyta?' Soniodd yntau am y llais swyddogol ar y ffôn, y brys gwyllt, a'r daith hir flinedig a Brussels i Lundain ac yna adre. A'r pryder. Pwysleisiodd ei bryder.

'Mae'r Indian a'r Chinks ar agor. Nhw ydi'r unig lefydd sy ar agor radag yma o'r nos,' ebe hi gan syllu ar ei watch, fel petai'n mesur pyls.

'Yma mae fy lle i.'

'Am beth siofinistaidd i'w ddweud. Pwy ond dyn fydda'n

meddwl fod 'i bresenoldeb yn ddigon i wneud i rywun wella? Dowch yn ôl wedi i chi fyta.'

Roedd ganddo ffydd yn y nyrs: gwyddai y gallai ymddiried ynddi wrth ei dull o siarad. Gwenodd arni'n gynnes, ac osgoi'r gwely a'r tiwbiau.

Ac roedd yn dda cael bod allan ar y buarth. Anadlodd awyr iach i'w sgyfaint, a chodi coler ei gôt i warchod ei glustiau rhag y gwynt. Clywodd rhywun yn galw'i enw. Edrychodd o'i gwmpas a gwelodd yr Escort gwyn ac Elsbeth yn pwyso arno. Brysiodd ati a gafael yn ei dwylo.

'Tyrd,' ebe hi, 'mae gen i casserole yn dy aros yn y popty.' Ni allai ymddiried ynddo'i hun i'w hateb.

7

Safai cartref ei thaid ar lechwedd ar gyrion y pentref, yn un o bedwar o dai cerrig, yn ei dir ei hun, â wal fach o gwmpas yr ardd ffrynt yn cysgodi llysiau'r fagwyr a oedd eisoes yn eu blodau.

Roedd Arfon wedi dweud y byddai'n ôl am hanner awr wedi tri, ond roedd hi'n awr yn tynnu am ddeng munud wedi pedwar wedi iddo gael dalfa yn y chwarel. Teimlai'n ddig wrtho'i hun am gytuno i fynd o dan ddaear, a gwrando ar hwn ac arall yn rhaffu atgofion—gormod o beth mwdradd: mae cof cenedl yn gallu bod yn beth diflas iawn ar adegau. Curodd ei draed yn y ddaear i geisio'u cynhesu, a thybiodd iddo weld cwr lês yn cael ei symud yn un o'r llofftydd. Agorwyd y drws ymhen hir a hwyr gan wraig fechan denau â sigarét yn ei cheg, yn gwisgo jeans tynn a sgidiau sodlau uchel. Roedd ei gwallt wedi'i liwio'n goch. Gwahoddodd ef i'r tŷ heb ei chyflwyno'i hun, mewn llais a oedd yn gras gan smocio.

Daeth Gwion i dynnu yn llodrau ei drowsus a chododd Arfon ef yn ei freichiau a phwyso'i wyneb oer yn erbyn ei dalcen bach cynnes. Sgrechiodd y bychan mewn ofn a phleser.

Dowch at y bwrdd, meddai'r wraig, mae pawb heblaw Magi wedi bwyta. Fawr o chwant bwyd ar Nhad. Nodiodd i gyfeiriad yr hen fachgen a hunai wrth y tân â'i gap gwaith am ei ben. Dowch, mi gymra i'ch côt oddi arnach chi.

Eisteddodd Arfon a Magi wrth ymyl ei gilydd â'u cefnau at y gweddill. Rhywun wedi bod yn brysur, medda fo, wrth weld y bara brith a'r scones cartref, y deisen siocled a'r pentyrrau o frechdanau wedi'u torri ar ffurf triongl.

Daeth y fam i sefyll uwch eu pen â chlamp o debot yn ei llaw. Sylwodd nad oedd ganddi fodrwy am ei bys priodas.

Ni thorrodd Magi air drwy'r pryd bwyd. Diddorai'r genod eu hunain yn torri lluniau merched allan o lyfr, ac yna'r gwahanol wisgoedd i'w rhoi amdanynt. O bryd i'w gilydd deuai Gwion ar ei bedwar i chwilio am dipyn o sylw. Prin ei fod wedi gorffen bwyta a thanio sigarét na chafodd ei wrjio i eistedd wrth y tanllwyth tân. Deffrôdd yr hen fachgen wrth glywed y cythrwfl a phwyso mlaen yn ffwndrus.

'Rhywun i'ch gweld chi, Taid,' meddai Magi.

Sychodd yr hen ŵr ei fwstash yn chwyrn a fflachio'i lygaid. 'Y gŵr 'na sgin ti. Deud wrtho fo am fynd adra run ffordd â doth o. Sgynnon ni ddim amsar i'w siort o 'n y tŷ 'ma.'

'Mae o'n waeth na babi os ceiff o'i ddeffro,' sibrydodd y fam gan ei helpu'i hun i'r Benson & Hedges.

Curodd yr hen fachgen y ffender â'i ffon. 'Ydi o wedi mynd? Ydi'r gŵr 'na sgin ti wedi mynd?'

'Ddim Bryn sy 'ma, Taid.'

Dechreuodd yr hen fachgen rwgnach na lwyddodd y merched yn eu teulu nhw i ddewis yr un gŵr â sa ynddo fo. Roedden nhw'r petha sala'n bod am ddewis gŵr. Rhythodd yn gas ar Arfon er na allai ei weld oherwydd y cataracts yn ei lygaid. Torrodd y fam ar ei draws i ddweud wrtho mai Mr Pritchard oedd y gŵr diarth.

'O, 'r gwnidog!' Trodd ei olygon at y tân. 'Waeth iddo fynta'i throi hi. Fuo gin i, mwy na hen wraig 'y Mam o mlaen i, ddim i'w ddeud wrth grefydd. Ac mi gafodd hi fyw i fod yn gant namyn un. Gweithio o fora gwyn tan nos i gael dau ben llinyn ynghyd. Saith o blant i'w magu. Wn i ddim sut lun fasa arnon ni tasa hi wedi treulio'i hamsar ar 'i thîn yn capal yn hobnobio efo pobol fawr sy'n meddwl yn siŵr y cân nhw fynd i'r nefoedd os howdidowian nhw ddigon.' Trodd i edrych eto ar Arfon. 'Na, syr, waeth i chi fynd adra ddim. Ac mi gewch chi ddweud ar eich pregeth ddydd Sul na laddodd gwaith neb rioed. Mae gin i fy amheuon am yr hyn dach chi'n 'i alw'n grefydd.'

Penliniodd Magi o'i flaen a gafael yn ei ddwylo i geisio'i ddofi. Eglurodd mai ei chyfaill, y dyn o'r BBC, oedd yno.

'Chlywais i rioed am y regiment honno,' meddai'n bwdlyd.

'Yn ôl ar 'i ben yn y rhyfal,' ebe'r fam. Pwysodd ymlaen i roi mwy o lo ar y tân. Roedd yr hen fachgen rwan yn cwyno bod ei draed yn oer, ac yn rhoi'r bai arni hi am roi rhew yn ei sana.

'Y wireless, Taid, mae o am wneud program am y chwareli.' Defnyddiai'r union lais ag a ddefnyddiai i siarad â'r plant. Cododd Arfon Gwion ar ei lin.

'Program? I be neiff o brogram am rwbath sy wedi darfod, wedi ffinish?'

'Dydi'r chwareli i gyd ddim wedi cau.'

'Hm.' Pwniodd y ffender eto. 'Lle'r oedd o pan oeddan nhw'n gweithio, sgwn i? Neb isio gwneud program pan mae petha'n mynd yn iawn. Ond unwaith maen nhw'n mynd ar 'u sodla, maen nhw yno fel adar corff. O ydyn, neno'r tad.' Ac amenio'i ddoethineb ei hun drosodd a throsodd.

'Dim byd tebyg i dân glo,' ebe Arfon, ac estyn ei draed i gyfeiriad y fflamau. Teimlai'n swrth fodlon efo'r plentyn hardd yn tyrchio'n ei bocedi.

'Gwaith,' cwynodd y fam a phlygu i bwnio'r tân.

'Gwaith! Be wyddost ti am waith?' Pwysodd ar ei ffon i drïo codi. 'Roedd hen wraig 'y Mam wrthi igian awr y dydd.'

Cyffyrddodd Magi ag esgid Arfon â blaen ei hesgid hi. 'Mae'n bryd i ni fynd.' Ond doedd yr hen fachgen ddim wedi gorffen â nhw. Mynnai fynd â nhw'n ôl i'r gorffennol, i ddyddiau o gyni a chaledi. A threigl Amser, y tu hwnt o garedig, yn troi'r dyddiau tywyll yn aur pur yn y meddwl.

8

Canys efnisien ydwyf.

Eisteddai Kevin ar sedd y toilet â drych eillio yn ei law. Ddoe, wyneb gwahanol a syllai yn y drych: wyneb main, llwyd, sensitif, wyneb bardd. Heddiw, wyneb garw, cleisiog, chwyddedig, wyneb paffiwr. Rhedodd ddŵr y tap a gwlychu'i wallt, a'i gribo at yn ôl. Dyma wyneb i ennill edmygedd, i godi ofn ar Fierce a'i gynffonwyr, wyneb i ddarostwng gelynion dan draed ac ennill calonnau merched. Gallai llanc fod yn arwr efo wyneb fel hyn. Roedd brwdfrydedd yr efeilliaid yn profi hynny. Ni chofiai iddo erioed gael cymaint o sylw ganddynt. Cymharent ef i baffwyr ac i gantorion pop na chlywsai amdanynt, a daethant â llun Al Pacino iddo gael gweld ei debygrwydd iddo. Wrth dderbyn y

118

fath sylw toddodd fel talp o rew o flaen tân, a rhaffu stori hir am y modd y lloriodd Fierce a dau arall gyda'i ddyrnau.

'Dyna ddigon,' ebe'i fam, gan ychwanegu'n chwyrn nad oedd hi ddim eisiau clywed dim mwy am y peth, dim gair pellach. Rhybuddiodd yr efeilliaid i beidio â sôn am yr helynt wrth un dyn byw neu dyna fyddai'i diwedd hi. Aeth y ddwy i'r ysgol dan rwgnach a thuchan.

'A rwan be am i ni gael sgwrs?' Lapiodd ei gŵn wisgo yn dynnach amdani. Tywalltodd baned arall o de iddi hi'i hun a thanio sigarét. Gwnaeth arwydd arno i eistedd yn y gadair gyferbyn. Byddai wedi hoffi mynd i'r llofft i nôl côt i'w tharo dros ei byjamas, ond gwyddai o brofiad mai ofer fyddai iddo geisio ei chroesi â'r olwg yna yn ei llygaid.

Dechreuodd beswch, y peswch boreol yr oedd ei sŵn cras dirdynnol yn codi cur yn ei ben. Syllodd Kevin arni, nid â llygaid y mab afradlon y noson gynt ond â llygaid beirniadol oer. Mor hagr yr edrychai efo'i gwallt hir du lliw-potel, y lipstic wedi cronni yng nghonglau ei cheg, a'r mascara ar chwâl o gwmpas ei llygaid. Ceisiai beidio ag edrych ar ei bronnau. Ac fel petai'n gallu synhwyro'i ffieidd-dra, tynnodd y gŵn yn dynnach eto amdani a gafael yn y goler wrth ei gwddw. A gwnaeth rywbeth na chlywodd Kevin mohoni yn ei wneud na chynt na chwedyn: dechreuodd ragymadroddi.

Cyfeiriodd at yr oes bresennol fel yr oes greulonaf un. Rhestrodd ei pheryglon a'i themtasiynau, o arbrofi gyda rhyw a chyffuriau at ddylanwad melltigedig y videos a'r cylchgronau budr. Roedd hi ei hun wedi bod yn lwcus, roedd ganddi hi werthoedd am ei bod yn gynnyrch yr Ysgol Sul a'r capel ac wedi gwneud ei gorau i aros ar y llwybr cul. Roedd rhaid lledu'r llwybr ambell waith, ond roedd ei thraed yn dal yn solet arno. Hawdd y galla fo wenu, doedd hi ddim wedi gwneud dim allan o'i le, dim byd i fod â chywilydd ohono.

Trodd ei llais o fod yn hunangyfiawn i fod yn feirniadol. 'Pam ddaru nhw dy guro di? Wyt ti'n mynd efo dynion, wyt ti'n gay neu rwbath?'

Ysgydwodd ei ben mor chwyrn nes bod lliwiau yn dawnsio o flaen ei lygaid.

'Diolch am hynny, fedrwn i ddim diodda bod yn fam i queer.' Cododd ar ei thraed. 'Rhaid i mi fynd i wisgo rwan. Ffonia ditha Mr Pritchard i ddweud wrtho y bydda i'n hwyr. Dwed fod gen i gur yn 'y mhen.'

Roedd y tŷ yn ddistaw wedi iddi hi fynd. Ni chofiai iddo erioed o'r blaen gael y lle iddo'i hun. Hoffai'r tawelwch a'r llonyddwch. Dyma fel y dylai bywyd fod, yn dawel a hamddenol. Golchodd y llestri yn y sinc a gwnaeth baned o goffi iddo'i hun, a mynd yn ôl i'w wely.

Oni bai ei fod yn wan a sigledig, byddai wedi dechrau ar ei gerdd. Gwyddai fod yn rhaid iddo ddechrau efo'i ymweliad cyntaf â'r Neuadd Wen. Byddai'n cyfeirio at ei bererindodau a'u cymharu â rhai Gwydion gynt, ac â chrwydriadau Dafydd ap Gwilym. A byddai'n gorffen gyda phrofiad neithiwr: y seremoni cyntefig a'i trodd o fod yn llanc i fod yn ddyn.

Cyn pen dim roedd yn cysgu'n drwm.

Sŵn y ffôn yn canu a'i deffrôdd. Rhoddodd ei ddwylo dros ei glustiau a gobeithio y byddai'n tewi, ond dal i ganu wnâi'r gloch, yn union fel petai rhywun yn gwybod ei fod yno. Cyfrodd ddeg ar hugain a chodi. Ymlwybrodd yn boenus i lawr y grisiau.

'Cysgu oeddat ti?' Adnabu'r llais ar ei union. Cliriodd ei wddw, a mwmblian ei fod dan y ffliw.

'Clywed dy fod ti wedi cael andros o gweir neithiwr,' ebe hi. Arbedwyd ef rhag ateb gan y pips. Rhoddodd y ffôn i lawr. Ond cyn pen dim roedd yn canu eto.

'Be gebyst oeddat ti isio rhoi'r blincin ffôn 'na i lawr? Yli, does gen i ddim amser i'w wastraffu.' Rhoddodd orchymyn iddo fod y tu allan i'r Neuadd Wen am wyth. Dyna'r lle diwethaf roedd o eisiau mynd.

Ond ddwedsoch chi *Na* ryw dro wrth wrthrych eich breuddwydion?

Cychwynnodd yn gynnar gan symud mor llechwraidd â Gwydion pan dreuliodd hafau dan y dail: y ddau ar drywydd merch. Ei llunio a wnaeth Gwydion, chwythu anadl einioes iddi yn y gwyll. Ond ni lwyddodd i rwydo ei henaid: roedd hwnnw'n dal yn y ddaear, ynghlwm wrth y gwreiddiau.

Symudai'r lleuad i mewn ac allan o'r cymylau gan greu ei dydd a'i nos ei hun, y dydd yn llonydd felyn fel llun wedi ei rewi ar sgrîn, a'r nos yn fygythiol. Cleciai'r brigau dan draed, ac ymystwyriai'r ddaear wrth i'r morgrug, y tyrchod a'r ymlusgiaid eraill danseilio croen y ddaear. Ac uwchben, fry ar y canghennau, gellid synhwyro'r tyndra wrth i'r dylluan ei pharatoi ei hun ar gyfer ymosodiad.

Teimlai ei fod allan o'i gynefin wrth gerdded i fyny'r dreif. Teimlai'n ddihyder a diamddiffyn wrth droedio'r ffordd gyfreithlon tua'r tŷ. Edrychai popeth o chwith, fel petai rhywun wedi ysgwyd y kaleidoscope i newid ffurf y llun. Edrychodd ar ei watch. Roedd rhywbeth o'i le. Curodd y drws. Ni ddaeth ateb. Roedd pobman mewn düwch. Llithrodd y lleuad o'r cwmwl i ddangos y gragen wen.

Gwelodd fod ffenest y stafell molchi yn gil agored. Daeth ei geiriau'n ôl iddo, y geiriau nad oeddynt yn gwneud synnwyr ar y pryd: *Paid â phoeni dim, rwyt ti'n siŵr o ffeindio dy ffordd i mewn.*

Daeth o hyd i ysgol yn crogi ar wal y garej. Bu'n rhaid iddo'i llusgo am fod ei freichiau yn rhy wan i'w chario. Cyfarthai'r cŵn yn y tai islaw wrth iddo'i rhygnu ar hyd y cowt. Chwysai fel yr afon wrth ei chodi at y ffenest. Dringodd yn araf a llafurus pan oedd yn ddydd ar y lleuad. Caffed amynedd ei pherffaith waith. Lle clywodd o'r geiriau yna o'r blaen? Roedd blas rhy hen arnynt i fod yn eiddo iddo fo.

Pan oedd yn nos ar y lleuad gwthiodd ei ben drwy'r ffenest gan chwilio'r düwch â'i freichiau am le solet i lanio arno. Un funud roedd mewn tywyllwch a'r funud nesaf mewn stafell wen olau. Yn ei ddychryn credodd fod yr heddlu ar ei warthaf. Llamodd allan o gylch y llifolau. Nid fel hyn y breuddwydiodd am gael mynediad i dŷ ei freuddwydion. Gorweddodd yno heb symud llaw na throed, fel anifail wedi'i gornelu.

Llifodd y lleuad yn ôl i gwmwl i greu nos arall. Gwenodd wrth feddwl mor debyg oedd ei gampau i drafferth y bardd mewn tafarn. Crwydrodd o un stafell i'r llall gan deimlo ei ffordd yn y tywyllwch ac aros weithiau wrth i'r lleuad ddod i'w goleuo. Edrychai pob man mor wyn a glân, fel abaty. Cadwodd stafell Gwenno tan yr olaf un. Curai ei galon yn swnllyd wrth iddo sibrwd ei henw yn y drws. Ond nid oedd hi yno. Aeth i mewn ac at y gwely a thynnu ei ddwylo dros y cwrlid. Llifodd y lleuad i mewn i'r stafell i gadarnhau nad oedd hi ddim yno. Aeth at y ffenest i dynnu'r llenni, a chynnau'r golau.

Synnai weld cymaint o lanast. Ar y pared roedd llun o Che Gevara. Tynnodd gyllell o'i boced a gwthio'r llafn rhwng ei wefusau blysiog, torrodd y gwallt a guddiai'r clustiau, tynnodd y llygaid o'u gwraidd. Fo oedd Efnisien, yr un a gafodd gam.

O'r tŷ gwyn hardd dringodd troseddwr. Torcyfreithiwr. Creadur gwan a'i freichiau'n rhy simsan i gario'r ysgol yn ôl i'w lle yn y garej. Aeth y lleuad dan gwmwl. A daeth cawod sydyn o law, i'w buro a'i waredu o bob amhuredd.

Ni chyfarfu ag undyn ar ei ffordd yn ôl. Tynnodd ei esgidiau

121

oddi am ei draed a'u gadael wrth y drws cyn camu i'r tŷ. Camodd i fyny'r grisiau gan ofalu osgoi'r styllod gwichlyd. Cwynai ei fam wrth droi a throsi yn ei chwsg. Sleifiodd i mewn i'w stafell a thynnu amdano.

Yna clywodd sŵn annisgwyl o gyfeiriad y gwely. Cynheuodd y golau. A dyna lle'r oedd hi, gwrthrych ei awen a'i bererin-dodau, yn cysgu'n ei wely. Agorodd ei llygaid i syllu arno, heb ei weld, cyn troi ei phen at y pared.

Liw nos yn fy ngwely ceisiais yr hon a hoffa fy enaid, ceisiais ac fe'i cefais hi. Tynnodd ei fysedd drwy'r tresi aur, ac aeth i lawr y grisiau i gysgu ar y soffa.

9

I bob golwg ni wyddai Hannah y gwahaniaeth rhwng nos a dydd. Gorweddai yn y gwely heb symud llaw na throed, fel petai eisoes yn farw. Symudent i mewn ac allan o'r stafell ar flaenau'u traed i wyliad o gwmpas ei gwely.

Roedd yn well ganddi'r nos. Roeddynt yn fwy tebygol o syrthio i gysgu a gadael iddi. Petai ganddi lais byddai'n gorchymyn iddynt adael. Roedd eu sibrydion yn ei blino. Roedd eu pryder yn ei hanniddigo.

Ni allai eu gweld ond roeddynt yno. Deuent i sefyll rhyngddi hi a'r goleuni. Oedd, roedd yna ddüwch ac roedd yna oleuni. Plygent uwch ei phen i ddwyn ei hanadl oddi arni. Ni wyddent yn eu hanwybodaeth mor ddinistriol oedd eu gofal. Gafaelent yn ei llaw a theimlent ei thalcen, heb sylweddoli nad oeddynt yn perthyn iddi hi mwyach. Doedd dim teimlad i'r llaw na'r talcen a gyffyrddent.

Yn y nos deuai llais arall i'w chyfarwyddo, llais a oedd yn rhan ohoni. Siaradai â hi am bethau yr oedd hi eisiau clywed amdanynt. Llais oedd hwn a wasgwyd yn fud dros y blynydd-oedd. Hi oedd y llais, a'r llais oedd yn arwain. Roedd yn llais gwybodus: gwyddai'r holl ddadleuon o blaid euthenasia. Siaradai â hi yn iaith y Beibl. Ei hoff adnod oedd yr adnod am chwant i'm datod ac i fod gyda Christ canys llawer iawn gwell ydyw. Hoffai sôn wrthi am y cyfnod byr wedi'r driniaeth pan beidiodd â bod. Roedd hynna'n braf on'd oedd—peidio â bod? Siaradai â hi yn rhydd o ofnau, yn rhydd o ragrith.

Tynnodd lun iddi o wraig yn gorwedd mewn bath. Roedd y wraig mewn poenau arteithiol ac yn ymladd am ei gwynt. Perswadiodd y llais hi i orwedd ar waelod y bath, ei phen o'r golwg o dan y dŵr. Ufuddhaodd, oherwydd roedd ganddi ffydd yn y llais. Dyfnder a eilw ar ddyfnder, ebe'r llais. Tynnodd yn y gadwyn i adael i'r dŵr lifo allan. A theimlodd ei hun yn cael ei sugno i'w ganlyn. Dyna ydi marw, ebe'r llais. Mae'n rhwydd.

Ond nid mor hawdd pan fo doctoriaid, nyrsus a theulu am eich cadw'n fyw. Ni ellir anwybyddu eu hymdrech hwythau. Roedd un nyrs gyfrwys yn yr ysbyty. Gwyddai i'r dim pryd oedd y llais yn siarad â hi. Deuai ati a gafael yn dynn yn ei harddwrn gan orfodi teimlad yn ôl i'r cnawd. A phan bwysai ymlaen i siarad â hi, ni chipiai ei hanadl oddi arni fel y lleill. Siaradai'n glir, gan wybod yn iawn fod y claf yn ei chlywed.

Hannah, mae Gwenno yma i'ch gweld. Hannah, mae Ifor yma. Hannah, mae'ch mam wedi dod o bell i'ch gweld chi.

Gwyddai fod ei mam yno. Adwaenai'r düwch a'r pryder a'i hamgylchynai, o ddyddiau'r groth.

Be am wên? ebe'r nyrs. Gwenu! Roedd hi wedi treulio'i hoes yn gwenu. Roedd ei holl wenau wedi'u croniclo yn yr album lluniau.

Gwên fawr lydan rwan, Hannah, meddai'r tynnwr lluniau yn eu priodas. Gwên rwan, meddai Ifor wedi i Gwenno gael ei geni. Gwên ar gyfer pob achlysur i brofi i'r byd ei bod yn hapus. Ei holl hapusrwydd wedi ei gyfyngu i gloriau album. A be am y düwch? Ymhle y rhoddwyd hwnnw ar gof a chadw?

Blodau i chi, ebe'r nyrs gyfrwys, a wyddai am bob cast yn y llyfr. Rhosynnau i chi oddi wrth Rob. A phwy ydi Rob, sgwn i? Llenwid y stafell â'u hoglau. Petai ganddi lais byddai'n gorchymyn i rywun eu lluchio drwy'r ffenest.

Breuddwydiodd ei bod mewn gardd, yn cael ei hamgylchynu gan flodau. Ni allai'r cwsg dyfnaf ddileu eu hoglau. Petai ganddi lais byddai'n gorchymyn i rywun eu symud o'r stafell. Petai ganddi ddwylo byddai'n eu lluchio drwy'r ffenest.

Ble mae'r afal? Ble mae'r sarff? Ble mae Rob? Dyw Eden ddim yn Eden heb ei themtasiynau.

10

Yn yr ysbyty eisteddodd Gwenno ar gadair, a thynnu llyfr allan o'i phoced.

Nid oedd Kevin yn gynefin â'r fath wres. Roedd ei goesau'n cyffio wrth iddo sefyll yn ddisymud mewn byd mor llonydd. Dyma'r llonyddwch y deisyfodd gymaint amdano yng nghanol hwrlibwrli ei gartref. O na, nid y tawelwch angheuol yma chwaith, nid y llonyddwch sy'n difa ac yn lladd.

Carthodd ei wddw i ddweud ei fod yn gadael ond ni ddaeth gair o'i enau. Gwichiodd y drws wrth iddo ei agor ond ni chododd Gwenno ei phen. Gadawodd yn dinfain, wysg ei gefn.

Roedd ei fam ar fin cychwyn allan. Gwisgai hen gôt ffýr ffug. Coman fyddai'r gair i'w disgrifio am rywun arall. Trodd ato i'w holi.

'Ydi'r hogan bach yn aros 'ma heno? Gobeithio na wneiff dim byd ddigwydd i'w mham hi, a hitha mor amddifad, dim teulu na pheth.' Roedd ei fam yn un o'r bobl hynny a oedd yn ffrind mynwesol i bawb a âi ar ei gofyn.

Nid atebodd. Gwnaeth un o'r efeilliaid sylw dan-dîn. Rhoddodd glustan iawn iddi a chael blas ar ei chlywed yn crïo.

Doedd hynny ddim yn deilwng o fardd. Doedd dim a wnâi y dyddiau hyn yn deilwng o fardd. Aeth i'w lofft i eiriol am faddeuant.

Ond sut mae gweddïo heb eirfa? Gorweddodd ar y gwely mewn anobaith, a dod o hyd i flewyn sidan. Gosododd ef ym mhoced ei grys, yn agos i'r lle lle roedd y galon fach yn torri.

11

Safai Magi yng nghyntedd y siop drydan a dim ond blaenau ei sliperi pinc yn y golwg. Tynnodd Arfon y car at y palmant ac agor y ffenest i alw arni, yn ddistaw betrusgar fel petai arno ofn gwneud camgymeriad. Yn y man sleifiodd o'i chuddfan, yn ei sgert dynn a'i blows denau, gan dynnu'r gardigan fair isle am ei bronnau i'w gwarchod ei hun rhag yr oerfel. Nid oedd Arfon yn gyfarwydd â'i gweld heb ei jeans ac ni allai dynnu ei lygaid oddi ar wynder ei choesau. Agorodd y drws iddi, a daeth chwa o wynt i'w chanlyn.

Roedd yn amlwg arni na fynnai siarad. Rhythai'n syth yn ei blaen, a chroesai ei breichiau i gynnal ei bronnau trymion. Crensiai ei dannedd a sgleiniai'i thrwyn yn goch. Aeth Arfon allan o'r car i dynnu'i gôt groen-dafad a'i gosod ar ei hysgwyddau. Roedd hyn yn tyfu'n ddefod. Am y trip i Lŷn y meddyliai'n bennaf.

Sylwodd ei bod wedi troi chwarter wedi deg ar gloc yr eglwys gadeiriol. Byddai Elsbeth adref gyda hyn yn methu deall be oedd wedi digwydd iddo. Gwelai hi'n rhoi ei phen heibio i ddrws y stydi, yn galw ei enw o waelod y grisiau, yn crychu ei thalcen mewn penbleth, ac yn tynhau mymryn ar ei gwefusau am iddo fod mor anystyriol â mynd allan heb adael nodyn. Doedd y llun ddim heb ei fwynhad.

'Sgynnoch chi ffag?' gofynnodd hi'n bwdlyd.

'Chwiliwch y pocedi.'

Gwyddai wrth ei ateb nad oedd yno 'r un. Roedd o wastad yn brin.

Anelodd drwyn y Volvo at ben arall y dref, a mynd i dafarn lle câi o sigaréts. Byddai wedi ei gwâdd i mewn am ddiod petai'r hen sliperi yna ddim am ei thraed. Doedd yntau fawr gwell petai'n dod i hynny, yn ei jumper dyllog.

Talodd am yr Embassy a brysio allan. Tynnodd ddwy sigarét o'r paced a'u tanio, a rhoi'r sychaf o'r ddwy iddi hi. Llywiodd y car i gyfeiriad y pier, lle roedd rhyw hanner dwsin o geir eraill wedi'u parcio ymhell oddi wrth ei gilydd. Yng ngolau'r car gallai weld ffurfiau'r cyplau yn gwyro a swatio rhag y llygaid hysbys. Doedd dim rhaid iddynt boeni: doedd ganddo ddim diddordeb yn eu hantics. Chwiliodd am le cyfleus i barcio yng nghysgod y wal. Diffodd yr injian a'r golau, a theimlo'r düwch yn cau'n awgrymog amdanynt.

'Wel?' Cymerodd y stwmpyn oddi arni i'w ddiffodd. 'Wel, dach chi ddim am ddweud wrtha i be sy'n bod?'

Cuddiodd ei phen yng ngholer ei gôt. Nid oedd llawer o drefn ar ei stori, ac ailadroddai ei hun yn aml. O'r hyn y gallai gasglu, roedd y ffrae wedi codi oherwydd y plant. Bryn yn ei beio hi am eu difetha'n wirion ar draul edrych ar ôl y tŷ. Hithau wedi cael llond bol arno fo a'i gwynion.

'A dw i wedi mynd ar un arall.' Rhoddodd ei llaw ar ei bol.

Suddodd ei galon. 'Pryd?' holodd yn fyngus.

'Diwedd mis Ebrill.'

125

Roedd ei draed fel talpiau o rew. Taniodd yr injian a throi'r gwresogydd hyd ei eithaf. Rhuthrodd gwynt oer i fyny'i lodrau.

'Mae o'n dweud mai chi ydi'r tad.'

Chwarddodd fel petai rhywun wedi cipio ei wynt oddi arno, a gwingo'n fewnol wrth feddwl fel y bu iddo ymatal rhag cyffwrdd â hi.

'Mae o'n bygwth mynd i mewn am divorce.' Cymerodd sigarét arall. 'Bydd eich enw chi'n faw erbyn y bydd o wedi darfod hefo chi, medda fo.'

Ni fwriadai ddadlau â hi. Cychwynnodd y car.

'Welwch chi ddim bai arno fo,' ebe hi, 'chitha'n galw mor amal, mynd â fi i lefydd, prynu presanta i mi.'

'Magi.' Daliai ei henw i swnio'n ddiarth. 'Wyddoch chi cystal â finna na ddigwyddodd dim byd rhyngddon ni. Roedd gen i ormod o barch tuag atach chi.'

'Parch! Parch! A dyna be maen nhw'n 'i alw fo'r dyddia 'ma? A be ddeudith Elsbeth, sgwn i? Dyna be fydd sgandal. Bryn yn dweud na fydd gynni hi ddim gobaith mul mewn grand national i ennill lecsiwn pan ddaw'r miri 'ma allan.'

'Mae gwleidyddion wedi goresgyn scandals llawer gwaeth. Mae'r werin yn dosturiol iawn yn y bôn. Mae nhw'n falch o'r cyfle dyrchafol i gynnig maddeuant. Synnwn i damaid na fyddai Elsbeth yn wrthrych tosturi.'

'Goresgyn! Dyrchafol! Gwrthrych! Pam na blydwch chi siarad blydi iaith dw i'n 'i blydi dallt?'

Wrth iddyn nhw ddod i olwg canol y dref, tawodd y llais yn ei ymyl. Bron na allai ei theimlo'n cilio'n ôl i'w chragen. Falwen ddu gorniog, tynn dy bedwar corn allan! Magie Noire, paid â chilio! Sarhâ fi, galwa fi'n bob enw dan wyneb haul! Tynn fy nghymeriad i'n grïai, ond paid, paid, paid â f'anwybyddu i! Tynnodd ei law oddi ar y llyw i gyffwrdd â'i boch. Symudodd hithau o'i afael fel petai'r weithred yn wrthun, a syllu'n bwdlyd i gyfeiriad y tai mawr. 'Dw i ddim yn mynd adra.'

Ond tuag yno roeddyn nhw'n mynd, yn ôl ar hyd y briffordd, troi i'r chwith yn ymyl yr ysbyty, a dal i ddringo nes dod i'r gwastad lle bu unwaith gaeau gleision braf. Ni welodd ei llaw'n symud i gyfeiriad y brêc. Rhoddodd y car sbonc sydyn, ac un arall cyn taro'r palmant. Lluchiwyd ef yn erbyn y ffenest am ei fod wedi anghofio gwisgo'i wregys.

Ailgychwynnodd Arfon y car heb edrych arni.

'Wna i byth fadda i chi,' ebe hi.

'Peidiwch â dweud hynny,' medda fo.

Aeth at y tŷ a chanu'r gloch. Roedd pobman yn dywyll, a roedd rhyw lonyddwch i'r lle, fel sy i dŷ pan fo pawb yn cysgu. Canodd y gloch drachefn a thrachefn, nes i Bryn roi ei ben allan drwy un o'r ffenestri i ddweud wrth ei slwt wraig am fynd yn ôl at ei ffansi man, a pheidio â dangos ei hwyneb yno byth mwy.

Camodd Arfon yn ôl, i ganol y forder flodau. Mewn llais clir, cyfrifol, dywedodd mai'r ffansi man oedd yno, ac yr hoffai gael gair ag o.

Clapiodd Bryn y ffenest yn chwyrn. Ni symudodd Arfon o'i unfan nes gweld golau'n ymddangos ar y landing, ac yna'n y cyntedd. Ymddangosodd Bryn yn y drws yn droednoeth yn ei byjamas, a hynny o wallt oedd ganddo yn sticio fel adenydd o bobtu'i dalcen. Plethodd ei freichiau, fel ceidwad yn gwarchod cell. Eglurodd Arfon nad oedd o'n bwriadu aros: roedd o wedi dod â Magi'n ôl. Prin yr ynganodd ei henw na chododd Bryn ei lais yn ymosodol, i ddweud wrtho am gadw'r hwran, a gwynt teg ar ei hôl hi: doedd hi ddim wedi bod yn ddim ond trwbwl o'r dechrau cyntaf.

Galwodd rhywun arnynt o ffenest y tŷ nesaf i fod yn ddistaw. Rhoddodd Arfon ei droed heibio'r drws, a dweud mai'r peth callaf fyddai iddo ddod i mewn. Gafaelodd Bryn yn dynnach yng nghortyn ei byjamas, gwenodd yn chwithig, ac arwain Arfon i'r stafell fyw, a chydag un symudiad â'i fraich cliriodd y teganau oddi ar un o'r cadeiriau. Yna rhedodd i'r llofft i roi rhywbeth cynnes amdano.

Nid oedd dim tân yn y grât, na gwres yn y radiators. Roedd dau wydr a dwy botel sieri wag ar y silff ben tân. Aeth draw at y ffenest i gadw'i olwg ar y car. Agorodd gil y llenni.

Carthodd Bryn ei wddw i ddangos ei fod yn ôl. Roedd ei wallt wedi'i gribo i'w le, a sgleiniai ei wyneb fel newydd. Gwisgai drowsus, crys a chardigan yn lle'r pyjamas.

'Steddwch.'

Adroddodd Arfon hanes y noson o'i chwr, o'r funud y derbyniodd yr alwad ffôn i'w alw allan hyd at y lwmpyn ar ei dalcen. Roedd min i'w lais pan ddaeth at y cyhuddiad yn ei erbyn. Dylai fod gan Bryn gywilydd ohono'i hun yn cyhuddo gwraig dda ffyddlon a mam ragorol. Ac wrth iddo restru ei rhagoriaethau gwelai Bryn yn meddalu o flaen ei lygaid, a'r meddalwch yn troi'n wên falch.

'Ydi, mae hi'n hen hogan reit dda,' meddai wrth ei gweld

drwy lygaid rhywun arall, 'llyncu mul ambell waith, styfnig fel penci, ond dw i wedi gweld ei gwaeth hi.'

A chydag un winc fawr roedd o ar y ffordd i'r car i'w hawlio. Ond doedd hi ddim yno.

Er i Arfon chwilio'r strydoedd benbaladr ni chafodd hyd iddi.

A phan dorrodd gwawr lwyd dros y wlad dringodd i lawr i'r traeth, sefyll ar fin y lli yn gwylio'r môr yn golchi i'r lan, y tonnau'n chwalu eu gwymon dros ei sgidiau. Syllodd o'r tu allan iddo'i hun ar y gŵr truenus a safai yno mewn ofn ac anobaith. Nid fo oedd hwn.

Ie, fo oedd hwn.

12

Chwilio'r celloedd oedd eiddi,
A chwilio heb ei chael hi.

Eu hanes nhw oedd hynny wrth ruthro o gwmpas fel pethau gwirion.

Daeth y llanc o hyd iddi yng Nghoed y Ffin. Dowch, meddai, a chamu o'r cysgodion i'w harwain ar hyd ffyrdd diarffordd. O bryd i'w gilydd safent i gael eu gwynt atynt a chlustfeinio ar synau'r nos, rhyw drên dros Bont Britannia, lorïau trwm Iwerddon yn gwibio ar hyd y ffordd osgoi newydd, a synau mwy iasol tylluan. Gallai synhwyro ei hofn ond nid ynganodd air i'w chysuro. Aeth â hi ar hyd strydoedd cefn lle cyfarthai cŵn. O'r tai teras oedd yn nannedd y stryd deuai ambell chwerthiniad a chân ar record. Ymddangosodd dyn â gwn yn ei law yn nrws un o'r tai. Gafaelodd y llanc yn ei llaw i'w harwain yn ei chwrcwd i ddiogelwch, heibio i ragor o dai nes dod yn ôl i gyffiniau Rhos-y-ffin. Arweiniodd hi trwy lwyni a drain, trwy lefydd dirgel cudd lle roedd y ddaear yn grimp dan draed a'r canghennau fel to uwchben, yn rhy drwchus i bluen eira dreiddio drwodd. Bachodd ei chardigan mewn cangen bigog, a doedd dim modd ei chael yn rhydd heb rwygo'r gwlân. Chwarddodd yn nerfus, a dal i'w ddilyn, heb holi i ble.

Ymlaen nes dod at fwthyn gwyngalchog. Gollyngodd ei llaw, a gwrando. Wedi gwneud yn siŵr fod y ffordd yn glir, gwnaeth arwydd arni i aros yn ei hunfan. Yna diflannodd i'r gwyll. A phan oedd hi ar fin anobeithio ei weld yn dychwelyd clywodd swn ffenest yn cael ei thorri, ac yn y man y drws yn cael ei agor a'i lais yn galw arni. *Dowch.* A phwy oedd hwn yr ymddiriedai ei bywyd iddo? Hwn a gariai gyllell boced finiog?

Roedd oglau lleithder yn y tŷ, ond roedd hi'n rhy flinedig i boeni. Safai yn ei hunfan â'i thraed chwyddedig fel petaent wedi eu sodro i'r llawr, yn gwrando arno'n prowla.

Clywodd lenni'n cael eu tynnu ac yna cynheuwyd lamp yng nghongl bella'r stafell. Suddodd i'r gadair esmwyth agosaf, ac roedd honno hefyd yn oer a llaith.

Plygodd y llanc wrth ei thraed i wthio plwg y tân trydan i'w le, ac arhosodd yno'n ei unfan i wylio'r gwifrau'n clecian dan y llwch. Braf, meddai hi, ac estyn at y gwres, panad fasa'n dda. A chyn pen dim roedd o yn y gegin yn chwilota yn y cypyrddau. Caeodd ei llygaid i fwynhau swn cyfarwydd llestri a thegell, a syrthiodd i gysgu.

Dowch, medda fo, gan ei tharo'n ysgafn ar ei hysgwydd. Dowch, mi rydach chi'n deifio.

O, mae gynnoch chi dafod, ebe hi. Tynnodd wyneb wrth flasu'r te cryf dilefrith. Lledodd ei choesau o flaen y tân, coesau yr oedd y gwrymiau gwres eisoes yn goch arnynt, coesau gwynion wedi eu tynnu trwy ddrain a'r gwaed yn ceulo arnynt. Ceisiai guddio'r anaf oedd ar ei law ei hun oddi wrthi. Ond doedd dim rhaid iddo boeni. Agorodd ei cheg led y pen, a syrthio i gysgu eto. Gwyliodd hi'n pendwmpian, yna'n rhoi sbonc anfoddog fel petai rhywun wedi ei chysylltu â gwifren drydan, yna ei phen yn siglo ac yn llonyddu wrth ddod i orffwys ar ymchwydd ei bronnau anferth. Blinodd edrych a gorweddodd ar y fat wrth ei thraed.

Y llwynog yn udo wrth y ffenest a'i deffrôdd. Rhuthrodd i'w weld, ond roedd yn rhy hwyr. Ai breuddwyd oedd y cyfan? Trodd i gyfeiriad y gadair freichiau, lle gwingai Magi'n ddistaw yn ei chwsg. Syllodd ar ei law. Na, nid rhith oedd y gwaed na thorri'r ffenest. A byddai cosb drymach yn dilyn. Dyna ddiwedd pob llwynog: ei erlid a'i ddal. Aeth i ddiffodd y golau. Roedd yn bryd iddo'i throi hi am adref.

Wrth iddo olchi ei wyneb o dan y tap dŵr oer agorodd y briw o'r newydd. Gwyliodd y gwaed yn staenio'r basin, a daeth i'w feddwl y gallai waedu i farwolaeth yn y tŷ haf hwn ar gwr y coed. Ond gan nad oedd ganddo offer ffrwydrol yn ei feddiant ni chyfrifid ef yn ferthyr. Mor ddiwerth fyddai marw heb gyflawni dim. Lapiodd ddarn o liain am ei friw, ac aeth yn ôl i ddweud

129

wrthi ei fod yn gadael. Addawodd ddychwelyd cyn nos â rhywbeth iddi i'w fwyta.

Syllodd yn hir arno. 'Dw i wedi'ch gweld chi yn rhywle o'r blaen, on'd o?'

13

Doedd dim wedi digwydd. Hon oedd blwyddyn fawr ei hanniddigrwydd, a doedd dim wedi digwydd. Roedd y llwyfan wedi ei osod a'r actorion yn barod, ond sorri, bobol, fydd yna ddim perfformiad. Yn ôl trefn naturiol pethau, dylai rhywbeth fod wedi digwydd. Lawer tro yn ystod y pythefnos ddiwethaf cafodd y teimlad fod rhywbeth ar fin digwydd. Trigai ar lefel uchel o ymwybyddiaeth lle câi ei chynnal ar donfeydd o iasau a chynnwrf.

Doedd cynnwrf byth ymhell. Deuai gyda hi i'w gwely i liwio ei breuddwyd. Gwelai ei hun mewn gwlad wastad eang, gwlad ddiffaith nad oedd dim yn tyfu ar ei chaeau, ac eto câi fwyd o rywle i borthi'r anifeiliaid. Y tlodion a arferai wneud y gwaith, ond roedd eu tlodi wedi eu gwneud yn drachwantus a hunanol, ac ni chodent fys i'w helpu.

Hi oedd perchennog y wlad. Na, doedd hynny ddim yn wir: hyd yn oed yn ei chwsg roedd yn rhaid iddi ei hatgoffa'i hun mai dim ond ceidwad oedd hi. Roedd peryg iddi fynd i gredu yn ei hawdurdod. I wneud yn siŵr fod pawb yn ei hadnabod gwisgai lifrai megis y rhai a wisgir gan geidwaid carchar. Dro arall, lleian oedd hi, a'r allweddi a grogai wrth ei gwregys yn tincial wrth iddi gerdded. Gallai weld y trigolion yn gwrando'n ofalus am dinc ei hallweddi. Roedd eu hofn hwy yn gwneud iddi deimlo'n rymus. Deilliai pleser o'u hofn, a thyfodd yn y man i'w dirmygu.

Un peth yn unig a'i poenai. Er chwilio a chwilio ni allai ddarganfod twll clo i ffitio'r allweddi. Heb y wybodaeth hon doedd hi'n neb. Roedd hi mewn peryg o gael ei dienyddio gan ei gelynion, oherwydd erbyn hyn roedd pawb yn elyn iddi.

Un diwrnod daeth y perchennog i ymweld â'i eiddo. Doedd yntau ddim yn boblogaidd chwaith, am mai trwy drais yr enillodd y wlad, ac nid âi i unman heb ei osgordd filwrol.

Y diwrnod arbennig hwn gwisgai ei dillad lleian. Llygadai'r milwyr hi. Treisient hi â'u llygaid. Nid edrychent ar y merched eraill. Y pur a'r glân a apeliai atynt. Ysent am gael eu dwylo budr arno a'i ddifa.

Hi oedd yn gweini arnynt. Y noson honno rhoddodd ddiod gref iddynt i yfed. Pan welodd y perchennog hwy yn farw yn eu cyfog, rhwygodd yr allweddi oddi am ei chanol a dianc am ei fywyd i adeilad bychan ym mherfedd y wlad na welsai mohono o'r blaen. Dilynodd ef, oherwydd daeth iddi ei fod â'i fryd ar ddifetha'r byd. Gwyddai wrth yr olwg yn ei lygaid mai ofer fyddai ceisio ei ddarbwyllo. Ymosododd arno yn selar yr adeilad bychan. Ond roedd o'n gryfach na hi—yn arwr byd y ffilmiau. Lloriodd hi a chrechwenu wrth ei phwyso i'r llawr â'i bengliniau. Llwyddodd yn y man i gael ei llaw yn rhydd, a chyda nerth anhygoel gwthiodd ei bysedd i fyny'i ffroenau.

Cafodd y breuddwyd hwn sawl gwaith, ac yma y byddai'r breuddwyd yn darfod bob tro. Ni soniodd wrth neb amdano. I bob golwg, roedd hi'n dawel a hamddenol. Roedd hyn yn rhan o'r act, fel roedd cadw gwylnos wrth y gwely yn rhan o'r act.

Doedd y cynyrfiadau a'i gyrrai gynt yn ddim yn ymyl y cynnwrf stormus hwn.

Diflannodd ei thad i Lundain. Gadawodd neges gydag Elsbeth i ddwued fod achos wedi codi na allai ei ohirio ymhellach. Un felly oedd o, yn bachu ar argyfyngau ym mywydau pobl eraill er mwyn cael dianc rhag undonedd byw bob dydd. Adwaenai ei anniddigrwydd er eu bod fydoedd ar wahân.

Aeth i lawr at yr afon i geisio rhoi trefn ar ei meddyliau. Edrychodd ar y lli a'r trobyllau. Fel ei thad roedd hithau'n rhydd i ddianc. Yn wahanol i'w thad doedd hi ddim yn llwfr. Roedd hi eisiau cyffwrdd â bywyd, ei ddal rhwng ei dwylo a'i droi tu wyneb allan. Roedd arni eisiau bod yn feistres ar ei theimladau. A byw drwy ei phrofiadau ei hun.

Hyd yn hyn roedd pob penderfyniad wedi cael ei wneud drosti, roedd ei thwf wedi cael ei lesteirio gan eu rhagfarnau a'u culni nhw. Roeddynt wedi rhoi atebion iddi cyn iddi ofyn y cwestiynau. Roeddynt am ei gwneud yn ddoeth cyn pryd. Roedd hynny'n anfaddeuol.

Cyn iddi ddysgu cerdded rhybuddiwyd hi fod tân yn llosgi, dŵr yn boddi, moduron yn lladd. Dyna'r pethau a ddysgodd ei mam iddi. Gallai'r un mor rhwydd fod wedi sôn am gysur tân, hwyl nofio, antur rhedeg ar draws ffordd. Dewisodd yn hytrach fagu plentyn mewn ofn, a chodi bygythion.

Cyn i'w misglwyf ddechrau llifo rhybuddiwyd hi o'r peryglon sy'n dilyn pleser. Rhestrwyd prif bleserau ei rhieni—cyffuriau, diod, rhyw,—fel y pethau mwyaf niweidiol. Gwarafunwyd iddi'r hawl i arbrofi a barnu drosti'i hun. A dywedwyd wrthi nad oedd ffordd rwydd allan o'r un picil. Coel gwrach, swcwr y werin oedd credu y byddai Duw (a chymryd bod yna Dduw) yn barod i'w gwaredu. Roedd Duw (a chymryd eto fod yna Dduw) uwchlaw ymyrryd ym mhroblemau meidrolion. Beth yw dyn i Ti i'w gofio? Roedd yr atebion ganddynt ar flaenau'u bysedd. Dyfynnent o'r Beibl i brofi hynny. Doedd ganddi ddim hawl i farnu Duw am yr hyn a ymddangosai'n ddihidrwydd ynddo. Roedd o uwchlaw beirniadaeth. A phrun bynnag, credinwyr yn unig oedd biau'r hawl i'w farnu. Dysgwyd hi i roi ei ffydd ym mhrofiadau rhieni, a dysgu oddi wrth eu gwybodaeth a'u cam-gymeriadau, byw bywyd ail-law, cnoi cil o enau eraill. Roedd y peth yn wrthun.

Heb iddi hi sylwi, roedd wedi bwrw eira, ac roedd hi wedi gadael ei hôl yn yr eira: darn o ddüwch yng nghanol y gwynder.

Cariodd y düwch yn ôl gyda hi. Aeth draw i dŷ Kevin i ddweud wrtho nad oedd dim byd chwyldroadol yn mynd i ddigwydd. Doedd ei mam ddim yn mynd i farw wedi'r cwbwl. Tybiodd iddi weld cwr y llen yn symud, ond ni ddaeth neb i'r drws.

Doedd dim brys, dim byd yn galw. Gallai hi aros.

14

A pha rym a ddewisodd ein hyrddio ynghyd
Fel dau dderyn drycin i dir anodd . . .?

Wrth weld Gwenno'n dod at y drws, tynhaodd Kevin ei afael yn y pecyn bwyd. Ofnai weld yr efeilliaid yn ymddangos. Arhosodd ddeng munud o dan ffenest y landing i wneud yn siŵr nad oedd hi'n aros amdano. A rhoddodd ochenaid o ryddhad pan welodd hi'n ymadael.

Roedd yr eira wedi troi'n eirlaw. Nid oedd dim arall i'w glywed ac eithrio synau cyfarwydd y ffordd fawr, a'r diferion yn disgyn oddi ar y bondoi a'r canghennau.

Gwyddai am ffordd arall i'r bwthyn. Roedd mwy o drafnidiaeth ar hyd hon am ei bod yn arwain at ddwy fferm a thyddyn, a byddai gofyn iddo fod yn ofalus. Drwy'r dydd bu'n poeni amdani ac yn hel pob mathau o feddyliau. Dychmygai weld y perchnogion yn cyrraedd, neu'r heddlu'n galw. Ofnai y byddai wedi cael llond bol a phenderfynu gadael ar ei liwt ei hun. Ofnai gael cawell yn fwy na dim. Ond wrth iddo nesu ni allai feddwl am ddim ond am guriadau poenus ei galon.

Dewch i mewn, ebe hi. Gafaelodd yn dynn yn llawes ei gôt fel petai'n gwybod fod ei blwc ar fin ei adael. Rhybuddiodd ef i beidio â chynnau'r golau: buan iawn y cynefinai â'r tywyllwch, ac roedd digon o olau byth o'r tân trydan.

Roedd hi'n annioddefol o glós yno. Tynnodd ei gôt. Hael ydi Hywel, ebe hi, a chyffwrdd bawd ei throed yn y tân.

Nid oedd dim byd amdani ond ei phais. Roedd ei braster yn ei atgoffa o'i fam. Anesmwythodd. Dyna'r person olaf roedd o eisiau meddwl amdani y funud honno. Cyffyrddodd â phoced ei grys lle cadwai'r blewyn sidan.

Be sy gin ti yn y bag 'na? gofynnodd hi, a'i gymryd oddi arno er mwyn arllwys ei gynnwys ar y soffa. Gloywodd ei llygaid wrth weld y brechdanau salmon paste, y creision a'r bisgedi, ac ymosododd arnynt yn llwglyd. Ni allai ddioddef edrych arni'n llowcio. Aeth i'r gegin i wneud paned.

Rhoddodd ei llaw ar ei stumog, a symud i wneud lle iddo yn ei hymyl. 'Roedd hwnna'n dda rwan. Sut fedra i byth dalu'n ôl i chdi?'

Cochodd a phlygu i gau crïai ei sgidiau. 'Tynna nhw,' ebe hi wrth weld eu bod yn wlyb. 'Tynna nhw i chdi gael bod yn droednoeth run fath â fi.' Aeth ar ei gliniau i wneud y gwaith drosto.

Cododd ei phen yn sydyn i edrych arno. 'Dw i'n cofio rwan lle gwelais i chdi. Roeddat ti'n pwyso ar bolyn telegraff neu wal. Cwyno bod gen ti bigyn gwynt.'

'Wedi rhedeg o'n i.'

'Oddi wrth ryw hogan?'

'Gwenno.' Yn syml, fel yna.

'Gwenno?'

'Byw'n y Neuadd Wen. Mi fuo'ch brawd yn gweithio yno am sbel.'

Gloywodd ei llygaid eto. 'Wyt ti'n nabod 'y mrawd?'

Petrusodd, a phenderfynu rhoi ateb penagored. Dywedodd iddo'i weld weithiau o gwmpas y Neuadd Wen.

'Oedd o'n bihafio?'

Llyncodd ei boer. Syllodd i fyw y glesni. Doedd o ddim yn siŵr beth oedd hi'n ei feddwl wrth bihafio.

'Oedd o'n cadw'i ddwylo iddo'i hun?'

'Na.'

'Na, faswn i ddim yn disgwyl iddo fo wneud. Rydan ni'n reit debyg, fo a fi. Pan o'n ni'n fengach rown i'n syrthio mewn cariad bob yn eilddydd. Teimlad braf, bod mewn cariad. Teimlad o fod yn ymwybodol o dy gorff drwy'r adag. Wyt ti mewn cariad?'

Os mai dyna'r diffiniad, yr ateb oedd *Ydw, ydw, ydw.*

Doedd dim rhaid iddo ateb: roedd ei lygaid yn dweud y cwbl: roedd o dros ei ben a'i glustiau mewn cariad efo Gwenno. 'Ydi hi'n dy garu di ydi'r cwestiwn?' Gwyrodd ei ben. Paid poeni, aiff o heibio fel pob salwch arall. Cariad cynta'n waeth na'r un. Gafaelodd yn ei law a'i mwytho, ac awgrymu fod Gwenno, efallai, fel ei mam, mewn cariad â'i brawd.

Atebodd yn frwysg, 'Dw i ddim yn meddwl,' wrth deimlo'i llaw yn gwthio'i ffordd heibio botymau'i grys i gyffwrdd â'i groen gŵydd.

'Mae'n well i chdi rywun profiadol.'

Roedd o'n breuddwydio. Mae'n rhaid ei fod o'n breuddwydio. Dim ond mewn breuddwydion y mae pethau fel hyn yn digwydd. Symudodd yn araf oddi wrthi.

Bu hynny'n ddigon i droi'r drol. Os mai felna roedd o'n teimlo, ei golled o oedd hi. Chwiliodd am ei blows o dan y glustog.

Nid oedd gan y triniwr geiriau yr eirfa i gymodi. Caeodd ei lygaid yn dynn. Roedd yn bwysig nad oedd o'n gadael y cyfle i fynd heibio. Ac er syndod iddo'i hun, dechreuodd adrodd yr hanes amdano'n llosgi ei gerddi serch am iddo feddwl bod Gwenno a Rob yn gariadon.

'Bardd!' Daeth allan o'i phwd. 'Ti rioed yn dweud dy fod di'n fardd? O, dw i wedi bod isio cwarfod â bardd ers pan dw i'n cofio.'

Ni wyddai sut i ymateb iddi. Ac eto, ofnai roi dampar ar ei brwdfrydedd. Aeth ymlaen i ddweud ei fod wedi rhoi'r gorau i gerddi serch. Roedd ganddo syniad gwell. Bwriadai sgrifennu am rai o'r bobl y daeth ar eu traws ar ei deithiau hwyrnosol.

'Teithia hwyrnosol?' Roedd hi wrth ei benelin eto.

'Mae hi'n stori hir, hir.'

'Mae ganddon ni drwy'r nos.'

Gwybod lle i ddechrau, dyna oedd y gamp. Dyna ddilema pob llenor. Gwybod hefyd sut i gyflwyno'i stori: pryd i liwio a phryd i ymatal. Ond yn gyntaf oll roedd ganddo gyfaddefiad i'w wneud. Llyncodd ei boer. Ac udodd y cadno ei rybudd y tu allan. Neidiodd ar ei draed, wedi cynhyrfu o'i glywed mor agos. Anghofiodd ei fod mewn tŷ haf, anghofiodd am dorri cyfraith a'r heddlu. Rhuthrodd i'r ffenest a rhwygo'r llenni ar agor.

Daeth i sefyll yn ei ymyl a phlethodd ei braich am ei fraich o. 'Mae o wedi bod yn prowla drwy'r dydd. Ddarllenais i'n rhywle mai llwynog ydi pob sgwennwr.'

Roedd hynny cystal gwahoddiad â'r un i ddweud y stori. Dechreuodd gyda'r daith ddiniwed gyntaf i'r Neuadd Wen. Pwysleisiodd y ffaith ei bod yn noson olau leuad. Eglurodd ei obsesiwn gyda Gwenno: y rheidrwydd o gael cyffwrdd â hi. Ni fyddai'r cerddi'n gyflawn heb gael teimlo. Soniodd am yr afalau pydredig o dan y gwely. A'i brawd. Roedd yn rhaid sôn am ei brawd. Lliwiai'r digwyddiadau yn awr er mwyn ei boddio. Ac fel pe na bai hynny'n ddigon, torrai ar ei draws i'w holi. Nid oedd dim pall ar ei chwilfrydedd. Pan oedd o ar ganol disgrifio Rob yn cario Hannah i'r llofft canodd y ffôn.

'Paid â'i ateb,' ebe hi, 'dyna'r ail waith iddo ganu heno.'

'Ond does neb yn gwybod ein bod ni yma.'

'Neb ond y cadno.' Nodiodd ei phen i gyfeiriad y ffenest. 'Paid rhoi'r gorau iddi rwan.'

A daeth y cadno'n ôl at y ffenest. Gallai ei weld yn llamu'n lloerig ati, fel petai'n benderfynol o gael mynediad. Cododd Kevin yn bwyllog y tro hwn a rhoi ei ben heibio'r llenni. Fflachiodd llygaid y llwynog wrth weld y dieithryn, syllodd am eiliad i fyw ei lygaid: dau o'r un anian yn pwyso a mesur ei gilydd.

Digwyddodd, darfu, megis seren wib.

15

Roedd Glenys yn hwyr yn cyrraedd ei gwaith. Fel gwaith y meddyliai am ei gwasanaeth gyda'r Samariaid, ac fel gwaith y cyfeiriai ato. Gwyddai ei chyfeillion beth oedd natur y gwaith, ond nid oedd mor siŵr a wyddai'r bobl drws nesa a'i chydaelodau yn Undeb y Mamau. Pe digwyddai i rywun ei holi am ei gwaith, âi allan o'i ffordd i osgoi ateb. Nid yw'r Samaritan yn chwilio am gyhoeddusrwydd. *Canmoled arall tydi* yw ei arwyddair.

Pan sefydlwyd cangen yn y dre, roedd hi gyda'r cyntaf i listio (disgrifiad Eurwyn, nid ei hun hi). Ond nid cyn iddi ei holi'i hun, hyd syrffed, am ei chymhwyster a'i chymhelliad. A chafwyd trafodaeth hir ac adeiladol ar y pwnc gyda gweddill y teulu. Roeddynt i gyd yn unfryd unfarn fod angen cangen yn y dref. Unig ofid y bechgyn oedd mai'r crachach fyddai'n rhedeg hon fel popeth arall. Dadleuai Eurwyn mai'r crachach (neu'r dosbarth canol, i roi eu henw haeddiannol arnynt, chwedl yntau) oedd yr unig rai a boenai am gyflwr cymdeithas ac a oedd yn ddigon cydwybodol i roi eu gwasanaeth yn rhad ac am ddim. Efallai'n wir fod y bechgyn yn iawn wrth ddweud mai sop i'w cydwybod oedd hynny, ond beth bynnag am eu hamcanion roedd yr achos a'u hymroddiad nhw iddo yn deilwng a chlodwiw. Ac roeddynt i gyd yn cytuno fod angen Cymry Cymraeg i'w redeg.

Ac ar ôl y digwyddiad anffodus gyda Chymdeithas yr Iaith, fe deimlodd Glenys reidrwydd newydd i arwain meddyliau ieuenctid at achosion ehangach. Ei gobaith oedd eu cael i ymuno â'r gangen leol o CND. (Fel un a ymgyrchodd yn galed yn y chwedegau, ac a fu'n gorymdeithio i Aldermaston, roedd yr achos yn agos iawn at ei chalon.) Ni chafodd drafferth o gwbl i gael Saeson i ymuno. Ond roedd y Cymry ifainc yn fwy mewnblyg, yn fwy plwyfol: gadawent i'w hymroddiad i achos yr iaith ddod rhyngddynt a phob achos arall. Ei bwriad oedd creu dwy gangen, y naill ar gyfer y Cymry Cymraeg a'r llall ar gyfer y Saeson.

Haws dweud na gwneud. Ond ar ôl iddi weld y tatŵ ar frest Gwenno y noson honno yn y swyddfa, roedd hi'n argyhoeddedig fod gwreiddyn y mater yn Gwenno. Adwaenai'r anniddigrwydd oedd ynddi, y chwilio parhaus am achos a'i bodlonai.

Cael ati oedd y gamp, torri trwy len haearn ei hunanamddiffyniad. Duw a ŵyr iddi wneud ei gorau. Gwahoddodd hi draw i'r tŷ droeon. Cynigiodd lety iddi pan aeth Hannah yn sâl. A chael ei gwrthod bob tro. Tan neithiwr. Gallai fod wedi'i chofleidio pan ddaeth i'r drws i ofyn am lety. Ni ddeallodd y stori'n iawn, ond swm a sylwedd y cyfan oedd ei bod wedi colli'r agoriad i'r Neuadd Wen, ac nad oedd ganddi un arall am fod ei thad wedi mynd â fo gydag ef i Lundain.

Paratôdd wely iddi yn llofft y mab hynaf, yn hytrach nag yn

llofft yr ymwelwyr, am ei bod yn llai ac yn fwy lliwgar, yn llawn lluniau a chartwnau, lluniau gweddus ac anweddus, garw ac artistig. Gosododd dusw o flodau ar y bwrdd gwaith, ac am y tro cyntaf ers deng mlynedd cynheuodd dân glo yn y grât. Ac wedi gorffen y gwaith arhosodd yno i wrando ar record ac i fwynhau'r fflamau a'r cysgodion a daflent ar y parwydydd. Bu'n petruso'n hir a ddylai osod *When the wind blows* gyda'r cylchgronau ysgafn ar y bwrdd bach yn ymyl y gwely.

Erbyn y bore roedd yn dda ganddi iddi wneud hynny. Gwyddai iddo gael ei fodio, os nad ei ddarllen. Y peth a'i pryderai oedd nad oedd Gwenno ddim wedi cysgu'n y gwely.

Barnai Eurwyn mai tynnu ar ôl ei thad yr oedd Gwenno. Roedd yntau'n greadur annibynnol yn ei ddydd. Cofiai ei weld ar sgwâr Machynlleth yn cynhyrfu pawb gyda'i areithio grymus. Anogai hwy i dorri cyfraith, i symud môr, mynydd, ac arwyddion ffyrdd Saesneg er mwyn yr iaith. Yr iaith oedd popeth y dyddiau hynny. Roedd Ifor o ddifrif, nid fel rhai o'r lleill a ysai am ferthyrdod rhad y carchar (Hannah yn un ohonynt os nad oedd yn camgymryd yn fawr). Gallai Ifor gynnig syniadau chwyldroadol a dadlau'n rhesymegol drostynt. Yn wir, gallai Eurwyn gofio rhai o'i ddadleuon ar ei gof. A bu'n rhaid i Glenys aros i wrando arnynt: dyna'n rhannol pam yr oedd hi'n hwyr am ei gwaith. Doedd dim taw ar Eurwyn. Aeth ymlaen i sôn fel roedd Ifor wedi syrthio allan o ffafr rhai o swyddogion mwyaf penboeth y Gymdeithas, ond yn eironic roedd o'n ormod o benboethyn i gael ei enwebu fel ymgeisydd gan y Blaid, a oedd bryd hynny yn mynnu gwarchod ei henw da fel morwyn yn gwarchod ei moryndod. Petai o wedi cael ei ddewis bryd hynny yna byddai gan Blaid Cymru aelod seneddol ychwanegol. Pwy welai fai arno am gefnu ar Gymru? y wlad hunanddinistriol genfigennus. Tŷ wedi ei rannu yn ei erbyn ei hun ni ddichon iddo sefyll.

Yn hytrach na gwahanu ar nodyn chwerw, treuliodd y ddau fwy o amser yn cnoi cil ar eu rhan fechan hwy yn ymgyrch fawr y chwe-degau, pan wrthodasant gofrestru genedigaeth yr ail fab nes cael ffurflenni dwyieithog. Pawb â'i brotest, dyna sut gyfnod oedd o. *You never had it so good* yn Lloegr, ond blynyddoedd y sobreiddio mawr yng Nghymru ar ôl darlith radio S.L.

Roedd hon yn hen hen sgwrs, ac roedd eu hen arddeliad yn felys felys. Doedd ryfedd yn y byd ei bod yn hwyr am ei gwaith. Rhedodd i'r llofft i nôl cardigan arall am fod ias yn yr awyr.

Clywodd Eurwyn hi'n dringo'r grisiau ond ni chlywodd hi'n gadael. Galwodd yn ofer arni i ddod i glywed y newydd ar y teledu am y tŷ haf oedd wedi cael ei losgi heb fod nepell oddi wrthynt.

Bu'n rhaid iddi aros nes cyrraedd y swyddfa nes clywed y stori, a hynny o lygad y ffynnon.

Y bore hwnnw roedd y Samariaid wedi derbyn neges ffôn o fŵth cyhoeddus oddi wrth ferch a'i galwai ei hun yn Bet, am dân a gynheuwyd mewn tŷ haf ger Rhos-y-ffin. Ni chafwyd dim mwy o wybodaeth ganddi am iddi roi'r ffôn i lawr ar ei hunion. Ffoniwyd yr heddlu. Ac yn y man cadarnhawyd y ffaith ei bod yn dweud y gwir. Nid oedd yr heddlu yn synnu: dyma'r ail waith i rywrai dorri i mewn i'r bwthyn. Yn ôl pob golwg roeddynt wedi cael amser da: wedi bod yn paneidia a bwyta, ac wedi cysgu yn y gwely. Roedd yn amlwg oddi wrth yr olion traed eu bod yn chwilio am ddau neu dri pherson (roedd un, yn gyfrwys iawn, wedi tynnu ei hesgidiau). Yn gyfrinachol cyfaddefodd yr heddlu nad oedd y tân yn ffitio'r patrwm arferol. Ond roeddynt yn fwy amwys yn eu hadroddiad i'r cyfryngau: sonient am y posibil-rwydd o gysylltu'r tân gyda'r ymgyrch yn erbyn tai haf.

Bu'r Samariaid mor gyfrwys â hwythau. Ni soniodd yr un ohonynt am y galwadau ffôn a gawsant yn eu herio i ffonio rhyw rif arbennig—rhif y bwthyn a losgwyd, fel y digwyddodd hi.

Wrth weld pryder Glenys, daeth Billy ati a rhoi ei fraich amdani. Billy graff annwyl, â'i acen Swydd Efrog gartrefol. 'Don't worry, luv, it wasn't your little extremist friend. This one sounded much more pleasant. She could even speak English!'

16

Ar *Cymru Heddiw* y clywodd Arfon y newydd. Melltithiodd y weithred o dan ei wynt, ac ni feddyliodd fwy amdani. Daliai i ddisgwyl newyddion am Magi. Clustfeiniai am y ffôn, a gwran-dawai am bob eitem o newyddion â'i galon yn ei wddw. Prin y gallai'i atal ei hun rhag codi'r ffôn i holi Bryn. Ond roedd hwnnw wedi rhoi ei air yn bendant y byddai'n rhoi caniad cyn gynted ag y clywai rywbeth.

Cododd i droi'r radio i ffwrdd. Cododd Elsbeth i'w throi ymlaen drachefn. Roedd hi eisiau gwrando ar *Ffwrdd â Hi*, rhaglen ysgafn lle roedd nifer o bobl amlwg yn ceisio bod yn ffraeth a digrif. Hon oedd y drydedd yn y gyfres iddi gymryd rhan ynddi. (Roedd mynd mawr arni er pan ddewiswyd hi'n ymgeisydd.) Hi oedd seren newydd y cyfryngau. Roedd hi wrth fodd calon cynhyrchwyr radio a theledu fel ei gilydd: roedd yn hardd a ffraeth a chwrtais, a gallai raffu syniadau, a chyflwyno achosion, mewn dull diymhongar a deallus. (Doniau prin iawn mewn dynion heb sôn am ferch!)

Roedd yn gas gan Arfon ei chlywed yn ei diraddio'i hun mewn rhaglenni ysgafn. Roedd rhywbeth chwithig mewn dynes gyfrif-ol yn llunio rhigymau ac yn dweud straeon digrif. Hoffai petai'n gallu bod yn ddigon hy arni i ddweud wrthi am lynu wrth wleid-yddiaeth, fod yn well ganddo sloganau na jôcs, a delfrydiaeth yn hytrach na gwamalrwydd, a'i bod hi mewn peryg o golli ei hygrededd. A oedd hi'n credu mewn difrif y deuai'r cyhoedd-usrwydd â llwyddiant iddi, neu a oedd hi'n ddistaw bach yn chwerthin am ben y werin, yn dweud *Edrychwch arna i yn medru bod yn bopeth i bawb? Yn wleidydd. Yn ffŵl. Yn wleidydd o ffŵl.* Cynnyrch gwleidyddiaeth rad yr wyth-degau.

Pam oedd hi'n loetran yn y gegin? Pam nad âi hi drwodd i wrando ar y fath sothach? Pam na châi o glustfeinio am y ffôn mewn heddwch? Daliodd ei lygaid yn y drych. 'Dyw'r rhaglen ddim mor ddrwg â hynny? Synnech chi gymaint o bobol sy'n 'i mwynhau hi.'

Roedd Magi yn ffraeth—yn naturiol ffraeth. Ni fyddai neb yn meddwl gofyn iddi hi ymddangos ar y teledu na'r radio. Ffraeth-ineb wedi ei wasgu ohoni fel diferion o gadach oedd ffraethineb Elsbeth. Cododd ei wydr i'w chyfarch.

Un waith yn unig yr aeth ar ei gofyn. Ni ddeisyfodd ddim byd arall ganddi. Addurn oedd hi. Arwydd i'r byd o'i chwaeth. Priododd hi am ei bod yn ddeallus a hardd. Dewisodd hi fel petai'n prynu tegan mewn siop. Edrychodd arni eto: mor gymen a hunanfeddiannol ag erioed. Ydwyf yr hyn yw fy ngwisg. Dim mwy, dim llai.

139

17

Ni chlywodd Hannah'r newyddion er bod y radio ymlaen o fore gwyn tan nos i geisio ennyn ei diddordeb yn y byd mawr y tu allan. Roedd düwch y twnel yn dal i ddenu. Roedd y lleisiau o gwmpas y gwely yr un mor benderfynol o'i rhwystro rhag llithro iddo.

Ond câi lonydd yn y nos, llonyddwch a fyddai'n ei deffro. A phan syrthiai'n ôl i gysgu blinid hi gan freuddwydion na allai resymu ei ffordd ohonynt. Gwelai ei hun ym mhurdan. Roedd hi yno am iddi fyw yn hunanol a cheisio creu nefoedd ar y ddaear. Roedd rhestr faith o'i phechodau eraill mewn print mân. Galwyd ar ei theulu a'i chydnabod i dystio'n ei herbyn. Roeddynt i gyd yn noeth, ac yn ymddwyn yn anweddus. Crefai am gael dianc oddi wrthynt i fflamau pur y tân. Ond rhybuddiwyd hi nad oedd y gosb hon yn ddim o'i chymharu â'r gosb oedd yn ei haros yn uffern. A rhwygwyd y cymylau er mwyn rhoi iddi ragflas ohoni. Nid oedd awyr uwchben na daear dan draed: dim cwmwl, dim heulwen, dim lleuad, dim nos, dim afon na llynnoedd, dim tyfiant, dim môr. Roedd fel gofod llwyd diderfyn. Ac yno yr oedd hi. Ni allai ei gweld ei hun yno am nad oedd ganddi ddim corff. Teimlad oedd hi. A thrwyddi pasiai holl arteithiau, poenau a dioddefaint y byd.

Yna, un diwrnod, cafodd freuddwyd arall. (Gwyddai mai dydd oedd hi am fod lleisiau o'i chwmpas ac am fod yr awyr yn ysgafnach.) Gwelai ei hun mewn gardd ddiflodau, ac roedd hi'n drist am nad oedd yno flodau. Daeth Perseffoni hirwallt ati i'w chyhuddo o gael gwared â'r blodau, a throi Eden yn anialwch. Wrth weld pa mor drist oedd Perseffoni aeth i chwilio am y garddwr. Nid oedd golwg ohono'n unman. Sibrydodd rhywun yn ei chlust ei fod o wedi gadael. Ei thro hi yn awr oedd crïo.

Peidiwch â chrïo, medda fo, drychwch, dw i'n ôl. Drychwch, dw i wedi dod â bloda i godi'ch calon chi. Pam na agorwch chi'ch llygaid i gael 'u gweld nhw?

Roedd o wedi mynd pan agorodd ei llygaid. Ond roedd y blodau ar y locker yn ei hymyl.

'Del, yntê?' ebe'r nyrs fach wrth ei gweld yn gwenu. 'Rhyw young man wedi dod â nhw i chi. Clamp o bishyn. Biti'ch bod chi'n cysgu.'

18

Nid yw f'ysmudiadau di-rôl, di-ri'
Ond daeargrynfâu oddi mewn i mi.

Ar fin bwyta'i swper roedd Kevin pan alwodd Gwenno gyda'r newydd. Doedd na byw na bod gan ei fam nad arhosai hi i gael tamaid hefo nhw. Roedd hi wedi cymryd at yr *hogan bach amddifad* er y noson yr ymddangosodd ar garreg y drws yn ei dagrau. Estynnwyd cadair arall at y bwrdd a rhannwyd y sglodion a'r selsig rhwng pump yn lle pedwar. Ni stopiodd ei fam siarad drwy'r pryd bwyd. Roedd blas rhyfedd ar y selsig.

Ni chododd ei ben unwaith i edrych arni. Doedd a wnelo'i anesmwythyd ddim byd â'r cywilydd arferol. Nid yr un un oedd o heddiw â phan siaradodd â hi ddiwethaf. Roedd profiadau'r noson gynt wedi ei newid a'i wneud yn fwy hyderus. Ond yn awr yn ei chwmni hi teimlai'n euog.

Roedd o wedi gobeithio yr âi hi ar ôl swper. Ysai am fynd i'w wely fel y gallai ail-fyw holl ddigwyddiadau'r noson flaenorol. Ond doedd dim llonydd i fod. Gwnaeth Gwenno arwydd arno i'w dilyn allan. Roedd blys mynd i'r mynydd arni.

Chwipiai'r gwynt eu clustiau, a llithrent ar y barrug ar y llethrau. Wrth iddo geisio'i arbed ei hun, ailagorodd y briwiau ar ei law, ac er na allai weld y gwaed gallai ei deimlo'n llifo'n gynnes heibio i lawes ei grys.

I un a dreuliodd ei amser o dan y llwyni, roedd y tawelwch hwn yn ddiarth a bygythiol. Dywedid fod seremonïau cyntefig wedi cael eu cynnal yma, a bod yr heddlu wedi dod o hyd i esgyrn anifeiliaid o dan graig lle roedd rhyw arwydd cyfrin. Dim ond ffŵl fyddai'n mentro i'r fath le ar y fath noson.

Ofn? meddai hi.

Ofn? Ceisiai swnio'n ddifater, a llithro eto ar y graig.

Ofn cael dy ddal gan y slobs.

Dyna'r peth diwethaf roedd o'n ei ofni. Roeddynt yn berffaith ddiniwed: doedden nhw'n gwneud dim o'i le. Roedd ganddynt hawl i fod yma.

'Nid am heno dw i'n sôn,' ebe hi. 'Lle'r oeddat ti neithiwr ydi'r cwestiwn.'

'Gweithio, gweithio ar gyfer yr arholiada.' Doedd dim posib ei bod yn gwybod. Doedd neb yn gwybod. Roedd o wedi mynd allan o'i ffordd i wneud yn siŵr nad oedd neb yn ei ddilyn. A phrun bynnag roedd y llenni wedi'u tynnu.

'Dwyt ti rioed yn disgwyl i'r slobs lyncu'r stori yna? Well i ti ddweud dy fod ti hefo fi. Mi gadwa inna at yr un stori. O.K.?'

Ar ôl iddynt ddod i lawr o'r mynydd gwnaeth iddo sefyll dan bostyn lamp er mwyn iddi gael archwilio'i friwiau. Gwenodd wrth weld y gwaed a chynnig ei hances iddo. 'Dyna ti, mae gen ti esgus rwan pan ddaw'r slobs i dy holi di. Wnest ti ddim agor dy law wrth dorri ffenest, mi agoraist ti hi wrth gydgerdded hefo fi ar y mynydd. O.K.?' Syllodd arno am ennyd. 'Fyddi di'n dragwyddol ddiolchgar i mi pan ddaw'r slobs i dy holi.'

'Fy holi?'

'Ti'n mynd yn debycach i boli parrot bob dydd. Holi, dyna ddeudais i. Dy holi di am Tyn Coed Cottage, y tŷ ha gafodd 'i losgi'n ulw y bore 'ma. Paid â dweud nad oeddat ti ddim yn gwybod—mae o wedi bod ar bob rhaglen newyddion.'

Doedd waeth iddo heb â thrïo gwadu neu byddai'n rhaid iddo adrodd hanes Magi. A doedd yr amser ddim yn addas iddo wneud hynny. Yn gyntaf, byddai'n rhaid iddo lunio'i gerdd.

19

Yn y dafarn y clywodd Bryn y stori. Roedd o wedi mynd yno i ddathlu diwedd ei gaethiwed a dychweliad Magi. Duw mawr, roedd yn dda ei chael hi'n ôl. Dyw dyn yn dda i ddim heb ddynas: chafodd o mo'i dorri allan i wneud gwaith tŷ a thendio ar hen blant bach swnllyd. Be ddiawl o ots lle roedd hi wedi bod? Roedd hi'n ôl, a dyna oedd yn cyfrif. Prynodd botel o British Cream Sherry iddi. A gobeithiodd ei bod yn aros amdano'n y gwely. Iesu mawr, roedd o wedi gweld ei heisiau yn fanno hefyd. Roedd hi wedi ei ddifetha am byth. Coblyn o hogan.

Aeth adref dan ganu.

Roedd hi'n cysgu'n sownd a'i gwallt yn sgleinio fel y frân ar ôl iddi ei olchi. Roedd yn biti ei deffro. Ond wedyn be oedd priodas yn dda? On'd oedd yr Apostol Paul ei hun wedi dweud ei bod yn well pwmpio na llosgi? Eisteddodd ar yr erchwyn a'i chusanu.

'Magi, drycha be sgin i i chdi. Drycha, mae gin i rwbath neis i chdi, rwbath ti'n 'i lecio.'

Gwingodd Magi a throi oddi wrtho. Gafaelodd ynddi a'i throi yn ôl. 'Paid â chysgu, pwt, mae gin i botal o sieri neis i chdi.'

'Dw i ddim isio sieri.'

'Yli, pwt, mi â i i nôl glass i chdi. Dau lass, un i chdi ac un i mi. Paid â mynd nôl i gysgu.'

Doedd dim rhaid iddo boeni. Roedd cwsg wedi'i gadael. Cododd ar ei heistedd a rhoi'r gobennydd y tu ôl i'w phen.

Roedd y sieri'n dda a'r caru'n fethiant.

Ni allent gysgu. Roedd y ddiod a'r ymdrech wedi eu deffro drwyddynt. Siaradai hi am y plant. Cofiodd yntau am y tŷ haf a aeth ar dân. Job insiwrans i rywun. Doedd o ddim yn credu am eiliad fod y tân wedi ei gynnau gan eithafwyr. Dim ond ym meddyliau'r heddlu yr oedd y tanau hynny'n bod. Rhyngddi hi a fo a'r wal, roedd o'n meddwl mai'r perchennog oedd wedi ei gynnau'n fwriadol. Roedd rhai o'r hogia'n y dafarn yn ei gofio'n dweud ryw dro pan oedd o yno dros yr haf, na allai byth fforddio'i atgyweirio. A rhai o'r lleill o'r farn mai hen hogia direidus oedd yn gyfrifol. Neu squatters. Pwniodd hi'n chwareus. 'Dy frawd falla.'

'Dydi hynna ddim yn ddigri.'

'Lle cysgodd o neithiwr, ta? Aeth o ddim yn ôl i Gaer at 'i ffansi man. Does 'na ddim trena i Gaer radag hynna o'r nos. A chysgodd y ladi-da ddiawl ddim yn y parc, naddo?'

Roedd Rob wedi bod ac wedi mynd tra roedd hi'n galifantio. Arhosodd nes bod Bryn yn cysgu cyn codi i gofnodi ei siom yn ei ddyddlyfr.

Y Bumed Ran

1

Penderfyniad bwriadol oedd troi at wella. Ni fu'r dewis yn un
hawdd: fe'i temtiwyd droeon i ollwng gafael. Dewisodd fod o'r
newydd am iddi fod gynt yn berson anghyflawn, yn byw bywyd
nad oedd iddo ddim cytgord, dim dilyniant. Câi drafferth i
uniaethu yr hyn oedd hi yn ei man â'r hyn a fu yn ei phlentyn-
dod: roedd popeth a ddigwyddodd yn y gorffennol fel petai wedi
digwydd i rywun arall. Pan glywai am ddiweithdra, ni allai
gofio'r ofn a reolai'r cartref pan ddeuai ei thad adre o'r gwaith
yn llawn o sôn am gau'r chwareli. Pan welai ddrama ar y teledu
am deuluoedd mawr yn rhannu stafelloedd gwely, tosturiai'n
arwynebol, fel pe na bai hi erioed wedi cysgu'n un o dri yn y
gwely. Pan glywai emyn yn cael ei ganu, ymunai yn y gân heb
flasu dim o rin y geiriau a'r neges a'i cadwodd yn gadwedig drwy
gyfnod brau ei hieuenctid. Adroddai straeon amdani ei hun yn
mynd ar goll yn y Rhyl ddiwrnod trip ysgol Sul; yn ennill ar
ganu yn yr eisteddfodau lleol; bron boddi'n yr afon; yn canu o
gwmpas y piano ar ôl swper ar nos Sul: ond gallai'r pethau hyn
fod wedi digwydd i rywun arall. Roedd yn bwysig ei bod yn
cofio'i bywyd yn ei gyflawnder, yn tyrchio'n ôl i'r gorffennol i
weld a oedd iddo undod, patrwm, a threfn. Roedd yn bwysig ei
bod yn ailddarganfod y gorffennol er mwyn ei hadnabod ei hun
yn well. Oni wnâi hynny, roedd peryg iddi droi allan fel ei rhieni
a miloedd o rai tebyg iddynt, y genhedlaeth ofnus ddihyder a
oedd yn rhy llwfr a diymadferth i ymladd yn erbyn eu hamgylch-
iadau, y genhedlaeth gul ei gorwelion a gredai mai trwy roi
addysg i'w plant yr oedd gwella'u byd. Coleg, dyna'r freudd-
wyd fawr, dyna'r ffordd ymlaen yn y byd. Rhoes ei geiniog
brin at godi'r coleg. Do, fe gafodd y plant eu coleg, a'u chwalu i
bedwar ban byd. Llifodd athrawon a phregethwyr a pheirianwyr

a phenseiri a gwleidyddion yn eu heidiau dros Glawdd Offa, ac amddifadu gwerin Cymru o'i harweinwyr.

Roedd addysg, coleg, a phriodas wedi ei dieithrio. A gwleidyddiaeth. Roeddynt yn ddig wrthi am ymuno â Chymdeithas yr Iaith. Iddynt hwy yn eu tŵr bach diogel (ac roedd ganddynt hwythau eu tŵr, er mor fach ac annigonol ydoedd), nid oedd y Gymraeg mewn peryg. Hi oedd yr iaith a siaradent bob dydd, bob awr o'r dydd yn y cartref ac yn y gwaith. Beient y sustem addysg am swcro cenedlaetholdeb.

Ond a fu pwysau?

Cofiai wersi hanes yr ysgol gynradd: yr holl bwyslais a roddid ar y gorthrwm a'r anghyfiawnder a dderbyniodd y Cymry dan law'r Sais. Cofio tristwch y Llyw Olaf yn fwy na dim, a rhwystredigaethau ymgyrch Owain Glyndŵr. Cynddaredd Brad y Llyfrau Gleision. Ac yna Seisnigrwydd yr ysgol ramadeg fel petai'n ategu'r anghyfiawnder. Gwelent eu hunain fel pobl yn deffro o gwsg hir, fel marchogion Arthur yn deffro i'r frwydr ar ganiad y gloch. Nhw, etifeddion darlith S.L., oedd y marchogion. Treulient hanner eu dyddiau a'u nosau yn trefnu ymgyrchoedd. Meddwent ar y gwmnïaeth a'r siarad. Ac am eu bod yn etholedig, roedd yn naturiol eu bod yn rhannu gwely â'i gilydd. Ac yn y man, wrth weld pa mor rhwydd oedd hynny, cysgu efo rhai nad oeddynt yn etholedig.

Yna cyfarfu ag Ifor mewn rali. Roedd ganddo holl huodledd a hyder un a dderbyniodd addysg yn yr Inns of Court. Roedd yn ddeniadol a ffraeth, ac fel hithau yn chwilio am gymar cydnaws. Gwirionent wrth weld eu bod yn rhannu'r un syniadau, yn darllen yr un llyfrau, yn hoffi'r un math o ganeuon protest. Credent fod eu tebygrwydd yn rhoi arbenigrwydd i'w perthynas, yn eu gosod ar wahân. Roeddynt yn rhy llawn ohonynt eu hunain i sylweddoli fod Cymru yn llawn o rai tebyg iddynt. A chan ein bod ni'n trafod y chwe-degau, waeth i mi chwanegu fod eu bywyd rhywiol yn foddhaol.

Gwenai'r byd ar eu huniad. Na, does dim sy'n rhoi mwy o fodlonrwydd na phriodas gall, gyfrifol. Roedd priodi cyfreithiwr yn bluen yn ei het: cam arall i fyny'r ysgol ddiarhebol: priodi'r swydd—dim byd mor philistaidd â phriodi arian.

Ac yna'r merddwr, Ifor a'r merddwr. Yn y drefn yna. Ymroi ymhen llai na blwyddyn i fod yn wraig tŷ a mam. Y tŷ yn mynd â'i hamser, ei gŵr yn hawlio'i chorff, a'i phlentyn swnllyd yn sugno'i hyder. Aeth yn eiddo cyhoeddus: yn wraig rinweddol, megis yr un y cenir ei chlodydd yn Llyfr y Diarhebion.

Ond mynnai ei chorff gadw'i hunaniaeth. Aeth i wrando arno, deallai ei rythmau a'i boenau. Ac am nad oedd neb arall eisiau gwybod, gwarchododd ef, a lleddfu ei wayw mewn diod. Yn sgîl ei gofidiau daeth düwch. Gallai ei deimlo fel planced yn cau amdani, gallai ei weld yn ei dilyn o stafell i stafell. Roedd yn bygwth ei mygu. Teimlad oedd y düwch: cyffro fel curo wrth ddrws profedigaeth. Rob oedd yr unig un i'w synhwyro. Daeth ati mewn cyfnod o argyfwng a rhoi ei freichiau amdani i'w chynnal. Byddai'n dragwyddol ddiolchgar iddo. Ond doedd dim lle iddo bellach yn ei bywyd. Cof oedd yntau—rhan o batrwm y gorffennol.

Daeth y düwch er gwaetha'r ffaith iddi geisio creu bywyd dedwydd iddi ei hun yn y Neuadd Wen (neu oherwydd hynny). Dewisodd wneud ei bywyd yn rhwydd: peidio â'i gorlwytho'i hun â gwaith, peidio â mynd allan i weithio, peidio â gwrando ar lais rheidrwydd a chydwybod. Dewisodd ffordd bositif. Ni allai neb ei chyhuddo o wacter ystyr. Eto, yr un fu'r canlyniad. Llethwyd hi gan gulni ei bywyd, gan orwelion ei bywyd bychan pitw. Aeth yn hunanol a mewnblyg. Nid oedd lle i neb arall yn ei bywyd.

Doedd ryfedd yn y byd i Ifor ddewis aros yn Llundain. Ni welai fai arno. Y Sadwrn diwethaf soniodd wrthi am y fflat a brynodd. Dyma'r tro cyntaf iddo gyfeirio ato. Cyflwynodd y wybodaeth iddi fel petai'n cymryd yn ganiataol ei bod yn gwybod amdano. A be arall wyt ti'n ei guddio rhagof, fy ngŵr hawddgar tawedog?

Efallai iddo sôn wrthi yn yr ysbyty. Ni chofiai ddim a ddywedwyd wrthi yno. Cofiai wyneb pwdlyd Gwenno, ei hwyneb ddi-wên: y ferch nad oedd yn ffitio i batrwm y gorffennol. Cofiai am ei hawydd i weld siopau unwaith eto: am weld berw tref a llawnder lliw. Am iechyd i ddeisyfu dillad a chryfder i'w gwisgo. Am glywed oglau sentiach, lledr a ffŷr. Nid hiraethai am y boutiques swnllyd. I'r oes ddreng y perthynai'r rheini.

Wedi iddi ddod adref o'r ysbyty mynnodd gael picio i'r dre. Ond siom fu'r ymweliad. Nid oedd ganddi na'r egni na'r awydd i drïo dillad. A doedd pethau ddim yn union yr un fath: dwy siop, a fu yno ers cyn cof, wedi cau. Un lle'r arferai hi a'i mam fynd am de bach ar bnawn Sadwrn: caffi â llieiniau claerwyn ar y

146

bwrdd, llestri china a the rhydd, ac nid y bagiau bondigrybwyll, yn y tebotiau. A siop arall lle gwerthid dillad drudfawr i'r canol oed. Nid oedd wedi prynu dilledyn yno erioed; eto, roedd yn chwith ganddi ei gweld wedi cau. Ni ddeallai Ifor ei siom.

Nid oedd ffeuen o ots ganddi a welai siop byth eto.

Welwch chi'r pendil yn symud? Pwy gawn ni i'w stopio? Ble stopiwn ni o? Yn y canol?

Na, gadewch iddo. Mae ei symudiadau, er mor fyddarol, yn rhagori ar ei lonyddwch.

Stopiwch o'n y canol, ebe hi. Ia, yn y canol llonydd fan yna. Does dim brys, rydw i'n fodlon aros rhwng dau fyd. Mae popeth yn syrthio'n dwt o 'nghwmpas i. Pobl yn galw (dyna un o fendithion salwch), yn dod â'r byd mawr i'w canlyn. Rydw i'n gwybod am wendidau pawb. Dyw'r Diafol ei hun ddim yn fwy gwybodus. Synnech chi gymaint o odineb sy'n digwydd. Na, dyw hynny ddim yn iawn. Cynnyrch yr oes oddefgar ydych chithau. Nid oes dim yn eich synnu.

A pham y dylai hi fela ar wendidau pobl eraill, a hithau'n un ohonynt: yn un o'r lliaws a wfftiodd at yr hen foesoldeb i ddilyn ffasiynau ei hoes ei hun?

Yn syml, am ei bod wedi cael amser i feddwl. Pan ddaeth Rob i'w bywyd gofynnodd iddi ei hun: beth sydd o'i le mewn godinebu? A lluniodd yr atebion i siwtio ei hawydd. Yn yr un modd, a hithau wedi ei phuro gan ei phrofiad yn yr ysbyty, daeth i'r casgliad na ddylid godinebu. A dyma pam:

Mae'n torri cyfamod.

Mae'n torri ymddiriedaeth.

Mae'n weithred hunanol sy'n diystyru teimladau pobl eraill.

Mae'n gwneud i ffwrdd â'r elfen ffantasïol sy'n angenrheidiol i'n cynnal.

Gweithred o brotest ydyw, yn codi o awydd cicio yn erbyn y tresi.

Gweithred chwilfrydig, sy'n dangos awydd i brofi a bod fel pawb arall.

Cwyd o'r awydd i fod yn fydol ac eangfrydig.

Dengys ansicrwydd mewn cymeriad, ansicrwydd yn codi o'r awydd i gael ei atgoffa byth a hefyd ei fod yn ddeniadol.

Nid oes y fath beth â rhyddid rhywiol. Mae'n weithred sy'n rhwymo nid yn rhyddhau.

Y *Na wna* sy'n apelio. Nid yw'n codi o gariad.

147

Brol ydyw: wele fi yn rhydd o hualau'r biwritaniaeth gul Gymreig.

A ble mae'r curo dwylo? Y fonllef fyddarol o gymeradwyaeth?

Mae'r awdures yn agored i gael ei beirniadu am foesoli. Ond cofier iddi hefyd ddadlau o blaid godineb. Ystrydeb yw dweud y gellir cyfiawnhau unrhyw safbwynt. Ond roedd hynny'n flasus, on'd oedd? Mae mwy o flas i'r soft porn. Adrodd stori Hannah a wna'r awdures. Ni fyddai'r stori'n gyflawn heb y rhestr uchod. Gellir ei chyhuddo, fel Germaine Greer, o newid ei meddwl ar ôl iddi gael ei ffling.

Cododd Hannah i wneud cinio iddi ei hun, yn ymwybodol iawn fod ei meddyliau ar hyd ac ar led. Ni allai gofio'r un syniad na'r un digwyddiad yn ei gyflawnder. Mae edrych yn ôl fel gafael mewn llyfr gan ddisgwyl i'r stori lifo'n ei llawnder wrth i chi fodio'r tudalennau. Blas yn unig a geir. Cofio megis rhwng cromfachau. Ond o leiaf caniataodd iddi ei hun y pleser o dyrchio'n ôl i'r gorffennol, y weithred wrthun sentimental honno, fel y cyfeiriai Ifor ati.

Torrodd ddwy frechdan wenith a thaenu menyn yn dew arnynt. A berwodd wy yn ysgafn. A'r pnawn fe âi am dro at Ros-y-ffin i weld y ddraenen ddu yn cuddio'r awyr gan ei gwynder. Dyna'r ateb, meddai'r meddyg, mynd, mynd, mynd. Ond i ble'r âi hi wedi i'r gwynder ddisgyn oddi ar y coed?

2

*Onid yw geiriau'n anos
na llawer cyfrwng arall?*

Costiodd y papur sgrifennu a'r Papermate bum punt a deg ceiniog (pres poced mis). Cariodd Kevin hwy adre a'u cuddio dan fatres y gwely rhag i'r efeilliaid ddod o hyd iddynt. Roedd un yn mynd drwy gyfnod o sgrifennu at gariadon dychmygol, a'r llall yn llunio geiriau anweddus ar gyfer grŵp pync. Treulient fwy a mwy o'u hamser yn y tŷ. A doedd hynny ddim yn dda i'r awen.

Credai ei fam fod ganddi sgolars ar ei dwylo. Am y tro cyntaf erioed dechreuodd fyfyrio ar y sustem addysg, a gweld mor fendithiol oedd y comprehensives. Yr un cyfle i bawb fel 'i gilydd: plant Dr Williams, Dic Wyau, Mrs Grange, Mr Pritchard (tai ganddo fo rai), a'i phlant hi, pob un ohonyn nhw yn yr un cwch. Dysgu French a German, Maths, Physics, Chemistry, yr holl betha 'na nad oeddan nhw'n cael cyfle i'w dysgu'n y Sec Mod yn ei dyddia hi. Nid nad oedd digon yn 'i phen hi. O na, roedd ganddi ddigon i fyny fanna: yn gynta neu'n ail yn 'i dosbarth drwy'r adag yn 'r ysgol fach. 'I drwg hi oedd 'i bod hi isio hwyl. A doeddan nhw ddim yn cael hwyl yn y Grammar School. Duwadd mawr, doedd ond isio i chi sbïo ar 'u hen wyneba nhw i weld y basa'n costio canpunt iddyn nhw wenu. Dyna pam y penderfynodd fethu'r scholarship a rhoi 'i bryd ar hwyl, hogia a Woolworth, yn y drefn yna.

Ond pan ddaeth hi'n amser gadael 'r ysgol doedd 'na ddim lle yn Woolworth, a buo'n rhaid iddi hi fynd i'r laundry i weithio. Mae isio brains i weithio mewn laundry. Ei gwaith hi oedd didoli'r dillad a gofalu nad oeddan nhw'n cymysgu a mynd ar goll. Hi hefyd oedd yn gyfrifol am ddarllen y labeli a'u gosod yn ôl trefn yr ardaloedd yn barod ar gyfer delivery. Dim ond un gŵyn gafodd y manager tra buo hi yno, a hynny oddi wrth Mr Jones y Banc. Un del i siarad! Roedd pawb drwy'r lle yn gwybod am y staenia oedd ar ddillad gwely yr hen gŷth budr hwnnw.

Roedd yn ofid iddi fod Kevin yn mwydro'i ben hefo pyncia fel Welsh, Scripture a history: pyncia hen bobol os buo rhai rioed. Rargian fawr, roeddan nhw'n gwneud rheini 'n y Sec Mod. Gwybod pob peth am Mair Magdalen a Lot, yn cysgu efo'i ferched o'i hun. Science oedd y peth mawr y dyddia 'ma, gwneud compiwtars a boms ac ati. Dyna lle roedd y pres. Roedd hi wedi dweud hynny wrth Mr Pritchard BBC. Still waters run deep, run bloody deep. Roedd hi wedi arfar meddwl amdano fel dyn distaw neis tan hynny. Rhoi darlith iddi'n y fan a'r lle yn erbyn arfa niwcliar. Doedd gin neb oedd yn mynd i gymaint o stêm â hynny hawl i alw'i hun yn heddychwr. Rhowch iddi hi sowldiwr unrhyw ddydd. Roedd Khaki yn gwneud rhywbeth i ddyn. Mi fydda hi'n meddwl yn amal mor braf fyddai arni petai wedi bod yn ifanc amsar rhyfal. Oes y cariadon. Pawb yn gwneud fel fynno fo, a neb i weld bai. Roedd hi droeon wedi dweud wrth Mr Pritchard y basa hi'n gwrando ar y radio tasa 'na ddramas am ryfal a charu. Dim blydi peryg.

Ond doedd o ddim mor ddiniwad â'i olwg. O, nag oedd. Roedd hi wedi'i weld o a gwraig y builder 'na 'n llgadu'i gilydd. Honno fydda bob amser o gwmpas y dre hefo'i haflyg, cyn iddi ddiflannu. Sôn mawr 'i bod hi wedi mynd i ffwrdd am abortion. Rhwng y ddau a'u cydwybod am hynny.

Gostynodd ei llais a phlygu mlaen.

Roedd parsal wedi cyrraedd oddi wrthi'r bore hwnnw i Mr Pritchard. Diary. Tew fel hyn.

Sut oedd hi'n gwybod? Cwestiwn gwirion. Roedd ganddi llgada'n ei phen.

Be oedd yn y diary? Sut gwydda hi? Roedd o, blydi Still Waters, wedi gwneud yn siŵr nad oedd hi'n gweld. Wedi mynd â fo hefo fo i'r gwaith, synna hi damad. Ond ddim cyn iddi hi nabod y sgrifan ar yr envelop. Doedd yr hogan wirion yn gadael notes iddo fo mhobman pan oedd 'i gŵr diniwad hi'n trin y gegin? Ac i be oedd isio trin y gegin, medda chi? Dim ond er mwyn i'r ddau gael esgus i weld 'i gilydd. Blydi ffordd ddrud drybeilig o fynd o'i chwmpas hi.

Roedd hi mor brysur yn siarad fel na welodd Kevin yn cilio i'w stafell.

Roedd y newydd am y dyddlyfr wedi ei gynhyrfu.

Yn awr fod y llwynog wedi ei ddifa a'r sbïana ar ben, daeth yr amser iddo yntau groniclo ei brofiadau.

3

Roedd hi'n nos ar Arfon yn cyrraedd y Blaenau. Er mawr siom iddo nid oedd golau ar gyfyl y tŷ nac arlliw o fywyd yn unman. Ac wrth iddo sefyll yn y drws ni allai lai na meddwl y gallai hyn fod yn un arall o'i chastiau. Curodd y drws drachefn, a phlygu i lawr i sbecian drwy'r blwch llythyrau. Ymddangosodd golau yn un o'r llofftydd, ond aeth hydoedd heibio cyn iddi agor y drws.

Ni allai weld ei hwyneb yn y tywyllwch, dim ond ffurf ei choban laes. Swniai ei llais yn gryg a diarth. Dywedodd wrtho am ei dilyn i'r llofft: roedd pobman arall fel ffridj. Dringai'r grisiau yn boenus. Rhoddodd ei law dan ei phenelin i'w chynorthwyo. Roedd ei chnawd yn oer a llaith, a chwynai fod ei law yn ei brifo.

Drwy'r dydd hir tra bu'n recordio ac yn tinpwl actorion anhydrin, a'r holl ffordd yno, bu'n breuddwydio am y croeso a gâi. Gwelai'r bwrdd wedi ei hwylio fel cynt, tanllwyth o dân yn y grât, y plant yn eu gwlâu, a hithau yn gweini arno. (Ni chaniatâi iddo'i hun feddwl ymhellach.) Roedd yn hapus dim ond i gael

150

bod yn ei chwmni eto. Bu'r misoedd diwethaf yn hir a llwm. Ceisiodd ei hanghofio drwy dynnu mwy o waith i'w ben (aeth mor bell â gofyn i'w bennaeth am ragor o raglenni!) Dioddefai'n wastad o gur pen a blinder, ac ni allai'r wisgi na thabledi ei helpu i gysgu. Crefai Hilda ei ysgrifenyddes arno i fynd i weld meddyg. Mynnai Mrs Evans na wnâi dim ond gwyliau yn yr haul gael gwared â'r bagiau dan y llygaid. Cadwai Elsbeth ei sylwadau iddi hi ei hun.

Treuliai hi fwy a mwy o amser yn y gegin. Hi a ddewisodd yr unedau derw, hi a benderfynodd ar y llawr terazzo, hi a ddewisodd y llenni. O wrando arni'n siarad gellid credu mai ei syniad hi oedd y gegin. Defnyddiai'r bar brecwast fel desg. Cadwai ei phapurau a'i llythyrau mewn dwy o'r drôrs. Archebodd ffôn arall, fel na byddai'n rhaid iddi ruthro'n ôl a mlaen i'r cyntedd. Doedd o ddim wedi arfer rhannu ei gegin.

Ciliai fwyfwy i'w stydi. Roedd y stydi'n gul a thywyll, wedi ei chynllunio fel cloakroom yn wreiddiol. Ni ellid gweld dim ohoni ond mymryn o gowt a chwt glo yn mynd â'i ben iddo. Treuliai ei amser yno yn ceisio meddwl sut i'w gwneud yn fwy cysurus.

Daeth y dyddlyfr fel ateb i weddi.

Siglodd Magi o flaen ei lygaid a rhoddodd ei freichiau amdani a'i chario i'r gwely. Roedd oglau salwch yn y stafell. A'r fath lanast! Pob drôr o'r chest of drawers ar agor, dillad ymhobman, a dau fwced yn ymyl y gwely, un ohonynt yn llawn o glytiau budron. Roedd y babi yn y cot yr ochr arall.

'Y ffliw,' meddai hi â'i dannedd yn rhincian, 'dan ni i gyd o dan y ffliw.'

Aeth Arfon â'r clytiau budr i lawr i'r gegin. Roedd hi'n llygad ei lle: roedd pobman fel ffridj. Rhoddodd y switch ymlaen i gynhesu'r dŵr poeth cyn mynd nôl i'r llofft wrth glywed gwaeddiadau'r babi.

'Isio bwyd mae hi,' ebe Magi. 'Dowch â hi yma.' Cododd ar ei heistedd ac agor botymau ei choban wynciette. Gafaelai Arfon yn lletchwith yn y fechan.

'Be ydi'i henw hi?'

'Pymtheg diwrnod ydi hi, dan ni ddim wedi penderfynu eto.'

'Pwy ydan *ni*?'

Daeth cysgod gwên i'w llygaid. 'Panad fasa'n dda.'

Wrth chwilio am de a rhywbeth i'w fwyta daeth o hyd i dyst-ysgrif marwolaeth yr hen fachgen. Gwnaeth baned i'r ddau ohonynt, a llenwi'r botel ddŵr poeth. Ailosododd y clustogau y tu ôl i'w phen, a tharo cardigan am ei hysgwyddau i geisio stopio'r cryndod. Cymerodd y babi oddi arni i dorri ei gwynt a'i newid (tasg a oedd yn llawer anoddach nag a feddyliodd). Rhoddodd dabledi lladd poen i Magi. A phan welodd ei bod yn cysgu aeth i lawr at y gwaith oedd yn ei aros yn y gegin.

Roedd yn berfeddion arno'n gorffen. Syrthiodd i gysgu ar y soffa â sigarét yn ei law. Sŵn Heledd wrth ei benelin a'i deffrôdd. 'Gwion yn crïo. Gwion yn sâl. Gwion a Siwan a fi isio diod.'

Rhannai'r genod wely dwbwl utility amser rhyfel. Roedd y ddwy ar goll ynddo. Roedd Gwion mewn gwely sengl wrth y ffenest. Rhoddodd Arfon ei fraich dan ei geseiliau, a dal cwpan at ei wefusau. Os adnabu'r bachgen ef ni ddangosodd hynny. Lluchiodd ei hun yn ôl ar y gobennydd a chau ei lygaid yn farus am gwsg. Galwodd y genod am stori. Aeth un stori'n ddwy, a dwy yn dair. Prin y gallai gadw'i lygaid ar agor. Ni symudodd nes ei fod yn siŵr eu bod yn cysgu. Tynnodd ei esgidiau oddi am ei draed, ac aeth at Magi.

'Roeddwn i'n meddwl yn siŵr nad oeddach chi byth am ddwad,' ebe hi, gan symud i wneud lle iddo. 'Dw i'n well o lawar rwan fod rhywun wedi symud Beibl Peter Williams oddi ar 'y mhen i.' Ond er cystal oedd hi roedd ei chorff fel ffwrnais a phob asgwrn ohoni'n bnafyd.

4

Wrthi'n trawsblannu blodau i'r casgenni a'r tybiau a'r borderi yr oedd Hannah pan alwodd Glenys. Clywodd ei llais yn ei chyfarch cyn iddi ei gweld, a thynnodd ei llaw yn frysiog drwy'i gwallt seimllyd. Roedd Glenys yn un o'r merched tal, cymen, gosgeiddig hynny a wnâi iddi deimlo'n flêr. Bob tro, wedi iddi fod yn ei chwmni, byddai'n rhuthro i'r drych i gael golwg arni ei hun, drwy lygaid Glenys megis. Roedd y llun bob amser yn anfoddhaol.

Glenys (petai ond yn gwybod hynny) fu'n gyfrifol am iddi newid lliw ei gwallt ddwy flynedd yn ôl. Roedd hi wedi ei liwio droeon cyn hynny, ond nid erioed yn felyn. Roedd yn gas gan Ifor a Gwenno'r lliw: Ifor am ei fod yn gwneud iddi edrych yn goman. A Gwenno? Roedd yn anodd gwybod beth oedd gwrthwynebiad Gwenno, ond roedd y ffieidd-dra'n amlwg yn ei llygaid. Er iddi ddefnyddio lliwiau eraill, doedd dim modd cael gwared â'r melyn, nes yn y diwedd doedd dim amdani ond torri'r gwallt yn fyr.

Edrychai Glenys yn osgeiddig yn ei siwt navy blue a'i sgidiau sodlau uchel, ond roedd hi allan o le yn yr ardd. Ni wyddai Hannah beth oedd orau i'w wneud, ai mynd â hi ar ei hunion i'r tŷ ynteu loetran yn yr ardd. Sychodd ei dwylo yn ei jeans a dweud ei bod yn benderfynol o gael splash o liw yn yr ardd eleni. Gwenodd Glenys yn nawddogol: nid oedd dim yn well ganddi nag edmygu gerddi pobl eraill, ond byddai'n hollol anymarferol iddi hi feddwl am ardd yn llawn blodau a llysiau, â'r bechgyn byth a hefyd yn cicio pêl, chwarae badminton/golff, ac yn codi pabell i wersylla yno. Estyniad o'r tŷ oedd yr ardd: lle ymarferol, i gael ei ddefnyddio heb ofni torri na difa na sathru planhigion. A phrun bynnag, doedd ganddi hi ddim amser, na'r bysedd gwyrdd diarhebol.

Ysai Hannah am gael dianc i'r tŷ i daro cadach ar ei hwyneb a thynnu crib drwy ei gwallt, ond mynnai Glenys aros yn yr awyr agored. Nid bob dydd y câi gyfle i ddod allan i'r wlad. (Cyfeiriai at y maestrefi fel y wlad bob amser.) Heddiw roedd y mynydd-oedd yn las ac agos. Gellid gweld hafnau'r Wyddfa, a disgleiriai ffenestri'r bythynnod ar foelydd Arfon yn yr haul. Tynnodd Glenys ei llaw dros un o gadeiriau'r patio i wneud yn siŵr nad oedd llwch arni, ac eistedd i wynebu'r haul. Aeth Hannah i'r tŷ i wneud paned.

Doedd dim trefn ar ei gwallt ers y driniaeth. A doedd y perm ddim wedi gwneud dim i'w wella. Waeth be a wnâi iddo, daliai i edrych yn ddi-sbonc. Gwisgodd finlliw, ond roedd yn rhy llachar. Sychodd ef â'i hances boced nes bod cylch pinc o gwmpas ei gwefusau. Tynnodd wyneb arni ei hun yn y drych. Waeth iddi roi'r ffidil yn y to mwy na pheidio. Brysiodd i'r gegin rhag i Glenys ddod i chwilio amdani.

Am Rob y meddyliai wrth iddi dafellu'r lemon. Lluchiwyd ei wyneb o flaen ei llygaid fel llun ar sgrîn. Drwy'r adeg y bu'n yr ysbyty bu'n ceisio dwyn ei wyneb i gof, ei wyneb i gyd nid lliw y llygaid, siâp y clustiau a'r gwefusau, y trwyn syth synhwyrus, ond ni lwyddodd i'w gonsurio yn ei gyfanrwydd hyd yn awr.

Cariodd y te a'r caws a'r bisgedi allan ar hambwrdd. Ymddi-heurodd am nad oedd ganddi deisen: roedd hi wedi rhoi'r gorau i wneud teisennod gan nad oedd gan Gwenno fawr i'w ddweud wrth bethau melys, ac roedd Ifor wedi rhoi'r gorau i'w bwyta am ei fod, er gwaetha'i holl ymarferion, yn magu bol. A gwenodd Glenys, ei gwên ddigyfnewid. Edrychai o'i hamgylch fel petai'n chwilio am rywbeth hardd i fynd â'i bryd. Synnai fod Ifor yn gallu mynd a gadael yr holl harddwch. Dyn dinas ydi o yn y bôn, ebe Hannah, gan fynd ymlaen i sôn am y fflat newydd. Dyna destun wrth fodd calon Glenys. Dangosai ddiddordeb anghyff-redin yn ei leoliad a'i faint, ac ni allai guddio'i syndod ynglŷn â difaterwch Hannah. Onid oedd hi'n ysu am gael ei weld, dewis carpedi, llenni, papur wal? Ysgydwodd Hannah ei phen. A phrun bynnag roedd gan Ifor ei syniadau pendant ei hun ynglŷn â lliwiau a dodrefn: fo wedi'r cwbl oedd yn gorfod byw yn y fflat.

Rhywsut neu'i gilydd trodd Glenys y sgwrs at Gwenno. Pan ddeuai Hannah i gnoi cil ar yr ymweliad wythnosau yn ddiweddarach, câi drafferth i gofio'r rhan yma ohono. Ond roedd byrdwn ei chenadwri'n glir. Roedd Glenys, fel cadeirydd y gangen leol o CND, wedi trefnu trên arbennig i gefnogi safiad merched Greenham Common, ac roedd hi wedi dod i'r Neuadd Wen i hel enwau. Lleisiodd Hannah ei chefnogaeth, a phrysuro i ychwanegu ei bod yn amhosib iddi hi fynd oherwydd, fel y gwyddai Glenys yn dda, dim ond dros y Sul y câi gyfle i weld ei gŵr. Dyna i chi gyfle i aros yn y fflat, ebe Glenys, taro dau dderyn ag un garreg. Dydi Ifor ddim wedi gorffen mudo eto, meddai Hannah, fydda fo byth yn madda i mi am fynd i ganol y lanast. A gwenodd Glenys ei gwên. Dyna pryd y cododd enw Gwenno am yr eilwaith. Gwyddai Glenys ei bod yn gefnogol i'r mudiad. Gwyddai hefyd ei bod yng nghanol prysurdeb adolygu ar gyfer lefel-A (hen gyfnod rhwystredig a diflas i rieni a phlant, fel y gwyddai hi o brofiad). Ond pwy a ŵyr, efallai y byddai newid bach yn gwneud byd o les? Yn bersonol ni fyddai dim yn rhoi mwy o foddhad iddi na gweld Gwenno yn ymuno'n y brotest. Byddai'n hollol ddiogel gyda nhw. Roedd yn rheol anysgrifenedig fod aelodau pob cangen yn glynu wrth ei gilydd. Pwysleisiodd mor bwysig oedd cael cefnogaeth y bobl ifanc. Buddsoddi yn ein dyfodol, dyna'i geiriau. Gwingai Hannah wrth wrando ar y jargon, ac ni allai gadw hyd yn oed y mymryn lleiaf o'i dirmyg o'i llais wrth ddweud nad oedd hi'n gallu gweld Gwenno yn ymgyrchu. Roedd hi'n mynd drwy gyfnod anodd o weld bai ar bawb a phob dim. Ond, wrth gwrs, ni allai ateb drosti.

Ond mi ddylwn i fod wedi ateb drosti. Mi ddylwn i fod wedi dweud *Na* ar ei ben. Adroddai'r ddwy frawddeg drosodd a throsodd, fel adnod a ddysgodd ar ei chof, bob tro y deuai i gnoi cil ar yr hanes.

5

Ddoi di eto gyda mi
Hyd lwybrau serch?

Bu'r ddau yn osgoi cwmni'i gilydd er y dydd rhyfedd ac anesboniadwy hwnnw pan losgwyd y tŷ haf.

Yn groes i'r disgwyliad croesawodd ef y gwahanu. Yn sgîl y pellhau, teimlodd ryw dawelwch meddwl na phrofodd mohono na chynt na chwedyn. Teimlai'n rhydd: yn rhydd i wneud fel y mynnai, heb lyfu tîn na cheisio creu argraff. Peidiodd ag edrych arno'i hun o'r tu allan, trwy lygaid beirniadol pobl eraill, ac ymrôdd i weithio ar gyfer yr arholiadau a chael blas ar lyncu a meistroli ffeithiau.

Yna, wythnos cyn yr arholiad cyntaf, digwyddodd rhywbeth i droi ei fywyd tu wyneb allan. Cyrhaeddodd llythyr oddi wrth Drefnydd Eisteddfod yr Urdd yn dweud wrtho ei fod wedi ennill y Goron. Gwyddai na fyddai ei lawenydd yn gyflawn heb iddo gael ei rannu gyda Gwenno.

Ni allai ei chael o'i feddwl eto. Ceisiai gofio rhai o'r llinellau a sgrifennodd iddi (y llinellau gorau o'r cerddi hynny a losgwyd yn y tân). A daeth yr hen obsesiwn am gael cyffwrdd â hi a'i theimlo yn ôl i'w gorddi. Dilynai'r cudynnau melyn o hirbell ar hyd coridorau'r ysgol: ni allai dynnu ei lygaid oddi arni yn y stafell ddosbarth a'r stafell gyffredin. Yn waeth na dim, dychwelodd yr hen ysfa am fynd draw at y Neuadd Wen. Hyd yn hyn llwyddodd i ymatal. Yn ei funudau pwyllog cywilyddiai wrtho'i hun am roi lle i demtasiwn. Gwyddai hefyd os na châi air â hi'n fuan fod yr ysfa'n mynd i'w drechu.

Daeth y cyfle heb ei ddisgwyl un awr ginio pan nad oedd neb ond hwy eu dau yn y stafell gyffredin. Safai â'i chefn at y drws gan edrych allan drwy'r ffenest fel petai'n ymwybodol o'i bresenoldeb ac yn benderfynol o'i anwybyddu. Cliriodd ei wddw. Rhoddodd hergwd iddi yn ei hysgwydd, fel y gwnâi pan oedd rhywbeth yn mynd ar ei nerfau. Cliriodd ei wddw eilwaith, a cheisio cadw'r sŵn rhwng ei lwnc a'i ffroenau.

'Mi faswn i'n lecio cael gair hefo chdi.'

'Gair? Pa air? Mae 'na lond geiriadur ohonyn nhw.'

'Sgwrs. Lecio cael rhyw sgwrs fach.'

Trodd i'w wynebu. Ni chofiai Kevin pa mor elyniaethus y gallai ei llygaid fod. 'Sgwrs? Merched sy'n sgwrsio. Gwneud datganiadau o bwys, doethinebu mae dynion.'

Ni fu erioed yn ddigon atebol iddi. Aeth i sefyll yn ei hymyl, a phwyso ar sil y ffenest i edrych ar y plant ieuengaf yn chwarae pêl a herio'i gilydd y tu allan.

'Mae hi'n ddiwrnod braf. Be am i ni fynd am dro?'

'Mae hi'n ddiwrnod braf. Be am i ni fynd am dro?' gwatwarodd. 'A phetai'n bwrw eira, fasat ti'n gofyn i mi fynd allan efo ti i wneud dyn eira? Wyt ti ddim yn cofio'r cytundeb wnaethon ni?'

'Mae hynny fisoedd yn ôl. Mae'r heddlu wedi rhoi'r gora i chwilio bellach.' Petai waeth am hynny.

'Dyw moch byth yn rhoi'r gora i dwrio. Sadistiaid ydyn nhw, dydyn nhw ddim yn fodlon nes maen nhw'n dwyn rhywun i gyfri. Drycha di ar 'u llygaid nhw os wyt ti'n fy ama i, a'r tro milain yng nghongla'u cega.'

'Gwenno.' Synnai at yr awdurdod oedd yn ei lais. 'Dw i ddim isio siarad am yr heddlu. Mae gin i rwbath pwysicach ar 'y meddwl. Wyt ti am ddwad?'

Erbyn hyn roedd y chweched yn llifo i mewn yn llawn hwyl a pharabl, a'r cariadon yn cilio i'r conglau i wneud gorchest o'u caru. Trodd Gwenno ei thrwyn arnynt, a chytuno i'w ddilyn.

Roedd o wedi paratoi truth hir. (Dyna un o anfanteision bod yn llenor: ni all ddweud dim yn syml, ar ei ben. Gall lleygwr siarad o'r frest hen boeni am drefn na chyflwyniad, ond nid yw llenor byth yn bodloni ar un dull o gyflwyno, mae'n rhaid iddo gael dyfalu'r holl bosibiliadau eraill, newid trefn cymalau a brawddegau, pwyso a mesur gwerth ansoddair, delwedd, a chymhariaeth. Yn y diwedd ceisia weu at ei gilydd yr hyn sy ganddo i'w ddweud yn gymen a thaclus. Ond am nad yw'n actor, ni feistrola'r ddawn i gofio. A dyna pam nad yw llenor yn gwneud siaradwr da.) Felly y teimlai Kevin wrth gerdded ar draws cae'r ysgol, y ferch benfelen wrth ei ochr, yr haul ar ei war, a sŵn plant fel grwndi yn y pellter.

'Wel?' Trodd ei phen i edrych arno.

Cochodd. Roedd crygni yn ei lais er iddo garthu'i wddw. 'Meddwl tybad fasat ti'n lecio dwad hefo fi i Steddfod yr Urdd wsnos i ddydd Iau nesa.' *Bodlon* nid *lecio* roedd o wedi bwriadu'i ddweud, ond wrth iddo ganolbwyntio ar y *ti* yn lle *chdi* llithrodd y gair *lecio* allan.

'I Steddfod yr Urdd! Mynd i berfeddion y De a ninna yng nghanol arholiada a phopeth. Wyt ti'n dechra drysu?'

Plygodd i dorri gwelltyn i'w roi yn ei geg. 'Maen nhw'n dweud y bydd hi'n Steddfod dda. Mae 'na lot o bobol yn mynd. Lot o hwyl, yn ôl y sôn.'

'Sut bobol? Sut hwyl?' Ehedodd awyren yn isel uwchben. Wedi i'r sŵn gilio achubodd y blaen arno. 'Mi ddeuda i sut bobol. Pobol barchus gysetlyd. Pobol sy'n glynu wrth yr hen ffordd Gymraeg o fyw. Pobol sy'n meddwl 'u bod nhw'n well na phawb arall am 'u bod nhw'n mynd i gapal ac eglwys ac yn ymhel â'r petha. Penna bach.'

Roedd ei gynlluniau ar chwâl. Roedd o wedi meddwl yn siŵr y deuai gydag o. Roedd ei chael hi'n ei ymyl yn rhan o'i freuddwyd. A doedd ganddo neb i'w feio ond ef ei hun. Petai wedi torri'r newydd iddi yn blwmp ac yn blaen, hwyrach y byddai wedi cytuno. Melltithiodd ei hun am ei ddull cwmpasog.

'Mae rhai pobol yn cael pleser o ddilyn steddfoda a chystadlu.'

'Mi fasan nhw'n cael yr un mwynhad o chwara bingo a mynd i glybia nos a rasus ceffyla tasan nhw'n meddwl fod hynny'n barchus. Os wyt ti isio gwneud rhywbeth o bwys pam na ddoi di hefo ni i Greenham. Mae 'na drên wedi'i drefnu bora Sadwrn. Cychwyn am bedwar.'

Tynnodd y blewyn o'i geg a hollti congl ei wefus yn y fargen. Roedd eisiau pres i fynd i le felly.

'Fasat ti'n ôl mewn pryd ar gyfer dy Opportunity Knocks.'

Aeth Gwenno ymaith a'i adael ar y clwt.

Syrthiodd ei chysgod rhyngddo a'r haul. Y bardd nid y llanc a drodd y cudynnau aur yn llafnau a rwygai'r gwres o'r haul.

6

Trodd Magi'r teledu ymlaen. Fel arfer ni wyddai pa raglenni a gâi eu dangos, a doedd fawr o bwys ganddi. Bu'n gwylio'r pethau rhyfeddaf cyn hyn: rhaglen ar ffarmio yn yr Iseldiroedd, un arall ar gompiwtars, ac ymysg rhai eraill raglen ar Undebwyr

Llafur yn arthio ar ei gilydd. Edrych a gwrando heb gymryd dim i mewn gan obeithio y câi ei suo i gysgu gan y sŵn.

Symudodd y gadair yn ôl oddi wrth y tân. Cododd y babi o'r crud a datododd fotymau ei blows er mwyn ei fwydo. Roedd hi'n un o'r merched prin hynny a fwynhâi'r weithred. Ni ddarllenodd erthyglau am bleserau bwydo ac ni cheisiodd ddadansoddi'r profiad. Câi foddhad, dyna i gyd.

Am ryw reswm roedd ei llaeth wedi sychu'n fuan wedi i Gwion gael ei eni (dyna a gâi'r bai am ei hiselder ar y pryd). Aeth allan o'i ffordd y tro hwn i wneud yn siŵr na ddigwyddai hynny. Yfodd alwyni o laeth a Guinness: y llefrith am ei fod yn dda iddi a'r stowt am fod y nyrs yn y clinic yn honni ei fod yn ddiguro i fagu haearn a llaeth fel ei gilydd. Doedd y doctor ddim yn siŵr am y Guinness. Poenai am effaith yr alcohol ar y babi, a'r calories arni hi.

Y nyrs oedd yn iawn. Bob tro y bwydai'r babi atgoffai ei hun fod nyrsus yn fwy deallus na doctoriaid. Yn ystod y bore bach â'r wawr ar dorri, byddai'n cyfansoddi llythyrau at y nyrs wybodus honno. Byddai dagrau yn ei llygaid bob tro y cyfansoddai'r llythyrau. Câi'r teimlad weithiau ei bod wedi ei lapio mewn mwsog. Deuai dagrau yn gymysg â chwerthin, ac roedd ei thu mewn yn feddal. Dyna'r effaith a gâi diffyg cwsg arni.

Roedd y plant yn chwarae o gwmpas ei thraed, y genod gyda'u doliau, a Gwion gyda'i dafod allan wrth ei bleser yn ffidlan gyda botymau'r teledu. Trodd y bychan y teledu i ffwrdd yn ddiarwybod iddo'i hun, ac ni wyddai sut i gael y llun yn ôl. Dechreuodd gnadu. Collodd y genod eu limpyn. Ac er mwyn eu tawelu dywedodd Magi wrthynt am fynd i un o'r drôrs yn y gegin i nôl Milky Bar.

Wedi cael eu cefn, cododd, â'r babi'n dal yn ei breichiau, at y teledu. Dyna rywbeth go lew, meddai wrthi ei hun, wrth weld telyn ar lwyfan a pharti o blant ysgol yn canu. Cerdded yn ôl i'w chadair wysg ei chefn. Collodd y babi ei afael ar y deth a dechreuodd grïo. Daeth Gwion i mewn ar frys i weld be oedd achos yr helynt, ond wrth weld y llun ar y sgrîn anghofiodd am bopeth arall. Rhybuddiodd ef i beidio cyffwrdd â'r switch, ond doedd waeth iddi heb. Newidiodd o un rhaglen i'r llall gyda chyflymder ac afiaith anhygoel. Cafodd gip ar barti arall yn ymddangos ar y llwyfan a dyn â golwg pwysig arno yn codi ei fys ar y gynulleidfa. Cododd ei llais. 'Gwion, dyna ddigon. Rho'r gora iddi. Mami isio gweld.'

'Mami isio gweld be?' ebe llais Rob o'r drws. Roedd ei wyneb yn goch ar ôl iddo fod allan yn yr haul. Fory byddai'n frown euraid.

'Y Coroni.'

Edrychodd ar y teledu a gweld dwy ddynes yn sefyll uwchben tröell.

'Steddfod yr Urdd,' ebe hi.

'Nefoedd yr adar, dyma be ydi newid byd! Byw hefo Mr Uwchgynhyrchydd yn dechra gadael 'i ôl arnach chdi. Fyddi di fawr o dro na fyddi di'n Llywydd Merched y Wawr!'

'Dim byd o'r petha, 'ngwas i. Dw i am dreulio gweddill fy oes—wel, hyd nes bydda i'n hanner cant, yn magu plant. Un am bob blwyddyn.'

'Mae gofyn i Mr Uwchgynhyrchydd fod yn fwy cynhyrchiol nag y mae o wedi bod. Sôn am hynny, ches i byth wybod gen ti ydi o'n medru.'

Tynnodd ei thafod arno. 'Tro'r teledu mlaen, wnei di?'

Gosododd ei fys main ar y botwm. 'Hei presto, Mr Urdd.'

Dechreuodd Heledd fwmian y gân. Cipiodd Rob y bychan yn ei freichiau mewn pryd i'w stopio rhag newid y rhaglen eto. Lluchiodd ef ben ucha'n isa nes ei fod yn cicio a strancio. Galwodd Magi am dawelwch.

Eisteddodd Rob wrth ei thraed a dal y bychan fel gelain rhwng ei goesau. 'Dowch i ni gael bod yn blant da: gwatsiad hefo Mami.' Siaradai gyda nhw yn llais nawddogol y cyflwynwyr teledu.

Ymddangosodd môr o wynebau ar y sgrîn: wynebau eistedd-fodol parchus, rhai'n gwenu i lygad y camera, eraill yn ofnus, oll yn ddisgwylgar. Trodd y camera i chwilio am Fardd y Goron, chwilio a chwilio nes stopio ar y potsiwr. Ia, fel yna'n union y daliai ei hun, fel un wedi cael ei ddal yn troseddu.

159

7

Seiniwch ei enw i'r pedwar gwynt.

Roedd ei dafod yn sych a'i wyneb yn wenfflam. Pwysai'n drwm ar y gadair o'i flaen rhag i'w goesau roi dano. Gallai deimlo llygaid y byd arno: yr holl wynebau diarth yn syllu ac yn sibrwd. Hon oedd ei awr fawr, ac eto câi'r teimlad iddo gael ei ddal a'i gornelu. Fel pob anifail prae roedd wedi cael ei demtio gan yr ysbail i ddod allan o'i guddfan. Cyffyrddodd rhywun â godre ei gôt, yr un ledr ddu a brynwyd yn un swydd ar gyfer y Coroni (talu bob wythnos, tasa ots am hynny). Curodd rhywun ei gefn, gafaelodd rhywun arall yn ei law. Chwysai fel yr afon. Doedd hi ddim yn dywydd côt ledr. Daeth dwy ferch i'w gyrchu. Edrychent yn nerfus, yn union fel petaent yn ei ofni. Gafaelodd un yn ei fraich chwith a'r llall yn ei fraich dde a'i arwain fel carcharor rhyngddynt, tra daliai'r gynulleidfa i gymeradwyo.

Roedd yn ymwybodol iawn mai hon oedd ei awr fawr, ac eto roedd fel rhywbeth oedd yn digwydd i rywun arall. Gallai weld y cyfan megis trwy gamera. Gweld y merched yn eu dillad ysgol yn ei gyrchu, gweld y môr wynebau llawen wrth i'w enw gael ei gyhoeddi, gweld y wên wirion ar ei wyneb wrth i'r cyfarchion gael eu darllen. Gweld y cyfan er bod ei feddyliau ar chwâl: un funud yn cnoi cil ar y feirniadaeth, a'r funud nesa'n ceisio llunio sylwadau ar gyfer y cyfryngau, ac yn gobeithio'n arw y byddai'r gwrid wedi diflannu ac na charthai ei wddw'n rhy aml. A cheisiai ddyfalu pwy oedd yn gwylio.

Roedd ei fam yn gwylio, dyna un peth oedd yn sicr. Roedd hi wedi prynu peth wmbreth o boteli i ddathlu, ac yn bygwth gwâdd pob un o'i chyfeillion. Munud dwytha, cyw. Paid â phoeni, neiff dy fam ddim gollwng y gath o'r cwd tan y munud dwytha. Crist croes tân poeth, torri 'mhen a thorri 'nwy goes. Paid ag edrach mor gas—mae hynna'n farddoniaeth: Crist croes, gofyn di i rywun. Yn 'r ysgol bach y dysgon nhw fi. Duwcs, synnwn i damad mai'r bardd 'na, hwnnw sgwennodd Tw-whit, tw-hw, sgwennodd hi. Hei, falla'ch bod chi'n perthyn, fallai mai wrtho fo gest ti'r knack. Ew, dw i am brynu record Hogia'r Wyddfa hefyd, tasa ond i gofio. Synnwn i damad na chodan nhw garrag neu lechan i dy gofio ditha. Pobl felly ydyn nhw. Ew, falla y dylwn i wâdd rhai ohonyn nhw yma. Y drwg ydi, pobol capal ydyn nhw, dŷn nhw ddim yn lecio booze. Roedd Mr Pritchard BBC fel morfil am 'i ddiod, ond doedd hi ddim yn meddwl y byddai'n 'i wâdd o. Rhoi gwybod iddo dros y ffôn fydda ora—ffonio'r offis. Doedd hi ddim am i'w wraig o gael y pleser o wybod. Blydi hen drwyn, os buo un rioed. Pawb yn meddwl 'i bod hi'n santes ac yn edrach fel tasa menyn ddim yn toddi yn 'i cheg hi. A rwan roedd hi'n lluchio'i phwysa o gwmpas ac yn siarad mewn llais fel petai o wedi'i ddipio mewn lanri. Mrs Evans dydi'r ffôn ddim yn 'i le. Mrs Evans mae 'na geiniog o dan y gadair 'ma ers mis. A blydi pils contraceptive yn 'i drôr hi er nad oedd hi byth yn cysgu hefo'i gŵr, nac wedi gwneud rioed yn ôl 'i golwg hi. Blydi pilsan 'i hoed hi! Ddyla bod 'i gwaed hi wedi rhoi'r gora i lifo ers tro. Blydi gwraig fawr gachu. Roedd pob Dic Siôn Harri'n cael mynd i'r parliament y dyddia 'ma. Doedd ryfadd yn y byd fod pobol yn fotio Tory. Na, yn bendant iawn, châi hi ddim gwybod.

Yr efeilliaid yn nodio mewn cytundeb er eu bod drwy'r wythnos wedi dweud nad oedden nhw wir ddim yn mynd i wylio. Petai o'n rhedeg yn yr Olympics neu'n chwarae snwcer neu rywbeth felly, byddent yn barod i ystyried y mater. Ond ennill coron am farddoni. Glywsoch chi am rywbeth mwy merchetaidd?

Ni fyddai Gwenno'n gwylio. Cyffyrddodd â'r ddau docyn yn ei boced: yr un ar ei chyfer hi a'r un ar gyfer ei fam. Doedd yr un ohonynt yno. Ei fam am na chafodd gynnig. A Gwenno?

Roedd wedi mynd yn ôl i'r Neuadd Wen ddeuddydd cyn y seremoni i roi cynnig arall arni, i grefu arni petai raid.

Gwyddai wrth guro'r drws nad oedd popeth yno fel y dylai fod.

'Pwy dach chi?' ebe Hannah a golwg pell yn ei llygaid.

'Kevin.' Hen enw hyll. Byddai'n swnio'n well, yn gadarnach o'i Gymreigio. Cefin Ifans. Mae bardd yn gallu rhoi urddas i enw.

'Kevin?'

'Ffrind.'

Gwahoddodd ef i'r tŷ. 'Wyddwn i ddim fod ganddi ffrindia. Mae blynyddoedd ers pan ddaeth hi â neb adra. Ar y dechra roedd hynny'n dipyn o boen i mi. Mae mama'n poeni, 'chi: maen nhw'n poeni am 'u plant. Gobeithio'ch bod chi'n sylweddoli hynny.'

Roedd y gwydr yn ôl yn ei llaw, a'r aflonyddwch yn ôl yn ei llygaid, ac roedd min i'w llais fel petai'n flin wrtho am darfu ar ei meddyliau. Taniodd sigarét (rhywbeth na welodd hi'n ei wneud o'r blaen), a'i chyhwfan o flaen ei lygaid. 'Fy ymgyrch i dros gancr.'

Daliai ei hun yn dynn, gan blethu ei breichiau fel pe bai'n ceisio'i gwarchod ei hun. 'Dw i ddim yn dda, dach chi'n gweld. Does neb yn lecio afiechyd. Mae pawb yn rhedeg oddi wrth salwch. Mae o'n 'u hatgoffa nhw o'r hyn sy i ddod. Ddwywaith y llynedd mi feddyliais i fod marwolaeth yn agos. Y tro cynta mi feddyliais fod rhywun am fy lladd i.' Trodd i syllu arno. 'Steddwch, Kevin. Mae hynny drosodd rwan: does neb yn fy nilyn, neb yn dod draw i browla.' Aeth draw at y cabinet i ail-lenwi ei gwydr. 'Yr ail dro, . . . wel, yr ail dro,' tynnodd ei gwynt ati, 'dydi marw ddim mor hawdd ag y mae pobol yn tybio. Ylwch, dw i'n eich diflasu chi.' Newidiodd fel cwpan yn troi mewn dŵr. 'A chi ydi ffrind Gwenno. Ffrind ynte cariad?' Tynnodd linyn mesur sydyn drosto. 'O, ffrind faswn i'n tybio. Gobeithio i chi fod yn ffrind da iddi. Roedd angen ffrind arni. Ond dydi hi ddim yma, mae arna i ofn. Mae hi wedi gadael i chwilio am ffrindia eraill. A be oeddach chi isio efo fy merch i, fy unig ferch i?'

Rhwbiodd ei ên yng ngholer ei grys, a mwmial ei fod eisiau'i chwmni i fynd i Steddfod yr Urdd. Chwarddodd Hannah. Doedd o ddim yn nabod ei merch hi yn dda, neu fyddai o byth yn mentro gofyn y fath gwestiwn iddi: nid un o'i griw bach diwylliedig o oedd Gwenno, ond un o aelodau sarrug y mudiad heddwch. Un o griw milwriaethus Greenham Common erbyn hyn.

Doedd hynny ddim yn syndod: roedd y tatŵ yn gwneud synnwyr rwan. Cododd, a gadael.

Doedd y seremoni ddim yn gyflawn hebddi. Digwyddai popeth fel mewn breuddwyd. Hiraethai amdani yng nghadair ei lawenydd, hiraeth dwfn digysur a oedd i liwio ei gerddi weddill ei oes.

8

Ond wrth ymyrraeth â chwi oll ac un
Mi gefais gip ar f'anian i fy hun.

Safai yn llygad yr haul, ei ben ar dro, a'i lygaid wedi'u culhau,
a llu o blant bach o'i amgylch, rhai'n gwrando'n astud, eraill yn
tynnu wynebau ar y camera. Safai'r holwraig â'i chefn at yr
haul, mewn man mwy manteisiol. Daliai ei hun yn hyderus fel
un sy wrth ei bodd yn perfformio. A'i pherfformiad hi oedd hwn,
peidied neb ag amau hynny. Er gwaetha'r wên nawddogol, ei
chyfle hi oedd hwn, fel y troeon o'r blaen, i ddangos ei dawn o
flaen y camera.

Llongyfarchodd y bardd ar ei fuddugoliaeth gofiadwy, a
bwrw mlaen i ddyfynnu'r beirniad. Hon, yn ei dyb ef, oedd y
bryddest aeddfetaf a'r fwyaf cynhyrfus yn hanes yr Urdd. Wrth
ei darllen ni ellid peidio â dwyn i gof bryddestau beiddgar eraill,
Atgof Prosser Rhys, *Y Briodas* Caradog Prichard, i enwi dim ond
dwy. A'r gerdd wedyn yn adleisio helyntion Dafydd ap Gwilym:
ei droeon trwstan yn caru mewn tai, a'r ddwy ferch yn arbennig,
Morfudd oleuwallt a Dyddgu dywyll.

Pwniodd Magi ei brawd yn ei gefn pan glywodd am yr olaf. 'Fi
ydi honna. Betia i chdi ganpunt mai fi ydi Dygddu.'

'Dyddgu' cywirodd ei brawd.

'Dyna ddeudais i. Fi ydi Dygddu. Dratia.' Roedd y babi wedi
taflu i fyny ar ei hysgwydd. 'Damia. Dyna fi wedi colli'r
cwestiwn. Be ofynnodd hi iddo fo?'

'Gofyn am ba hyd fuo fo'n pori'n y Kama Sutra?'

Gwenodd yr holwraig yn bryfoclyd. A oedd ei gerdd, fel yr
awgrymai'r beirniad, yn rhy ddisgrifiadol? Gellid, er enghraifft,
fod wedi hepgor y disgrifiadau rhywiol, yn arbennig y disgrifiad
o'r bechgyn yn ymosod arno. Dim o gwbwl, medda fo, heb
garthu'i wddw. Ond be wyddoch chi, medda hi, yn ganol-oed
bryfoclyd, am garu'n borcyn mewn tŷ ha? Llyncodd ei boer.
Gwnaeth Magi yr un modd. Symudodd ei ben fel na fyddai'r
haul mor gryf yn ei lygaid. Roedd hynny'n angenrheidiol,
medda fo. Ni allai drafod diwedd cyfnod ieuenctid a diniweid-
rwydd heb ddisgrifio caru. Ciliodd y wên oddi ar wyneb yr
holwraig (gwyddai am holl gastiau teledu). Ai awgrymu yr oedd
e fod y stori'n wir? Daliodd Magi ei gwynt. Ysgydwodd y llanc ei
ben. Doedd o ddim yn awgrymu dim. Trafod Gwirionedd a
wnâi pob llenor. Gadewch i fi ofyn y cwestiwn mewn ffordd

arall. Ai chi, a dyfynnu'r beirniad eto, oedd y Peeping Tom a gerddodd hewlydd Sodom a Gomora? Ai chi oedd y llanc a welodd ac a brofodd y pethau a ddisgrifir?

'Sodom a Gomora? Am be ddiawl mae hi'n sôn?' Crychodd Magi ei thrwyn yn ddiamynedd.

Wnes i rioed feddwl amdana i fy hun fel Peeping Tom, medda fo. Os oedd rhaid cael cymhariaeth, falla fod y cadno yn nes ati: dilyn 'y nhrwyn wnes i, dilyn 'y ngreddf. Sy'n dod â ni'n ôl at eich ffugenw, ebe hi. Cadno Rhos-y-ffin. Enw da, os ca i ddweud hynny. Beth ddaeth gynta, y stori neu'r ffugenw?

Y Cadno.

Chi mewn geiriau eraill oedd y cadno. Gwenodd i ddangos ei bod yn gwybod ei phethau.

Roeddwn i'n meddwl mai fi oedd o.

Meddwl?

Dw i ddim yn siŵr erbyn hyn. Mae'r cadno ym mhob un ohonon ni.

'Fi ddeudodd hynna wrtho fo,' ebe Magi'n falch. A phwyso mlaen i roi'r babi yn ôl yn y crud. Roedd Gwion yn cysgu'n sownd rhwng coesau Rob.

'Pryd?'

'Pan aeth o â fi i'r tŷ ha hwnnw. Y tŷ ha gafodd 'i roi ar dân. Ti'n cofio'r hanas?'

'Ydw, dw i'n cofio'r hanas. Gobeithio nad ydi Mr Uwchgynhyrchydd yn gwybod, dyna i gyd.'

'Siŵr Dduw 'i fod o. Tydi o wedi darllen fy niary i?'

'Ac ers pryd mae pobol yn deud y gwir mewn diary?'

Ar ôl iddi bwyso a mesur ei eiriau cytunodd Magi. Cadwai ddyddlyfr ar gyfer ei henaint, i'w hatgoffa'i hun iddi gael dipyn o hwyl allan o fyw, cicio ambell waith dros y tresi.

Trodd Rob i'w hwynebu. Doedd hi rioed yn meddwl am hogyn ysgol, cochyn bach diniwed prin allan o'i glytiau?

'Hogyn ysgol? Mr Uwchgynhyrchydd? Be ydi'r ots pwy?'

Caeodd Rob fotymau ei blows. Roedd hi fel yntau yn gwybod yr ateb i hynna: roedd rhai pethau'n dal i fod yn waharddedig.

Gallai synhwyro'r tyndra'n mynd i mewn i'r genod. Symudodd Magi ei llaw i gyffwrdd â'r gewyn a bycsiai o dan ei glust. Symudodd o'i gafael, a throi i dynnu gwalltiau'r genod yn bryfoclyd.

Caeodd ei llygaid i chwilio am eiriau a fyddai'n eu cymodi. Bum munud yn ôl roedd hi'n orfoleddus o hapus, bum munud yn ôl roedd hi'n iasau o lawenydd. Roedd hi'n bwysig ei bod yn dal ei gafael yn y munudau hynny. Fi oedd yr hogan yn y gerdd, atgoffodd ei hun, yr un dywyll hefo'r enw od. O hyn ymlaen mi fydda i yn rhywun, fi a'r hogan bryd gola. Mi fydda i'n bwysicach na hi am mai fi roddodd ei brofiad cynta iddo. Fydda 'na ddim cerdd, dim coroni, oni bai amdana i. Da ngenath i, dyna sut mae mynd o'i chwmpas hi. Cyrhaeddodd y wên ei hwyneb wrth iddi agor ei llygaid i egluro i'w brawd pwy oedd y ferch arall yn y gerdd. Gloywodd ei lygaid pan glywodd enw Hannah. Doedd o ddim wedi ei gweld hi ers hydoedd. Roedd blys garw arno am gael ei gweld. Blys ofnadwy iawn. Chwiliodd ei bocedi am agoriadau'r car. Ceisiodd Magi ei ddarbwyllo i aros am de, ond doedd dim yn tycio. Mae yna rai pethau na wnân nhw ddim aros.

Y Chweched Ran

1

Doedd dim arwydd fod y tywydd am dorri. Hwn oedd haf plentyndod pob un ohonom: haf ymdrochi a bolheulo, haf na allai'r nos sugno'i wres, haf a fyddai'n aros yn dragwyddol gynnes yn y cof. Llifai ogleuon barbeciw dros y gerddi, cynhelid seiadau hwyr yng ngolau'r lloer, nid oedd gwahaniaeth rhwng nos a dydd. Clywyd am brinder lager a chwrw. Syrthiodd un neu ddau yn farw yn y gwres. Roedd rhai ardaloedd heb ddŵr. Doedd wiw cwyno.

Penderfynodd Glenys gynnal parti: rhaid dathlu hafau plentyndod.

Gosododd y bwydydd a'r diodydd ar fyrddau yng nghysgod y tŷ, a thaenodd lieiniau ar y lawnt.

'Dyna braf,' meddai, 'dyna braf cael bwyta'n griw yn yr awyr agored. Fel bod ar y cyfandir.'

'Fel hafa ers talwm,' meddai Eurwyn, a oedd yn tynnu'r cyrc o'r poteli gwin. Cododd botel at ei geg. Roedd hon hefyd yn ei atgoffa o hafau ei blentyndod: y swper dyrnu a'r piser cwrw amser cynhaeaf.

'Cwrw?' ebe hi.

'Roedd Betsan Hafod Bach yn bragu'i hun.'

'Doedd hi rioed yn bragu cwrw. Diod fain falla.'

'Roedd o'n dda beth bynnag oedd o. Neb yn meddwi, cofia: 'i chwysu o allan fel marblis. A'r hen Wil Wmffra'n dweud, 'Drychwch hogia arna ni'n dyfrio'r ddaear, fydd dim isio glaw am fis arall ar ôl hyn.' Ew, dyddia difyr.'

'Dim difyrrach na hyn,' ebe hi, gan brofi un o'r petit fours y bu wrthi'n eu coginio'r bore hwnnw. Roedd hi'n falch ei bod hi wedi mynd i drafferth: roedd bwydydd cartref gymaint gwell na phethau siop. Roedd yn bwysig gwneud y parti yn ddigwyddiad o bwys, yn rhywbeth i edrych yn ôl arno pan ddeuid i adrodd hanes yr haf chwedlonol.

Felly yr âi'r ddau ohonynt o gwmpas eu gorchwylion: hi'n ymhyfrydu yn ei hymdrechion, yntau â'i stôr diderfyn o atgofion am hafau difrycheulyd llencyndod.

'Cofio mynd i bydrochi bob dydd.'

'Bydrochi?' Roedd hi wedi deall yn iawn. Anogaeth iddo ymhelaethu oedd y cwestiwn.

'Nofio. Nofio heb gerpyn amdanom. Duw mawr, doedd gan neb bres i brynu rhyw ffansi tronsa sidan y dyddia hynny. Noethlymunwyr naturiol oeddan ni i gyd.'

'Merched hefyd?'

'Oeddan, am wn i. Duwcs, plant oeddan ni. Runig rai oedd yn sefyll allan oedd rheini oedd yn gwisgo tronsa.' Dechreuodd chwerthin. 'Cofio Wil Bach Siop Ucha, a'i fam o wedi gweu trunks iddo fo, un piws a choch. Uffar o beth cras pigog.'

'Sut gwyddost ti?'

'Ges i fenthyg yr hen beth. Doeddan ni i gyd yn crefu am gael go arno fo? Duwadd mawr, roedd o'n beth crand.' Trodd ati i holi faint oedd yn dod.

'Rhyw ddeugain.'

'Cymanfa go iawn, nid rhyw gyfarfod gweddi o barti.'

'Rydan ni'n lwcus fod ganddon ni gymaint o ffrindia.'

2

Cyrhaeddodd Hannah ac Ifor mewn pryd i weld y fintai'n croesi'r lawnt. Chwysai Ifor yn ei siwt linen wrth iddo geisio llywio'r Saab rhwng dau gar a oedd wedi'u parcio'n rhy agos at ei gilydd. Pwysodd yn ôl yn ei sedd wedi iddo gyflawni'r orchwyl i daro hances dros ei wyneb a llacio'i dei. Syllodd yn ddig i gyfeiriad y lawnt a murmur ei ddirmyg o garden parties. Sut mewn difrif oedd modd cael sgwrs gall, a phawb ar hyd ac ar led fel glöynnod byw? Gafaelodd Hannah yn ei law. Ond i ble'r aeth y teimlad? Symudodd o'i gafael.

Dilynodd ef yn betrus. Gwyddai fod a wnelo'i hwyliau drwg rywfaint â hi, â'r ffrog deirblwydd a wisgai. Nid ei fod wedi dweud dim, ond fel arfer roedd ei edrychiad yn ddigon. Ac echdoe bu'n crefu arni i liwio ei gwallt. Fo, a fu am flynyddoedd yn amheus ohoni, yn awr yn ei chymell i'w gwneud ei hun yn ddeniadol. Ni allai ddioddef cael ei gysylltu â gwraig ganol oed a fyddai'n adlewyrchiad anffafriol ohono. Ychydig a wyddai na theimlai hithau'n hapus yn y ffrog laes a'r sandalau di-sawdl. Roedd hi wedi arfer dilyn y ffasiwn, gan ei ystyried yn ddull o'i mynegi'i hun. Wele fi, yn ifanc o hyd ac yn siapus, yn feiddgar fy ngwisg ac anturus fy anian. Wrth wisgo ffrog deirblwydd oed roedd hi'n gwneud datganiad newydd. Dyma fi ar fy newydd wedd, yn barchus a pharod i gydymffurfio.

Ond a oedd hi'n barod? Roedd y pwll yng ngwaelod ei stumog yn dweud nad oedd hi ddim. Daeth cyngor yr hen Dafydd Dafis yn ôl iddi. Dau beth sy raid i chdi watsiad yn yr hen fyd 'ma—dyn yn mercheta a diod gadarn. Un am wneud iws o dy gorff di, y llall am hambygio dy feddwl. A phan mae'r ddau'n dwad efo'i gilydd maen nhw'n farwol. Cadw draw oddi wrth y petha mae'r Diafol wedi investio'i enaid ynddyn nhw.

Be ddwedai'r hen begor petai'n gwybod fod olwynion cymdeithas yn troi ar logau'r Diafol? Nid na cheisiodd hi gywiro'i ffordd. Wedi ei salwch trodd yn ôl at grefydd, mentro unwaith eto tua'r capel. Gwrandawodd ar bregethau sâl dieneiniedig, a phregethau eneiniedig hunangyfiawn. Gwrandawodd ar y diwinydd yn rhesymu'i ffordd tuag at Grist, a'r efengylwr yn mynnu na ellid mynd at Grist ond trwy ailenedigaeth. Ni châi drafferth i'w galw'i hun yn bechadur nac i ofyn am faddeuant. Tynnodd ar hen iaith y pulpud i weddïo am ffordd nas cenfydd llygad barcut, yr hedd na ŵyr y byd amdano, a'r holl ddeisyfiadau oedd mor faterol eu delweddaeth. Ond methodd ag ail-greu'r gorffennol diogel, methodd ag ailddarganfod yr hen swcwr. Ac am swcwr roedd hi'n chwilio, doedd dim dwywaith am hynny. Crefydd un ffordd oedd ei chrefydd hi: crefydd be-ga-i, nid be-sy-gen-i-i'w-gynnig.

Doedd ganddi ddim ar ôl i'w gynnig. Pan alwodd Rob i'w gweld, doedd ganddi ddim i'w gynnig.

A doedd ar Ifor ddim o'i heisiau. Hiraethai a siaradai ef byth a beunydd am y ferch a'i bradychodd, y ferch nad oedd ond prin yn ei hadnabod, y ferch yr oedd yn well ganddi unigrwydd ei stafell na chwmni ei rhieni. Soniai o hyd am ei meddwl miniog a'i gallu, y graddau gwych y gallai hi fod wedi'u cael. Cysurai ei hun nad oedd yn rhy hwyr. Phase oedd y busnes Greenham, cyfnod eithafol yr oedd yn rhaid iddi fynd drwyddo: gweld popeth yn ddu a gwyn. Gweithredu dros egwyddor. Yn hyn o beth

roedd yn ei atgoffa o'i ieuenctid. A phetai o'n ifanc, yn Green-
ham y byddai yntau hefyd. Ond merched yw'r tangnefeddwyr,
hwy yw etifeddion y ddaear, ebe hi.

Roedd ei atgofion yn ei blino. Yn aml, roedd ganddi ei darlun
ei hun o'r digwyddiadau: yr ochr arall i'r geiniog, fel petai.

Roedd Hannah wedi ymgolli cymaint yn ei myfyrdodau fel na
chlywodd Elsbeth yn nesu. Roedd ei llais fel arfer yn glên a
ffurfiol. Edrychai fel petai newydd gamu allan o fath llugoer
braf. Dipyn o syndod oedd ei chlywed yn sôn am y llu pwyll-
gorau a'r cyfweliadau y bu'n eu cynnal yn ystod y dydd. Dyna
sut fywyd oedd bywyd cynghorydd: hwyr, rhed a brysia. Dim
amser i gael pryd iawn o fwyd rai dyddiau. Ymlaen ac ymlaen
heb gyfeirio unwaith at Gwenno, fel pe na bai aberth yr ifanc yn
ddim ochr yn ochr â'i hymroddiad hi: ei llais yn grwndi cabol-
edig. Gwisgai ffrog gotwm seml gyda belt am ei chanol a wnâi i
bawb arall ymddangos yn orliwgar.

'Esgusodwch fi, mae'n rhaid imi'ch gadael chi,' ebe hi.
Symudodd ei llaw fel petai'n mynd i gyffwrdd â'i braich, ond
doedd Elsbeth byth yn cyffwrdd. Er hynny câi Hannah y teimlad
gogleisiol ei bod wedi cyffwrdd â hi.

'Aros, mi ddo i hefo chdi.' Dilynodd Ifor yn dynn ar ei sodlau.

A chyn ei bod yn gwybod be oedd yn digwydd roedd braich
gyhyrog Bryn yn cau am ei hysgwydd, a'r blew mân arni yn
disgleirio yn yr haul.

Byddai'r hen Hannah wedi diflannu fel y diflannodd Elsbeth.
Byddai'r hen Hannah wedi ei thynnu'i hun o'i afael. Er
gwaethaf ei gwendidau a'r hyn a ŵyr y darllenydd amdani,
roedd yr hen Hannah yn ofalus pwy gâi gyffwrdd â hi. Roedd yn
gas ganddi gusanu a chofleidio cyhoeddus, y rhwbio cnawd
cyfreithlon.

Pwysodd Bryn ymlaen. Roedd ei wyneb yn goch ac roedd
oglau gwin ar ei wynt. 'A sut mae'r hen Hannah, our little friend
from Cymru ar Wasgar?'

Ceisiodd ei thynnu'i hun yn araf o'i afael, ond tynhaodd ei
law am ei hysgwydd. 'Hannah, 'mlodyn tatws i, be am i chdi a fi
ddengid i'r Bahamas? Yfad rum and black drwy'r dydd a'r nos,
gorfeddian yn yr haul nes basan ni mor frown â'r nig-nogs o'n
cwmpas ni.' Gadawodd i'w law rydd grwydro dros ei phen-ôl.

Cymerodd arni ei bod yn chwilio am Ifor.

'Be ddiawl ti isio chwilio am hwnnw a finna ar gael?' Roedd
blew golau dros ei wyneb a'i wddw, ac roedd ei grys ar agor i

ddangos y toreth ar ei frest. Ni fu ganddi erioed ddim i'w ddweud wrth ddynion pryd golau. Aeth yn ei flaen i ddweud nad oedd o'n arfer cadw'i lygad ar ddynion: job beryg, â chymaint o hogia Nansi o gwmpas. Er, buasai wedi talu iddo gadw'i lygad ar un neu ddau.

Anesmwythodd. Chwiliodd am ei sbectol haul yn ei bag. Gafaelodd Bryn yn ei phenelin a'i thynnu i eistedd wrth ei ymyl. Cynghorodd hi i gadw draw oddi wrth y Looseys. Diawliaid mewn croen os buo rhai erioed. Swp o drwbwl a dim byd arall. A'r gŵr mawr hwnnw, Mr Uwchgynhyrchydd, yn meddwl ei fod o'n cael cop. Rhad arno fo. Fyddai Magi fawr o dro â gweld ei gwyn ar rywun arall. Duwadd mawr, on'd oedd y cocatŵn bach 'na o waelod y dre, hwnnw enillodd yn yr Urdd, wedi dangos i bawb be oedd hi, wedi tynnu ei chlôs i all and sundry? Ac Arfon yn ddigon wynebgaled i daeru nad fo oedd tad y babi. Roedd o wedi dod i'w nabod o'n dda: cybydd o'r iawn ryw, isio popeth am ddim. O, mi gâi dalu am 'i blesera. O, câi. Er, roedd hi'n reit dda arno fo ar hyn o bryd, ac yntau newydd dderbyn tâl am ailgodi'r tŷ aeth ar dân ddechra'r flwyddyn. Chwarddodd. Roedd jobsus insiwrans yn talu'n dda. Rhwydd hynt i losgwyr tai ha.

Daeth Glenys drugarog i'r adwy, i'w hebrwng at y byrddau bwyd a'r gwin.

3

Roedd pethau ymhell o fod yn iawn, meddyliodd Glenys. Roedd hynny'n amlwg oddi wrth y ffrog a'r sandalau, a'r modd y drachtiai ei gwin.

Gwahoddodd hi i'r tŷ er mwyn iddynt gael siarad mewn llonyddwch. Gafaelodd Hannah mewn gwydr arall a'i gario gyda hi. Gan fod cymaint o fynd a dod drwy ddrws y gegin aethant i mewn drwy'r drws ffrynt (a gâi ei gadw ar agor gan hetar smwddio hen ffasiwn).

Roedd hi'n oerach yn y lolfa. Lapiodd Glenys ei breichiau am ei gilydd. Fe ddiflannai'r iasau gyda hyn. Symudai pry copyn wrth y fat a dechrau gweu ei we rhwng yr aelwyd a'r pared. Ni allai ddweud a oedd Hannah yn ei wylio am ei bod yn dal i guddio y tu ôl i'w sbectol haul. Byddai'n dda ganddi petai'n eu tynnu.

170

Ni fwriadai eistedd, er iddi wneud arwydd ar Hannah i eistedd. Byddai eistedd fel cydnabod fod ganddi druth hir i'w draddodi, tra mewn gwirionedd doedd ganddi fawr ddim i'w ddweud heblaw ei bod wedi bod yn Greenham echdoe ac wedi cael gair â Gwenno.

'Greenham?' ebe Hannah fel petai'n enw hollol ddiarth iddi.

'Es i â llyfrau i Gwenno, llyfrau Cymraeg roedd hi wedi gofyn amdanyn nhw'r tro cynt. A'r bryddest. Honno sgwennodd yr hogyn o waelod y dre. Ydach chi wedi'i darllen hi? Rown i'n meddwl y byddai ganddi hi ddiddordeb.'

Na, methodd â chael copi: roedd pob un wedi'i werthu ymhen deuddydd.

Ymddiheurodd Glenys nad oedd ganddi gopi i'w gynnig iddi: cael menthyg un wnaethant hwythau. Doedd hi ddim yn gwybod llawer am farddoniaeth, ond ni allai yn ei byw weld sut y gellid galw rhywbeth mor rhyddieithol yn farddoniaeth. Chwarddodd yn ysgafn a mynd at y ffenest agored. 'Wyddoch chi ein bod ni fel teulu ynddi hi? Roedd y cena bach wedi bod yn sbecian arnan ni'n dathlu cofio Guto Ffowc.' Roedd y mymryn lleiaf o falchder yn ei llais. 'Mae lot o bobol y dre 'ma ynddi yn ôl y sôn. Er, rhaid i mi gyfadda nad oeddwn i'n nabod yr un ohonyn nhw. Ac eithrio Gwenno, wrth gwrs, Ond mae'n siŵr eich bod chi wedi syrffedu clywed am hynny.'

Drachtiodd Hannah weddillion y gwin. Ni allai weld i ble roedd y sgwrs yn arwain. Gwrandawai ar y suon hapus a ddeuai o'r ardd. Yn wahanol i Glenys ni châi unrhyw gysur ohonynt. Bron nad oedd ganddi ofn eu llawenydd. Dylai fod wedi cadw draw, dyna'r gwir. Cyffyrddodd â'i bron, o arferiad yn fwy na dim. Dylai fod wedi cadw draw, heddiw o bob dydd. Trodd Glenys i edrych arni. Roedd hi'n falch yn awr na allai weld ei llygaid, yn falch fod y sbectol yn creu mur rhyngddynt.

'Mae Gwenno'n anfon 'i chofion. Mae am i mi ddweud wrthach chi 'i bod hi'n hapus iawn yno. Mae hi wedi gwneud ffrindia lu. Michelle ydi'r ffefryn.'

'Ydyn nhw'n cael mynd adra weithia?' Ei llais yn swnio'n bell yn ei chlustiau, fel plentyn yn ofni clywed yr ateb.

Chwarddodd Glenys. 'Nid mewn lleiandy y maen nhw. Maen nhw'n rhydd i fynd a dod fel y mynnan nhw. Llawer un yn dweud 'i bod hi'n mynd adra'n amlach nag y buo hi,—gweld gwerth yn 'u cartra ar ôl bod yno.'

'Ddwedodd Gwenno pryd mae hi'n dwad yn ôl?'

'Braidd yn gynnar. Dydi'r mis mêl ddim drosodd eto.'

171

Gafaelodd ym mraich Hannah i'w harwain allan. 'Mae hi'n hapus, yn hapus dros ben. Wedi llonni drwyddi. Siarad bymthag y dwsin. Sôn byth a hefyd am gyfnod—' Cododd ei bys at ei cheg. 'Na, dowch i mi'i gael o'n iawn: dweud fod blwyddyn ei hanniddigrwydd ar ben.'

Blwyddyn! Dyna i gyd roedd hi'n meddwl ei fod o wedi para. Sychodd y chwys oddi ar ei thalcen.

'Dach chi'n lwcus nad oes ganddoch chi ferch. Dim byd ond trafferth hefo genod.'

'Faswn i ddim yn dweud hynny. Mi faswn i wedi rhoi rhywbeth am gael merch. Dyna ddymuniad pob mam.'

'Be? Magu genod? 'U bridio nhw ar gyfer Greenham?' Ni allai gadw'r chwerwder i mewn ddim mwy.

'Fedra i ddim meddwl am achos gwell. Mi faswn i'n falch dros ben tasa gen i ferch fydda'n gwneud safiad mor gry dros heddwch.'

'Mae ganddoch chi. Mae fy merch i gynnoch chi.' Tynnodd ei sbectol i feirniadu'r wraig gymdeithasol dda. Gadawodd i'w chasineb ddod i'r wyneb. Roedd hi'n ei gweld am yr hyn ydoedd, yn rhy garedig, yn rhy glên, fel petai wedi penderfynu un dydd ar gymeriad. Wedi ei ddewis fel dewis siwt. Dyma'r person dw i isio bod. Dyma sut un fydda i.

'Dowch mi awn ni allan.' Roedd y llygaid yn gleniach nag arfer. Brysiodd. Nid oedd am i Glenys gael gafael yn ei braich. Rhuthrodd allan i'r cyntedd gan wthio'r sbectol yn ôl am ei thrwyn. Ni welodd Eurwyn yn aros amdani yn y drws. A rhoddodd sbonc pan glywodd ei lais. 'Methu dallt i ble roeddach chi'ch dwy wedi diflannu.' Gallai deimlo'i wên ar ei hwyneb, ac anadliad Glenys ar ei gwar. 'Hannah, Hannah, fy aur i.' Gwasgodd hi ato a'i harwain allan i haul y machlud. 'Hannah, mae 'nghalon i'n gwaedu drostach chdi.'

'Be ydi hyn?' gofynnodd Glenys.

Eglurodd Eurwyn fod Ifor newydd dorri'r newydd iddo am drosglwyddo agoriadau'r Neuadd Wen i'r perchennog newydd. Roedd yn chwith meddwl amdani hi o bawb yn cefnu ar y wlad: chwith meddwl am Saeson yn byw yn y Neuadd Wen.

Gwnaeth Glenys iddi addo y byddent yn dod i feddwl am ei chartref hi ac Eurwyn fel eu hail gartref. Byddai croeso iddynt bob amser gyda hwy. A rhoddodd ochenaid fach o ryddhad. Doedd ryfedd yn y byd fod Hannah'n bigog. Doedd ryfedd yn y byd na thrafferthodd gyda'i gwisg.

4

Doedd Arfon ddim wedi bwriadu mynd i'r parti, ond gan ei fod yn gweithio'n hwyr doedd waeth iddo alw am damaid mwy na pheidio (syniad Magi oedd y *tamaid*). Roedd hi wedi ei rybuddio y byddai'n disgwyl llwyth o straeon. Llwyth, iddo fo gael dallt. Roedd arni hiraeth am yr hen le, a gorau po gyntaf yr âi pethau drwodd iddynt gael dychwelyd yno.

Eisiau i bethau fynd drwodd yr oedd Elsbeth hefyd. Cwynai fod ei chyfreithiwr yn llusgo'i draed wrth drafod y telerau. Hi oedd y gyntaf iddo daro i mewn iddi ar ôl cyrraedd. Roedd o wedi mynd i'r tŷ i chwilio am Glenys: roedd o wedi clywed ei llais wrth iddo basio ffenest y lolfa, a meddyliodd y byddai'n well iddo'i chyfarch a thrwy hynny dorri'r garw. Safodd ennyd wrth y drws, i wrando. Yna clywodd lais Hannah. Ac eto ni allai fod yn siŵr ai Hannah oedd hi am fod tinc caled i'r llais. Câi'r teimlad annifyr eu bod yn ffraeo, ac aeth ymaith ar flaenau'i draed i gyffiniau'r lle chwech.

A tharo ar Elsbeth. Roedd sglein ar ei hwyneb ac ôl y crib yn ei gwallt. Dyna'r tro cyntaf iddynt gyfarfod ers iddynt wahanu. Edrychent ar ei gilydd fel dieithriaid a gyfarfu mewn parti y noson gynt, a heb wybod yn iawn a ddylent gydnabod ei gilydd.

Hi a ddaeth dros ei chwithdod gyntaf. Roedd wedi bwriadu ei ffonio, ond gan fod ffawd wedi'u lluchio at ei gilydd, doedd waeth iddynt wneud yn fawr o'u cyfle. Nid oedd yn hoffi tôn ei llais na'r ffordd yr ynganodd y gair *ffawd*.

Aethant i mewn i'r stafell fwyta lle roedd bwrdd hirsgwar mahogany, a deg o gadeiriau o'i gwmpas. Eisteddodd Elsbeth ar ben y bwrdd, ac eisteddodd yntau dair cadair i ffwrdd oddi wrthi fel na fyddai'n rhaid iddo edrych arni.

Yn unol â'i dymuniad, câi hi gadw'r tŷ. Roedd colli'r tŷ yn brifo, yn brifo llawer mwy na sgrifennu i wrthod y swydd honno gydag S4C. Roedd fel profedigaeth. Ei bres ef a brynodd y lle, a'i gyflog ef a fu'n ei gynnal a'i gadw. Ac fel pe mynnai sefydlu'r ffaith mai hi oedd y perchennog, yn awr soniodd Elsbeth am ei bwriad i gael gwared â Mrs Evans. Doedd hi ddim yn gweithio fel y dylai (canlyniad cael ei ffordd ei hun yr holl flynyddoedd). A phrun bynnag, roedd hi wedi mynd yn rhy fawr i'w sgidiau er pan enillodd ei mab ryw dipyn o glod yn Steddfod yr Urdd. Yna, trodd ac edrych arno, gan fynnu ei fod ef yn edrych arni hi.

Gofynnodd yn gyhuddgar a oedd gwir yn y stori ei fod ef o bawb yn mynd i ddarlledu'r bryddest, ac yntau wedi tynnu digon o sylw ato'i hun yn barod.

Roedd o newydd ei recordio'r noson honno. Rob, brawd Magi, yn darllen, ac wedi gwneud job rhagorol.

'Does dim mwy i'w ddweud, felly.'

5

Roedd y cyfarfyddiad wedi'i ysgwyd. Aeth allan i chwilio am lymaid tros y galon. Gwin/cwrw/lager: doedd Glenys ddim yn credu mewn cynnig dim byd cryfach.

Gwelodd Hannah yn pwyso yn erbyn talcen y tŷ. Edrychai'n unig. Doedd ryfedd yn y byd. Gwerthu'r Neuadd Wen. Be gebyst ddaeth dros eu pennau? Un o syniadau Bolshïaidd Ifor, mae'n debyg. Aeth ati i gydymdeimlo â hi, ac i ymddiheuro am beidio â mynd i'w gweld ar ôl iddi ddychwelyd o'r ysbyty.

'Mae 'na gongol go glyd wrth dalcen y tŷ golchi,' ebe hi. 'Os cofia i'n iawn, mae gan Glenys fainc o gapel Smyrna yno.' Canai mwyalchen uwch eu pen.

Llanwodd Arfon ei blât â'r bwydydd oedd yn weddill, a gafaelodd mewn potel win heb ei dechrau. Cariodd hi wydrau yn ei bag.

Roedd ganddo un ymddiheuriad arall i'w wneud. Neu efallai bod cyfaddefiad yn nes ati. Doedd o ddim eisiau rhoi poen iddi hi o bawb, ond roedd yn ddyletswydd arno roi gwybod iddi ei fod newydd recordio'r bryddest a greodd gymaint o stŵr yn Steddfod yr Urdd.

Chwarddodd. 'Dyna i gyd sy ar feddwl pawb heno. Y bryddest fawr! Mae arna i ofn na dw i ddim wedi'i darllen hi. Ges i golled?'

'Do a naddo.' Penderfynodd beidio â sôn am y darllediad. Digon o waith y byddai hi'n debyg o wrando yn Llundain, a gorau po leiaf roedd hi'n ei wybod. 'Mae Magi'n meddwl 'i bod hi'n dda iawn.'

'A sut mae Magi?'

'Hiraethu am gael dod nôl.'

'A'r babi? Bachgen neu ferch? Dw i ddim yn meddwl imi glywed.'

'Merch. Arfonia.' Ni allai benderfynu a hoffai'r enw ai peidio.

'O.'

Ni allent feddwl am ddim byd arall i'w ddweud. Symudodd ei law am y botel win, yr un pryd â hithau, nes eu bod bron iawn â chyffwrdd.

'Rhyfedd meddwl amdanon ni'n chwalu,' meddai i ddod dros ei chwithdod. 'Doeddan ni ddim yn gweld ein gilydd yn amal, ac eto roeddan ni'n agos.'

'Perthyn i'r un clic,' ebe hi. 'Dydi clics ddim yn para.' Tynnodd ei sbectol a rhwbio'i llygaid blinedig.

'Be ynte sy'n para?'

'Petha sy heb 'u dweud, geiria heb 'u llefaru, breuddwydion/ ffantasïa/dyheada na chawson nhw'u gwireddu.'

Daeth y fwyalchen i sefyll ar grib y to. Syllodd y ddau arni a chwerthin. Roedd y sgwrs wedi mynd yn llawer rhy ddifrifol.

'Mae hi'n benderfynol o'ch dilyn chi,' medda fo gan dywallt rhagor o win i'w gwydrau.

'Yr holl ffordd i Lundain.'

'Dowch,' medda fo, 'neu mi fyddan nhw'n dod i chwilio amdanon ni.'

'Yn ôl at yr un hen gwmni parchus diflas.'

A gwenodd Arfon rhyngddo ag ef ei hun wrth feddwl fel y bu iddo yn y cwmni hwnnw beth amser yn ôl bellach herio ffawd trwy ddweud nad oedd o ddim yn nabod neb oedd wedi cael ysgariad.

6

Ffarweliodd Glenys gydag Arfon, ac anfon ei chofion at Magi. Yna aeth i chwilio am Elsbeth. Ni allai ei gweld yn unman. Nid oedd Ifor i'w weld chwaith. Dri mis yn ôl ni fyddai wedi meddwl ddwywaith am y peth. Yr hen hogyn o waelod y dre oedd ar fai, yn rhoi syniadau camarweiniol ym meddyliau pobl. Tynnodd ei gwynt ati. Doedd dim gwir yn yr hyn roedd o'n ei ddweud, dim gwir o gwbl.

Aeth i waelod yr ardd i chwilio amdanynt, i'r llain tir lle chwaraeai'r bechgyn eu gemau, a lle plannwyd y goeden newydd.

Doedd dim synnwyr rhuthro. Pwysodd yn erbyn wal yr hen dŷ bach, ac edrych yn ôl i gyfeiriad y tŷ. Roedd rhywun yn galw'i henw. A thrwy gymylau o chwiws gwelai rywrai'n pwyntio tuag ati, ac Eurwyn yn ymddangos o'u canol ar frys gwyllt. Wedi rhedeg allan o win, neu rywbeth dibwys felly, mae'n debyg.

'Mae'r Samariaid ar y ffôn,' ebe Eurwyn wrthi'n ddistaw.

Ni frysiodd. Byddai hynny'n codi chwilfrydedd y lleill. Gwenodd ar hwn ac arall, a hyd yn oed ychwanegu ei phwt i ambell sgwrs wrth basio. Aeth i mewn i ddüwch y cyntedd. Sychodd ei llaw chwyslyd yn ei ffrog cyn codi'r ffôn, a oedd yn drewi o oglau baco.

'Is that you, Glen?' Llais cartrefol Billy. 'Sorry to drag you away from your party, but I do think this is pretty urgent. It's about our little extremist friend. We've had some pretty eerie phone calls from her during the last couple of hours. Could you get in touch with her parents? I really think someone should pop over to Greenham to speak to her.'

Cytunai Eurwyn y byddai'n well peidio â difetha'r noson i'r gweddill. Ffolineb fyddai hynny. Cafwyd trafferth i ddod o hyd i Ifor. Roedd Hannah wedi yfed gormod. Ac am fod Ifor yn meddwl y byddai'n ormod o gyfrifoldeb iddo yrru'r car a chadw golwg ar Hannah, cytunodd Glenys i fynd gyda nhw.

Doedd dim byd yr un fath wedi iddi hi adael: doedd dim calon i'r cwmni. Dechreuodd pawb chwalu, fesul un a dau a thri. A daeth rhyw dristwch dros Eurwyn wrth feddwl na fyddai'r noson ddim yn rhan o'u hafau chwedlonol.

7

Dychrynwyd y wlad drwyddi pan gyhoeddwyd ar newyddion deg y noson honno y newydd syfrdanol am y ferch ifanc a saethwyd gan filwr yn Greenham Common. Roedd bygythiad Heseltine wedi'i wireddu.

Ni chlywodd Kevin y newydd tan y datgelwyd ei henw ar y radio fore drannoeth. Aeth i'w stafell i ddarllen ei bryddest.

8

Teithio rhwng Cymru a Lloegr yr oedd Hannah. Trodd y radio ymlaen i dorri ar ddiflastod y siwrne. Clywodd ddechrau rhywbeth a swniai fel barddoniaeth.

A'r cadno ifanc a grwydrodd o'i gynefin
nes dod i ran o'r byd a elwir yn wareiddiad
lle roedd llwyni muriau coed a thai
mor glyd â chreigiau
a digon byth o fwyd i un fel ef
oedd wastad ar ei gythlwng

ac wedi llenwi'i gylla
troes i orffwys dan y dail
ar wely pridd i'w suo gan betalau

yr un oedd y banadl y
griafolen a'r gwyddfid iddo ef
ond fe'u hoffodd ac arhosodd yno
nes i'r mellt ei gyffroi
wrth hyrddio'u storm i mewn
drwy'r ffenestri

A'r cadno ifanc a ymhyfrydodd
yn y tŷ gwyn a'r ferch a drigai yno
mil harddach mwy hudolus na'r un
a luniodd Gwydion gynt o flodau

deisyfodd ei chwmni yno dan y dail

Ti fy nhlws etifedd fy mreuddwydion
a ddeui ataf i fin nos o ha
i orwedd dan y llwyni pêr
lle mae'r pridd fel gwely plu
a su y dail yn gytgan
i ngobeithion

A'r cadno ifanc a welodd fenyw arall
yn y tŷ
anniddig fel ei fam pan ddrachtiai'r pwll
i lenwi ei phwrs ar gyfer ei rhai bach
nad oedd diwallu arnynt
adwaenai'r aflonyddwch ynddi hi a'r ofn
o fynd yn hen cyn diwedd dyddiau hela

Roedd y derbyniad yn sâl a'r stori'n hen ac yn perthyn i
linynnau anghyswllt y gorffennol. Trodd y radio i ffwrdd.